Lena Niewerth

Edelsteinherz

Edelsteinherz

Lena Niewerth

Impressum

Bibliografische Information der Deutschen Nationalbibliothek:
Die Deutsche Nationalbibliothek verzeichnet diese Publikation in der Deutschen Nationalbibliografie; detaillierte bibliografische Daten sind im Internet über http://dnb.dnb.de abrufbar.

Lektorat: Lena Niewerth

Korrektorat: Lena Niewerth

Umschlag- und Innenmotive: via canva.com

Herstellung und Verlag: BoD – Books on Demand, Norderstedt

ISBN: 978-3-7597-4360-2

Kein Lehrmeister kann dich der spirituellen Wahrheit befähigen, wo sie doch seit Anbeginn in dir schlummert. Worauf es jetzt ankommt, ist es, dich an sie zu erinnern.

Lena Niewerth

Prolog

Wieder beobachte ich die vielen Seelen, wie sie an mir vorbeiziehen, wie sie kommen und gehen.

Doch keine strahlt so hell, so golden, wie diese und ich kann einfach nicht verstehen, warum gerade sie so unsicher wirkt.

Unglaublich schön und gleichzeitig voller Trauer, zieht sie mich magisch an.

Sie löst Gefühle in mir aus, von denen ich dachte, ich würde sie niemals zu spüren bekommen.

Ihre Energie trifft auf meine und hebt uns wie einen leuchtenden Stern, aus dem Meer der Seelen ab.

Die vollkommenste Seele, die mir jemals begegnet ist, wird bald wieder weiterziehen. Verfolgt von der ständigen Angst, nicht gut genug zu sein, nicht ausreichend viel bewirken zu können, ihrer Aufgabe nicht gerecht zu werden.

Doch so lasse ich sie nicht noch ein weiteres Mal gehen.

Ich werde dieses faszinierende Licht begleiten und ihr helfen, sich an alles zu erinnern.

Wir werden uns in die Lüfte erheben, getragen von unser beider Schwingen.
Ohne ihn hätte ich mich niemals erinnert.
Ohne mich hätte er niemals die Wahrheit erkannt.

Gegenwart im Jahr 2021

Um 6:30 Uhr klingelt mein Wecker, mit müden Augen suche ich nach dem Ausschaltknopf.

Ich, Lina Kaster, bin 25 Jahre alt und jemand der versucht beim ersten Weckruf aufzustehen, ansonsten komme ich gar nicht aus dem Bett. Ich stütze mich auf meinen linken Arm und greife mit der anderen Hand nach meinem Handy auf dem Nachttisch. Das ist das Erste, was ich morgens tue.

Schauen was ich die Nacht über verpasst habe.

Ein Blick in mein Mail-Postfach, nur Spam.

Dann der Blick auf Instagram. Während ich durch neue Posts auf meiner Startseite scrolle, und lustlos ein paar der Bilder like, ohne zu lesen, worum es in den Beiträgen überhaupt geht, vibriert mein Handy in meiner Hand und das Nachrichtenfeld erscheint.

Eine neue WhatsApp von Gabriel. Mein Herz macht einen Satz, schnell öffne ich sie. Seit neun Jahren schreibt er mir jeden Morgen eine Nachricht.

Seit 2012, dem Jahr, in welchem er in die USA gezogen ist.

Hey beste Freundin! Ich wünsche dir einen wundervollen Arbeitstag 😉

Ach Gabriel, wenn du wüsstest.

Seit ich acht bin und Gabriel zehn, sind wir die besten Freunde und waren immer unzertrennlich. Ich Idiot habe ihm aber nie gesagt, dass ich mich mit 13 Jahren so sehr in ihn verliebt habe, dass ich es noch heute bin. Ich habe mir immer geschworen, es ihm zu sagen, habe es aber einfach nicht geschafft. Zu groß war meine Angst, ich würde unsere Freundschaft dabei aufs Spiel setzen. Dieses Risiko wollte ich auf keinen Fall eingehen. Und dann kam der Tag, als Gabriel entschied in den USA ein Medizinstudium zu machen.

Hey du! Dir wünsche ich eine gute Nacht, wie war dein Tag?

Die Antwort an meinen Gabriel ist schnell getippt und ich versuche, mich nun auf den bevorstehenden Tag zu fokussieren.

Ich komme aus dem Bad und bin frustriert, über den Kampf mit meinen vom Duschen nassen, zerzausten und langen braunen Haaren. Jetzt gieße ich mir erst einmal einen riesigen Becher mit Kaffee ein.

„Schlecht geschlafen Schatz?“

Papa schaut mich über seine Zeitung hinweg an und wartet mit gerunzelter Stirn auf eine Antwort.

Schlecht geschlafen habe ich nicht, denke ich, aber es gibt Tage, da vermisse ich Gabriel schon morgens so sehr. Und das nach all den Jahren.

„Ach, es geht“, murmele ich meinem Vater als Antwort. „Ist Mama schon weg?“, frage ich.

„Ja, sie ist schon gegen sechs los zur Frühschicht.“

Mama arbeitet als Pflegekraft in einem Altenpflegeheim und ist morgens meist die Erste, die aus dem Haus ist. Ich schmiere mir schnell ein Brot, welches ich esse während ich meine Tasche für die Arbeit packe. Eine Flasche Wasser und eine Banane reichen mir aus, mittags esse ich dann in der Cafeteria im Krankenhaus. „Tschüss Papa!", verabschiede ich mich, den Fahrrad Schlüssel bereits in der Hand.

„Bis später Lina! Ich wünsche dir einen schönen Tag."

„Den schönen Tag, den wünsche mal lieber meinen Patienten.", zwinkere ich ihm zu.

„Wenn die gut drauf sind, dann bin ich's auch."

Als Physiotherapeutin muss man oft schlecht gelaunte Menschen ertragen, besonders im Krankenhaus. Manche Leute sind verständlicherweise einfach unzufrieden mit ihren Beschwerden und Erkrankungen, viele zusätzlich aber auch noch ungeduldig. Mit sich selbst und natürlich auch mit uns Therapeuten. Aber Wunderheilen kann ich nun mal nicht.

„Ach Lina.", meint Papa. „Sieh es doch mal andersherum. Wenn du gut drauf bist, überträgst du es auch auf deine Patienten."

Er hat recht und ich seufze. Ich schenke ihm noch ein Lächeln und mache mich auf den Weg.

Der kalte Januar Wind weht mir in mein vor Anstrengung gerötetes Gesicht. Ich hasse Fahrradfahren. Und Gegenwind! Den besonders. Ich bin ein wahnsinnig unsportlicher Mensch und als ich endlich am Krankenhaus ankomme, pfeift meine Lunge mit den Vögeln um die Wette.

Leider habe ich noch kein eigenes Auto und da ich bis zum Krankenhaus nur fünf Minuten mit dem Fahrrad brauche, ist es

für mich auch keine Option überhaupt mit einem Auto zu
fahren.

Da muss ich jetzt durch.

Der Vormittag vergeht langsam und ich muss mich immer
wieder auf neue Patienten einstellen. Ich behandele ältere
Menschen die frisch operierte Hüften oder Knie haben, mache
Atemtherapien mit Patienten die an Lungenerkrankungen
leiden, oder schon eine längere Zeit liegen müssen und kurz
vor dem Mittagessen leite ich noch ein Bewegungsbad für eine
Gruppe von 6 betagten Damen mit Rheuma, die sich mehr
ihrem Klatsch und Tratsch widmen als sich auf die Übungen zu
konzentrieren.

In der Mittagspause setze ich mich dann mit meinem Curry-
Reis in eine ruhige Ecke der Cafeteria, weit weg von meinen
Kollegen, die ich trotzdem bis hierher quatschen hören kann.

Ich komme gut mit meinen Kollegen aus, brauche aber
mittags meist meine Ruhe, da ich schon den ganzen Vormittag
mit meinen Patienten rede. Es kostet mich ganz schön viel
Energie, sich in die unterschiedlichsten Menschen einzufühlen
und oft sind die Schicksalsschläge mancher Patienten auch für
mich belastend, da ich sehr mitfühlend bin.

Ich schaue auf mein Handy und sehe, dass Gabriel heute
Morgen noch geantwortet hat.

**Mein Tag war super! Hatte heute viel zu tun. Hab übrigens
eine Überraschung für dich** 😃

Eine Überraschung?

Mach es nicht so spannend Mensch 😩 **...**

,tippe ich schnell zurück, obwohl ich weiß, dass der schönste Mann der Welt jetzt tief und fest schlafen wird.

Lina

Im Alter von 8 Jahren, im Sommer 2004

Es sind endlich Sommerferien und ich fahre mit meinen Inlineskates die Straße vor unserem Haus auf und ab.

Im Haus gegenüber sehe ich den Nachbarsjungen Gabriel am Fenster stehen. Der Zehnjährige winkt mir zu, als ich das nächste Mal an ihm vorbei sause. Ich grinse ihn an, bisher hatten wir nicht sehr viel miteinander zu tun.

Gabriel ist mit seinen Eltern hierher gezogen, als er vier war.

Damals waren zwei Jahre Altersunterschied zwischen uns noch ziemlich viel. Er war schon ein Schuljunge, als ich noch eine ganze Zeit Kindergarten vor mir hatte.

Als ich das Ende der Straße erreicht habe, mache ich kehrt und dieses Mal halte ich vor seinem Haus an, doch Gabriel ist am Fenster nicht mehr zu sehen.

Ein bisschen enttäuscht bleibe ich noch eine Weile stehen.

Tue so, als ob ich die Schoner an meinen Händen etwas enger ziehen würde. Einen Augenblick später öffnet sich die Haustür und Gabriel Stalten kommt mit seinem Skateboard heraus und einem breiten Lächeln auf seinem Gesicht.

„Hi Lina, ich fahre eine Runde mit, wenn ich darf!", ruft er mir zu und hüpft auf sein Board.

„Voll gerne!", sage ich und erwidere sein Lächeln.

Einige Zeit fahren wir die Straße gemeinsam auf und ab und quatschen ein bisschen.

Gabriel erzählt mir, dass es für ihn schwierig ist in seiner Klasse Freunde zu finden. Da wir beide eine Pause gebrauchen können, beschließen wir, uns auf den Stufen unseres Hauses etwas hinzusetzen.

„Ich glaub, ich bin einfach anders als die anderen Kinder in meiner Klasse … ", führt Gabriel unser Gespräch fort. Ich schaue ihn nachdenklich an und frage vorsichtig: „Du meinst, weil du aus Amerika hier hergezogen bist?"

Der Junge mit den wuscheligen dunkelbraunen Haaren sieht mich mit seinen strahlend blauen Augen an und zieht einen Mundwinkel hoch.

„Hmm nee … , ich glaub, das ist es nicht. Weißt du, irgendwie machen die ständig nur so blöde Sachen, ärgern ein paar Kinder aus unserer Klasse die sie nicht gut genug kennen und hören einfach nicht damit auf. Über mich haben sie auch schon oft gemeine Lügen erzählt."

Ich kann ihn so gut verstehen, denn mir geht es ähnlich in meiner Klasse. Mit meiner Freundin Maren ist es zwar wirklich immer witzig und ich bin gerne mit ihr zusammen, aber leider ist sie sehr darauf fixiert sich bei den beliebten Mädchen einzuschleimen, sodass es mir manchmal zu viel wird.

„Ich weiß, was du meinst. Die benehmen sich wie Kindergartenkinder oder ?" Mit einem Nicken stimmt Gabriel mir zu.

„Ich habe sowieso das Gefühl, ich komme eigentlich gar nicht von hier."

Er lässt seinen Blick in den Himmel schweifen.

„Ich glaube, ich auch nicht … ", gestehe ich ihm.

Gegenwart

Den Rest des Tages kann ich mich kaum noch konzentrieren.

Meine Arbeit mache ich, ohne großartig darüber nachzudenken und meinen Patienten höre ich auch nur halb zu.

Was meint Gabriel damit, dass er eine Überraschung für mich hat? Dass er sein Abschlussexamen und die Doktorarbeit bestanden hat, weiß ich doch schon längst. Wie gerne hätte ich den frischgebackenen Dr. Stalten in meine Arme geschlossen, als er mir davon am Telefon stolz erzählt hat!

Vielleicht hat er eine wahnsinnig gute Stelle als Assistenzarzt ergattert. Aber das hätte er mir doch direkt geschrieben, oder?

Nach Feierabend ziehe ich mich schnell um und packe meine Sachen in die Tasche.

„Schönes Wochenende Lina!", ruft Simone mir noch hinterher, als ich mit schnellen Schritten zum Ausgang laufe.

„Ja bis Montag! Ich wünsche dir auch ein schönes Wochenende!", rufe ich zurück und schenke ihr ein Grinsen.

Von all meinen Arbeitskollegen mag ich Simone am liebsten. Sie ist zwar schon 41 und somit viel älter als ich, aber sie hat so viel gute Laune und Freude zu verbreiten und das liebe ich an ihr.

Außerdem ist sie mir mit ihrem Mitgefühl für die Menschen sehr ähnlich.

Draußen schwinge ich mich auf mein Fahrrad und kämpfe mich nach Hause. Allerdings tut mir die frische Luft gerade auch wirklich gut.

Es ist 18:30 Uhr und schon stockdunkel.

Als ich in unsere Straße einbiege, fällt mein Blick auf das Haus der Staltens, in dem gerade Licht brennt.

Die Staltens hatten das Haus damals nicht verkauft, als sie zurück nach Los Angeles gezogen sind, sondern als Ferienwohnung vermietet. Gabriels Tante Annette, die Schwester seiner Mutter Heidi, pflegt und verwaltet das Haus für Gabriels Eltern.

Ich bremse scharf, sodass es quietscht, und schaue mit gekräuselter Stirn auf unser Nachbarhaus. Erst denke ich es seien neue Feriengäste da, aber dann bemerke ich Anettes Auto, das am Straßenrand parkt.

Auf der Auffahrt steht ein Sprinter, auch der wäre eher ungewöhnlich für Feriengäste. Ich steige vom Fahrrad und schiebe es langsam zu unserem Haus herüber, den Blick immer noch auf den Sprinter gerichtet, der nun von einem Mann geöffnet wird. Kisten und Kartons stapeln sich darin. Ein zweiter Mann kommt dazu und hilft dem Ersten, einen der Kartons aus dem Auto zu tragen. Haben die Staltens Ihr Haus hier in Köln verkauft? Ich stelle mein Fahrrad vor unserem Haus ab und schließe die Tür auf.

Im Wohnzimmer treffe ich auf meine Eltern, die es sich zusammen auf der Couch gemütlich gemacht haben und in Zeitungen blättern.

„Hey Leute!", „Hey Lina, na wie war dein Tag?", begrüßt Mama mich.

„War ganz okay. Sagt mal, haben die Staltens ihr Haus verkauft?"

„Wie kommst du darauf?", fragt mein Papa. „Ich habe auf ihrer Auffahrt gerade einen Sprinter stehen sehen, der voll mit Kisten war. Zwei Männer tragen sie gerade ins Haus und Annette scheint auch da zu sein, zumindest steht ihr Auto vorm Haus."

„Nicht, dass ich wüsste.", meint Papa.

„Annette hat gar nichts davon erzählt, als ich sie vorgestern beim Einkaufen getroffen habe."

Mama runzelt die Stirn und schaut verwundert. Sie kennt Annette ziemlich gut. Schon damals, als Mama die Mutter von Annette und Heidi, im Altenheim betreut hat, hatten sie viel Kontakt. Und auch als ich mich mit Gabriel dann so richtig angefreundet hatte, hat meine Mama sehr viel mit den zwei Schwestern unternommen.

Ich werfe einen Blick auf mein Handy. 19:00 Uhr, das bedeutet, es müsste jetzt 10:00 Uhr in Los Angeles sein. Ich sehe in meinen Nachrichten, dass Gabriel mir noch nicht geantwortet hat, und schreibe ihm noch eine Nachricht hinterher.

Sag mal Gabriel, haben deine Eltern euer Haus hier in Köln verkauft? 🤔

Ich muss schon sagen, dass es mir einen wahnsinnigen Stich versetzen würde, wenn das Haus tatsächlich verkauft wäre.

Dann wäre meine naive Hoffnung, dass er irgendwann wieder hier bei uns gegenüber wohnen würde endgültig verloren.

Ganz in diesen trüben Gedanken versunken, gehe ich in die Küche und mache mir etwas zu essen.

„Schatz, es steht noch was von heute Mittag im Kühlschrank!", ruft Mama mir aus dem Wohnzimmer zu.

„Danke Mama, aber ich mache mir einfach ein Müsli. Ich habe heute im Krankenhaus schon etwas Warmes gegessen."

„Dann nimm wenigstens den Nachtisch!", ruft Papa. „Den hab ich gemacht!" Ich kann sein stolzes Grinsen bis hierher spüren und muss kichern, als Mama hinzufügt: „Ach komm Frederic! Du hast Joghurt aus dem Supermarkt mit Erdbeeren gemischt!".

Mama und Papa fangen an, laut zu lachen und als ich mit meinem Müsli zurück ins Wohnzimmer komme, stimme ich freudig mit ein.

„Papa, der Joghurt sieht so gut aus, den esse ich morgen, dann kann ich mich noch ganz lange darauf freuen."

Wir sitzen noch etwas zusammen und unterhalten uns nett. Überlegen hin und her, ob Gabriels Eltern ihr Haus wirklich verkauft haben könnten. „Katharina, ruf die Annette doch morgen einfach mal an.", meint Papa zu Mama und im selben Moment klingelt mein Handy.

Schnell greife ich nach meinem iPhone auf der Sofalehne. Ich bin fest davon überzeugt, dass es Gabriel ist, der mich nun doch nicht länger auf die Folter spannen möchte, bin jedoch ein bisschen enttäuscht als ich stattdessen den Namen meiner besten Freundin Emma auf dem Display lese. Ich entschuldige mich bei meinen Eltern und nehme den Anruf entgegen, während ich die Treppen zur oberen Etage hochgehe.

„Hi Emma!", „Hey wie siehts aus bei dir? Hast du deinen Arbeitstag gut überstanden?" Mittlerweile habe ich mein Zimmer erreicht und lasse mich auf mein gemütliches Bett plumpsen, welches ich mit einer kuscheligen Tagesdecke aus pinkem Teddyfell zugedeckt habe.

„Ja, Gott sei Dank ist der Freitag endlich geschafft!", stöhne ich.

„Ich freue mich auch so aufs Wochenende.", stimmt Emma mir zu. „Einfach mal nichts tun! Ich hab mich heute in der Drogerie erst mal mit Gesichtsmasken und neuem Badesalz eingedeckt und morgen mache ich einen Wellnessabend. Kommst du dann zu mir? Wir können auch einen Film gucken."

Die Idee finde ich gut, trotzdem verdrehe ich grinsend meine Augen weil ich genau weiß, worauf Emma hinaus will.

„Und dann soll ich dich sicherlich noch massieren nicht wahr?"

Physiotherapeutin zu sein kann manchmal echt ein Fluch sein.

„Ach, das wäre natürlich der Knaller! Das ist ein total netter Vorschlag von dir Lina!", sagt Emma gespielt überrascht und bricht in lautes Gelächter aus.

„Nein im Ernst, das könnte ich gut gebrauchen. Ich bin heute in mein neues Büro gezogen und musste so viel Kram selber schleppen. Du würdest dich wundern, wie schwer Aktenordner sein können."

„Schon gut. Ich massiere dich morgen, du arme Frau.", lache ich. Wir plaudern noch ein bisschen über Emmas neues Büro, welches sie bekommen hat weil die ganze Kanzlei, in der sie als Steuerfachangestellte arbeitet, in ein anderes Gebäude gezogen ist. Dann erzähle ich ihr noch von meinem Tag und von Gabriels Nachricht heute Morgen. Als ich ihr noch berichte, dass ich vermute, dass seine Eltern das Haus verkauft haben, kann ich ein Brennen in meinen Augen nicht unterdrücken und eine Träne läuft über meine Wange.

„Ach Lina, vielleicht ist es ja auch ganz anders und alles klärt sich auf. Hat Gabriel dir denn schon geantwortet?"

„Nein hat er noch nicht. Meinst du, ich soll ihn einfach mal anrufen?", frage ich, bin mir aber sicher, dass ich mich nicht trauen werde.

In der ganzen Zeit in der er weg ist, haben wir so wenig telefoniert, dass ich es an den Fingern beider Hände abzählen kann. Er hat zu Beginn öfter versucht, mich zu erreichen, aber ich habe einfach nicht abgenommen. Es ging einfach nicht anders.

Seine Stimme zu hören …

Das hat alles immer noch schlimmer gemacht und war wie ein Messerstich in mein Herz.

Als würde jemand mit der Faust meine Kehle zudrücken.

Und jedes Mal hat es Tage gedauert, bis ich wieder einigermaßen in meinem Leben angekommen bin.

In meinem Leben hier in Köln, ohne Gabriel.

„Wenn du das Gefühl hast, dass du jetzt eine Antwort brauchst, dann ruf ihn an."

„Ok.", flüstere ich zurück. „Ich bin dann morgen Abend um
8:00 Uhr bei dir.", will ich das Gespräch mit Emma beenden
und mich ganz meiner Sehnsucht nach Gabriel hingeben.

„Das wäre schön Lina. Du kannst dich gerne später oder
morgen früh mal melden, wenn du etwas von ihm gehört hast."

„Mache ich!", verspreche ich ihr und drücke auf „auflegen".

Ich stehe auf und nehme die Teddy Tagesdecke vom Bett
herunter, falte sie grob zusammen und werfe sie auf meinen
Schreibtischstuhl, der an meinem Schreibtisch gegenüber von
meinem Bett steht. Dann ziehe ich mir einen gemütlichen rosa
farbenen Schlafanzug an und gehe ins Bad, um mich bettfertig
zu machen, damit ich mich anschließend in meine Kissen
kuscheln kann und nicht mehr aufzustehen brauche, falls ich
müde werde.

Als ich so da liege und mir überlege was ich jetzt mit dem
restlichen Abend anfange, wird meine Sehnsucht, Gabriels
Stimme zu hören, immer größer.

Bei Gabriel habe ich mich immer zu Hause gefühlt.

So eng bin ich bis heute mit fast keinem Menschen in
meinem Leben gewesen, außer meinen Eltern und Emma. Für
mich als Einzelkind ist er in gewisser Weise auch wie ein
Bruder. Er ist meine seelische Stütze, jemand der mich immer
versteht, auch wenn ich nichts sage. Er blickt mit seinen
wahnsinnig schönen und durchdringenden Augen stets in mein
Herz, und direkt in meine Seele.

Eigentlich gibt es kaum Worte für unsere Verbindung, die
selbst für die Menschen in unserem Umfeld stark spürbar war.

„Ihr seid wie Zwillinge!", hat Gabriels Mutter früher oft
gesagt. Und es stimmt wirklich, wir denken fast immer
dasselbe, ergänzen unsere Sätze und es ist damals auch häufig

vorgekommen, dass wir nachts ganz ähnliche Träume hatten. Um 22 Uhr halte ich es nicht mehr aus. Jetzt ist es circa 13 Uhr am Nachmittag bei Gabriel. Weil ich weiß, dass er zurzeit frei hat und eventuell auch Zuhause sein könnte, wage ich einen Versuch und drücke im Telefonbuch meines iPhones auf seinen wundervollen Namen. Aufgeregt schwebe ich mit meinem Daumen über der Taste und atme tief ein. Dann drücke ich auf „anrufen".

„Hey, it's Gabriel! If it's important, tell me on the mailbox, otherwise try again later.", ertönt die tiefe, klare Stimme von Gabriel auf seinem Anrufbeantworter.

Ich atme laut aus und beende den Anruf. Meine schwitzige Hand lässt mein Handy auf meine Knie sinken, die ich leicht angewinkelt habe.

Ich versuche, mich zu entspannen.

Einerseits erleichtert es mich, dass er nicht abgenommen hat, denn nach den vielen Monaten die zwischen unseren Telefonaten liegen habe ich etwas Angst, dass es ein seltsames oder verkrampftes Gespräch werden könnte, indem wir beide nicht wissen was wir sagen sollen.

Andererseits vermisse ich ihn in den letzten Tagen wieder so sehr, dass ich nach jeder Möglichkeit greifen möchte dieses Gefühl, diese Distanz zwischen uns etwas erträglicher zu machen. Also beschließe ich, mal wieder sein Instagramprofil zu stalken. Einige Sekunden später grinst mich der Mann mit den braunen, kurzen, strubbeligen Haaren von seinem neuesten Foto aus frech an. Gabriel trägt eine schwarze Lederjacke und darunter ein grau meliertes Shirt mit V-Ausschnitt.

Über seiner rechten Schulter trägt er eine große schwarze Sport oder Reisetasche.

Er steht, wie es für mich aussieht, in einer Tiefgarage oder einem großen Parkhaus.

– Let's go! – , steht unter dem Bild, welches er vor 2 Stunden gepostet hat.

Ich runzele die Stirn.

Wo will er denn hin?

Sonst erzählt er mir doch immer, wenn er verreist oder Urlaub macht.

Die Kommentarfunktion hat Gabriel für diesen Post ausgestellt. Mist. Ich habe gehofft, durch diese ein bisschen schlauer zu werden. Ich sehe mir noch mehr Fotos auf seinem Profil an und bemitleide mich selbst, weil ich ihn nie haben werde.

Er wird nie so zu mir gehören, wie ich es mir aus tiefstem Herzen wünsche. Niemals. Leise weinend schlafe ich irgendwann ein.

Im Alter von 13 Jahren

Gabriel und ich liegen auf dem Boden meines Zimmers und sortieren unsere Edelsteine.

Wir beide sammeln sie schon seit Jahren.

Ich habe irgendwann einmal damit angefangen, nachdem ich mir eine kleine hölzerne Schatzkiste mit wunderschönen bunten glänzenden Edelsteinen darin, im Urlaub in der Eifel gekauft habe.

Die Steine haben mich so sehr fasziniert und ich hatte das Gefühl, dass sie in meinen Händen pulsiert oder vibriert haben.

Diese Energie, die von Edelsteinen ausgeht, spüre ich noch immer.

Jeder Stein fühlt sich anders an, hat eine andere Schwingung.

Ich stelle mir immer die heilende Wirkung meiner Edelsteine vor und glaube fest daran, dass sie eine Zauberkraft besitzen.

Ich war sehr erstaunt, als mir Gabriel damals das erste Mal sein Zimmer gezeigt hat. Es sieht heute noch genauso aus. Ein Regal, das gegenüber von seinem Bett steht, ist vollgestellt mit Steinen.

Es sieht wunderschön aus.

Er besitzt zusätzlich zu vielen kleinen Trommelsteinen aller Art auch noch sehr große Steine. Eine Amethystdruse und einen Obelisken aus Bergkristall, der so hoch ist wie zwei Kakaobecher übereinandergestapelt.

Die großen Steine hat er teilweise von seiner Oma geschenkt bekommen, die Edelsteine auch liebte. Oft hat er sich auch welche zum Geburtstag gewünscht.

Ich liebe auch die tolle Lampe aus Salzkristall, die sein ganzes Zimmer in ein wohlig warmes und gemütliches Licht wirft.

Gabriel hat mir erzählt, dass auch er das Vibrieren in den Steinen spüren kann und er manchmal in Gedanken mit ihnen spricht.

Seit wir wissen, dass wir die Leidenschaft für Edelsteine teilen, setzen wir uns öfter zusammen um uns mit unseren magischen Fundstücken aus der Natur zu beschäftigen.

Gerade halte ich ein großes Herz aus Rosenquarz in meinen Händen und bewundere, wie schnell der Stein meine Körperwärme angenommen hat.

„Fühl mal Gabriel, dein Herz ist richtig schön warm geworden.“

Ich strecke es ihm entgegen.

Vorsichtig nimmt er es mit seinen schlanken Fingern aus meinen Händen, dreht sich auf den Rücken und hält es mit geschlossenen Augen an seine Brust gedrückt.

Ich grinse in mich hinein.

Ein bisschen komisch sieht es schon aus, was Gabriel da macht.

Aber ich weiß mittlerweile, dass es seine Art ist, sich mit den Steinen zu verbinden. Er macht das über seine Gedanken und dann antworten die Steine ihm manchmal.

„Sagt es was?", flüstere ich, da ich ihn nicht erschrecken will. Gabriel sieht unheimlich konzentriert aus.

„Ich glaube, es mag dich Lina."

Ein sanftes Lächeln umspielt seinen Mund.

„Kannst du mir mal deine Hand geben?", fragt er schließlich und streckt seine linke Hand in meine Richtung, die Augen noch immer geschlossen.

Ich reiche ihm meine rechte Hand und warte gespannt auf eine Erklärung.

„Wow! Der Stein pulsiert ganz genau wie deine Hand!"

Begeistert schlägt Gabriel endlich die Augen auf und das tiefe Blau trifft genau auf das satte Grün meiner Augen.

Es trifft mich völlig unvorbereitet.

Ich kann seinen Blick so tief spüren, dass sich mein Magen für einen kurzen Moment leicht und wohlig zusammenzieht und sich ein angenehmes, elektrisches Kribbeln in meinem Bauch ausbreitet.

Warme, wellenartige Energie strömt aus Gabriels Hand in meine hinein und weiter in meinen ganzen Körper.

Was ist passiert?

Unsicher ziehe ich langsam meine Hand zurück und atme tief ein.

„Geht es dir gut?", fragt Gabriel irritiert.

„Ja, aber ich hab auch irgendwas gespürt gerade. Das war seltsam ... "

Mehr will ich ihm nicht sagen. Ich bin doch vollkommen verrückt.

Aber ich kann nicht abstreiten, dass ich Gabriel ganz plötzlich mit anderen Augen sehe. Mit geschärfteren Sinnen als sonst.

Mir fällt erst jetzt so richtig auf, wie schön er ist.
Wie viel er mir bedeutet.

Gegenwart

Ich wuchte meine Reisetasche hoch und stopfe sie in die Gepäckablage des Fliegers.

Dann quetsche ich mich an den ersten zwei Plätzen der Sitzreihe vorbei und lasse mich auf meinen Fensterplatz plumpsen.

Links neben mir sitzt eine junge Frau und lächelt mich schüchtern an. Ich lächele zurück und stopfe mir meine Airpods in die Ohren, die ich aus der engen Tasche meiner schwarzen Kunstlederjacke hervorgekramt habe, welche zusammengeknubbelt auf meinem Schoß liegt.

Ich öffne Spotify auf meinem iPhone, wähle meine Lieblingsplaylist aus, atme ein paarmal tief ein und aus und versuche, mich endlich zu entspannen.

Jetzt liegen fast 14 Stunden Flug vor mir. Ich bin innerlich völlig aufgedreht, voller Vorfreude und gleichzeitig voller Unsicherheit.

Vor etwa neun Jahren bin ich das letzte Mal diese lange Strecke geflogen, zusammen mit meinen Eltern.

Dieses Mal fliege ich allein.

In Los Angeles mein Medizinstudium zu machen war eine Entscheidung, die ich nach heutiger Ansicht damals viel zu leichtfertig getroffen habe.

Ich wollte in die USA, um vor meinen Gefühlen zu fliehen, die ich mir einfach nicht eingestehen und nicht zulassen wollte.

Aber jetzt weiß ich, wie dumm das war.

Gefühle lassen sich nicht ignorieren, sie lassen sich auch nicht wegdenken.

Sie wollen gesehen und gehört vor allem aber gefühlt werden, tut man dies nicht, verfolgen sie einen.

Sie werden zu deinen Dämonen und zu deinen größten Ängsten. Zu deinem Feind.

So lange, bis du endlich hinschaust, hinhörst, zulässt und akzeptierst.

Meine Gefühle haben mich eine Zeit lang beinahe in eine Depression getrieben. Es vergeht kein einziger Tag, an dem ich nicht an Lina denke.

Das Mädchen, dem mein Herz gehört.

Damals hätte ich es nicht verkraftet, wenn sie mir gesagt hätte, dass sie anders empfindet. Ich war naiv und habe geglaubt meine Gefühle würden unserer Freundschaft im Weg stehen, deshalb habe ich damals entschieden zu gehen.

Was ich nicht wusste, mit ihr habe ich einen Teil meiner Seele zurückgelassen.

Aus meiner Hosentasche hole ich ein Herz aus Rosenquarz.

Eine Verbindung zu Lina, die ich schon die ganzen Jahre über immer nah an meinem Körper trage.

Seit Lina früher unwissentlich, scheinbar ihre Energie auf meinen Edelstein übertragen hat, kann ich durch ihn grobe Informationen über sie bekommen.

Das hab ich schon damals bemerkt, es aber immer für mich behalten.

Manchmal sind es kurze Bildsequenzen von Lina, die sich vor meinem inneren Auge zeigen, oder Gefühle, die in mir hochkommen, welche ich nicht bei mir einordnen kann.

Ein paarmal habe ich auch schon ihre Gedanken innerlich gehört, aber das waren nur Bruchstücke und völlig ohne Zusammenhang.

Ich habe keinen Zweifel daran, dass Lina sehr gelitten hat, als ich sie verlassen habe. Und ich weiß, sie leidet bis heute.

Aber das sie für mich dasselbe fühlt wie ich für sie, daran kann ich einfach nicht glauben.

Ich will mir keine falschen Hoffnungen machen.

Den Edelstein noch immer in der Hand, schließe ich die Augen und konzentriere mich ganz auf seine Schwingung und die beruhigende sanfte Klaviermusik in meinen Ohren.

Noch einige Stunden und ich bin zurück in Deutschland.

Ich wache auf als der Pilot die Zwischenlandung in Frankreich ankündigt. Mein Rücken und mein Hintern schmerzen vom ewigen Sitzen auf demselben engen Sitz.

Ich versuche, mich so gut es geht auszustrecken und fahre mir mit den Fingern beider Hände durch die Haare, bezweifle jedoch, dass sie dadurch besser aussehen als vorher.

Ich beschließe, am Flughafen einen großen Kaffee zu kaufen und mir die Beine etwas zu vertreten, bevor mein Flug fortgesetzt wird.

Es wird sicher komisch sein wieder nach Hause zu kommen. Vor allem allein.

Mama und Papa bleiben in Los Angeles. Sie haben dort beide ihre Arbeit und fühlen sich einfach wohl.

Mein Vater ist Psychologe in seiner eigenen Praxis, die immer guten Zulauf hat und meine Mutter hat vor drei Jahren einen kleinen Schmuckladen eröffnet.

Wir wohnen zu dritt in einer ausreichend großen, gemütlichen Wohnung in Westwood, in der Nähe der University of California, an der ich Medizin studiert habe.

Eine eigene Wohnung habe ich mir während des Studiums nicht leisten können und zugegeben, ich habe es auch wirklich genossen, dass Mama abends für uns alle gekocht hat, sich um meine Wäsche gekümmert hat und ich im Haushalt auch nicht viel tun musste.

Ich werfe einen Blick auf mein Handy.

Zehn ungelesene Nachrichten, die meisten davon Abschiedsgrüße von meinen Freunden in L.A., die ich schon jetzt vermisse.

Eine Nachricht von Mama, die mir schreibt, dass ich mich bei ihr oder Papa melden soll, sobald ich in Deutschland gelandet bin.

Eine Nachricht von meiner Tante Anette, dass mein Kram schon gestern in Deutschland angekommen ist und im Haus in Köln darauf wartet, ausgepackt zu werden.

Und dann noch die Nachricht von Lina, die neugierig fragt, was ich denn für eine Überraschung geplant habe.

Ich habe die letzten Monate mit Lina kein einziges Mal über meine Pläne zurück nach Deutschland zu ziehen gesprochen. Ich habe mich einfach in Kölns Krankenhäusern beworben, um dort meine Facharztausbildung in der Chirurgie zu beginnen.

Ich habe eine Woche Zeit um es mir in unserem Haus in Köln- Bayenthal wieder heimisch zu machen, bevor ich dann übernächsten Montag meinen ersten Arbeitstag dort, im St. Antonius Krankenhaus direkt bei mir um die Ecke, angehe.

Mit meinem noch heißen Kaffee in der Hand, den ich mir in einer Bäckerei besorgt habe, schlendere ich durch die Flughafengeschäfte und stöbere herum, ohne etwas zu kaufen.

Es tut gut sich ein bisschen bewegen zu können und doch freue ich mich auf den Anschlussflug, der mich dann endlich an mein Ziel bringt.

Die geplante Ankunftszeit am Kölner Flughafen ist 13 Uhr. Von da aus fahre ich dann mit der Bahn weiter.

Ich werde noch sehr viel zu tun haben die nächsten Tage und würde mir gerne noch ein paar Möbel besorgen. Im Haus ist zwar das Meiste vorhanden, da es ja als Ferienhaus genutzt wurde, jedoch denke ich, dass ich mich wohler fühle mit ein paar neuen und vor allem eigenen Dingen. Dann kann ich nach und nach alles nach meinem Geschmack einrichten.

Ich muss mich beim Amt ummelden und wollte nach einem Auto suchen.

In Köln kann man alles mit der Bahn gut erreichen, aber ich bin es aus Los Angeles einfach gewohnt ein eigenes Auto zu haben und unabhängig zu sein. Außerdem ist es für Großeinkäufe und Möbelstücke, die man transportieren muss, einfach praktischer.

Ich hoffe sehr, dass Lina mich bei all den Erledigungen begleitet.

Der Aufruf für meinen Flug reißt mich aus meinen Gedanken.

Ich werfe den leeren Kaffeebecher in einen Mülleimer und mache mich bereit für das letzte Boarding auf meiner Reise.

2019 - Im Alter von 15 Jahren

Ich liege auf dem Teppich in Linas Zimmer und halte mein Rosenquarzherz an meine Brust gedrückt. Mit der anderen Hand halte ich Linas Hand fest. Die Energie fließt wie Strom durch meinen ganzen Körper und ich spüre das gleichmäßige und seltsamerweise gleichzeitige Pulsieren von meinem Edelstein und meiner besten Freundin.

Ich habe zwar schon immer die faszinierende Schwingung der Steine deutlich wahrgenommen, aber so etwas habe ich noch nie gespürt.

Plötzlich reißt Lina ihre Hand zurück und zieht scharf die Luft ein.

Ich öffne meine Augen und schaue in ihre.

„Geht es dir gut?", frage ich besorgt.

„Ja, aber ich hab auch irgendwas gespürt gerade. Das war seltsam … "

Eine angenehme Wärme breitet sich in meiner Magengegend aus.

Sie hat es also auch bemerkt, ich habe es mir nicht eingebildet.

Ich halte meinen Blick weiter auf sie gerichtet und lächle sanft.

Lina und ich. Das, was wir beide haben, ist so besonders, so einzigartig, das spüre ich nun deutlicher als zuvor.

Lina, mit ihren grünen Augen, ihren geschwungenen, perfekt geformten Lippen, ihr glänzendes braunes Haar, welches gerade offen über ihren Rücken fällt.

Es ist schon spät, fast 23 Uhr, aber ich liege noch lange wach in meinem Bett. In meinem Zimmer, in dem Haus gegenüber von Lina Kaster.

Ich halte das Rosenquarzherz in meiner linken Hand, denn diese ist näher an meinem Herzen.

Ich kann Linas Energie noch immer spüren.

Es kommt mir fast so vor, als könnte ich ihren Herzschlag durch den Stein verfolgen. Wie ein leises, warmes Pochen in meiner Hand.

Ich schließe meine Augen und konzentriere mich ganz auf die Emotionen, die in mir aufsteigen.

Ich fühle Geborgenheit, Glück und Liebe.

Vor meinen inneren Augen beginnen sich zarte Bilder zu formen. Ähnlich wie die Visionen, die ich oft habe und die so unglaublich sind, dass sie mir niemand glauben würde.

Sonst geht es in den Visionen nur um mich, doch jetzt sind es plötzlich Visionen von mir und Lina zusammen.

Ich wusste selbst lange gar nicht so genau, ob es tatsächlich Visionen sind und was das, was ich in ihnen sehe wirklich bedeutet.

Oft habe ich gedacht, ich spinne mir da etwas zusammen.

Aber vor Kurzem ist etwas passiert und seit dem bin ich mir sicher, dass diese Bilder Realität sind. In der Vergangenheit, in der Gegenwart und in der Zukunft.

Ich erlebe die Visionen mit allen meinen Sinnen.

In diesen Momenten kann ich alles was um mich herum passiert deutlich erkennen. Ich rieche Düfte, die ich noch nie zuvor gerochen habe und sehe Farben, für die ich keine Worte habe. Ich höre Musik, wie nicht von dieser Welt. Das alles ist kaum zu glauben und bestärkt mich in der Sicherheit, dass man sich so etwas auch nicht einbilden kann.

Das Ganze fing damals an, als ich ca. drei Jahre alt war.

Aber, dass diese Art von Träumen nicht ganz normal sind, wurde mir erst bewusst, als ich ca. 7 Jahre alt war und von meinen Eltern und von Freunden, denen ich davon erzählt habe, sehr verwundert angestarrt wurde und sie alles nur als Fantasie abgetan haben.

Seitdem habe ich nie wieder mit anderen über diese Erlebnisse gesprochen.

Nicht einmal mit Lina.

Meine Eltern sind sehr offen, was spirituelle Dinge angeht, aber ich glaube nicht, dass sie damit gerechnet haben oder glauben können, dass ihrem eigenen Sohn so etwas Außergewöhnliches passiert.

Ich bleibe noch eine Weile in dieser anderen Welt und staune über die neuen Eindrücke. Dann wird mir eine Sache plötzlich sehr bewusst.

Die Tatsache, dass Lina und ich schon immer zusammengehört haben.

Mit einem angenehmen Kribbeln in der Magengegend falle ich in einen tiefen Schlaf.

„Lina reichst du mir bitte die Marmelade?",
„Klar Mama."

Ich liebe die Samstage, an denen meine Mutter frei hat und gemeinsam mit Papa und mir frühstückt.

Mit Papa alleine zu frühstücken ist auch ganz nett, aber geselliger ist es eben zu dritt.

„Was habt ihr denn heute Schönes geplant Mädels?", fragt Papa und beißt dann einen riesig großen Bissen von seinem Brötchen ab.

„Ich hoffe, dass ich deine Wiederbelebung nicht mit in meinen Tagesplan mit aufnehmen muss, wenn du an dem überdimensionalen Stück Brötchen das du dir gerade in den Mund gestopft hast, erstickst Papa!" Ich muss so sehr lachen, dass ich mich beinahe selber an einem Krümel verschlucke, es aber gerade noch rechtzeitig mit einem Räuspern verhindern kann.

„Also, heute Abend bin ich mit Emma verabredet. Wir wollen einen Film anschauen und uns eine Gesichtsmaske machen."

„Das wird bestimmt super, Schatz. Es tut dir sicher gut, mal wieder mit Emma zu quatschen. Du wirkst ein wenig gestresst in letzter Zeit."

Mama hat meine verheulten Augen bemerkt, die sich heute Morgen einfach nicht mit Make-up kaschieren lassen wollten.

Sie lächelt mir aufmunternd zu und erzählt von ihren Plänen für heute. „Ich werde jetzt gleich erst mal ein bisschen

Ordnung machen und anschließend in den Supermarkt einkaufen gehen. Hat jemand Lust mitzukommen?"

„Ich komme mit.", beschließe ich. „Ich brauche eh noch ein paar Kleinigkeiten."

„Ich bringe den Nachbarn gleich die Schleifmaschine zurück und dann ist Entspannung angesagt." Papa hatte die letzte Woche Urlaub und diesen dafür genutzt, allerlei Handwerkliches im Haus zu erledigen, wozu er sonst kaum Zeit findet.

„Montag geht es ja wieder los für mich.", fügt er noch hinzu.

Er arbeitet als Fliesenleger in einer größeren Firma.

„Ja, ein bisschen Entspannung hast du dir verdient, du hast ganz schön viel geschafft letzte Woche."

Mama und Papa unterhalten sich weiter und ich trinke den letzten Schluck Kaffee aus meiner Tasse. Dann werfe einen Blick auf mein Handy.

Gabriel hat sich immer noch nicht zurückgemeldet und so langsam macht mir das Sorgen.

„Lina, was meinst du, wann wir loskönnen?", fragt mich Mama.

„Hmm?" Ich war total in meinen Gedanken versunken und habe kurz vergessen, dass ich ihr beim Einkauf Gesellschaft leisten wollte.

„Zum Supermarkt meine ich.", sagt sie und räumt die Teller vom Frühstück zusammen.

„Achso, meinetwegen gleich schon. Ich muss mir nur noch schnell meine Haare föhnen gehen. Eigentlich wollte ich sie heut an der Luft trocknen lassen, aber wenn wir jetzt rausgehen, ist mir das zu kalt."

„Na klar, wir haben ja keine Eile heute. Mach du dich mal in Ruhe fertig und Papa und ich räumen hier auf."

Ich föhne meine Haare länger, als es nötig ist, denn die Luft ist so schön warm und das laute Gepuste des Föhns wirkt ein kleines bisschen gegen meine kreisenden Gedanken.

Als ich fertig bin, mache ich mir noch schnell einen Pferdeschwanz, gehe die Treppe runter und hole meine Handtasche und meine Jacke aus der Garderobe.

Wenig später steigen Mama und ich ins Auto ein.

Es ist mittlerweile elf Uhr und Gabriel hat sich noch immer nicht gemeldet. Mit zusammengezogenen Augenbrauen starre ich abermals auf mein Handy.

„Willst du mir jetzt endlich verraten, was mit dir los ist?", fragt Mama besorgt.

„Ach, es ist wegen Gabriel. Er hat sich seit gestern nicht mehr bei mir gemeldet. Normalerweise beginnt jeder Tag mindestens mit einer Nachricht von ihm. Ich weiß gar nicht, ob ich mir Sorgen machen oder mich über ihn ärgern soll. Klingt das blöd?"

Ich schaue meine Mutter kurz an, aber nur um gleich wieder wegzusehen, damit sie nicht sieht wie Tränen in meinen Augen aufsteigen.

„Nein, das klingt überhaupt nicht blöd! Ihr habt eben schon immer eine ganz besondere Verbindung gehabt. Wenn du sonst wirklich jeden Morgen von ihm hörst, dann kann ich gut verstehen, dass du verunsichert bist. Aber meistens gibt es doch immer eine gute Erklärung für solche Dinge. Hast du denn schon versucht, ihn anzurufen?"

Mama hat recht.

Vielleicht steigere ich mich da in etwas rein, was eigentlich nur ein Missverständnis ist. Möglicherweise hat er ja im Moment sehr viel um die Ohren, oder sein Handy ist verloren gegangen.

„Ja das hab ich gestern Abend versucht, weil er mir auf meine Nachricht nicht geantwortet hat. Aber es ist nur sein Anrufbeantworter angesprungen."

Zumindest habe ich dadurch kurz seine Stimme hören können.

Meine Mutter weiß nicht, dass ich in Gabriel verliebt bin. Vielleicht ahnt sie es, nach dem ganzen Drama das ich um ihn mache, seitdem er weg ist.

Aber darauf angesprochen hat sie mich noch nie und da ich und Gabriel sowieso keine Chance haben, sehe ich auch keinen Sinn darin ihr mein Herz auszuschütten. Sie würde sich nur Sorgen um mich machen und mir ständig mitleidige Blicke hinterherwerfen. Es reicht mir vollkommen aus, wenn ich mit Emma über diese Dinge reden kann.

„Gib ihm einfach noch ein bisschen Zeit Lina. Er wird sich schon noch melden. Wann war er denn das letzte Mal online?"

„Ich weiß es nicht. Die Funktion, dass man das sehen kann, hat er leider ausgeschaltet. Aber du hast vermutlich recht Mama.

Ich lasse mein Handy im Auto liegen, während wir einkaufen, ich schaue sonst eh nur ständig darauf."

Mittlerweile sind wir am Supermarkt angekommen und meine Mutter sucht nach einer freien Parklücke.

Als sie ganz vorne auf einen Mutter-Kind-Parkplatz zusteuert, sehe ich sie verwundert an.

„Was denn?", fragt sie grinsend. „Wir sind doch Mutter und Kind. Und was anderes ist nicht frei."

Jetzt hat sie es geschafft, mich zum Lachen zu bringen, und meine traurige Stimmung hebt sich allmählich.

Wir waren schon lange nicht mehr zusammen unterwegs und ich genieße es, meine Mutter mal für mich allein zu haben.

Mit ihren vielen Schichten und langen Arbeitstagen bleibt ihr manchmal kaum Zeit für mich oder sie ist zu müde, um lange Gespräche zu führen oder etwas zu unternehmen.

Quatschend und gut gelaunt schieben wir den Einkaufswagen durch die Gänge und ich kann meiner Mutter sogar die Schoko- Cornflakes abschwatzen, die ich schon als Kind so sehr geliebt habe.

„Boah Mama, ich glaube, ich mache später zu Hause ein zweites Frühstück!", schwärme ich. „Die Dinger hab ich so lange nicht mehr gegessen, da muss ich gleich erst mal eine riesige Schüssel von probieren."

„Ich verstehe bis heute nicht, wie du dieses überzuckerte Zeug essen kannst.", meine Mutter rümpft angeekelt ihre Nase.

„Da tun mir schon bei dem Gedanken daran meine Zähne weh.", fügt sie hinzu und greift, wie passend, in das Zahnhygiene Regal um neue Zahnbürsten und Zahnpasta in unseren Wagen zu legen.

Ich muss so laut lachen, dass sich sogar ein paar Leute zu mir umdrehen, aber das ist mir gerade total egal. Diese Unbeschwertheit hat mir die letzten Tage wirklich gefehlt.

Nachdem wir die Einkäufe im Auto verstaut haben, beschließen wir im Café nebenan noch einen Cappuccino zu trinken, bevor wir heimfahren.

Eine ganze Zeit sitzen wir gemütlich in den niedlichen roten Samtsesseln des Cafés und beobachten durch die großen Fenster die Leute draußen.

Das mache ich gerne.

Nicht um mich über die Leute lustig zu machen oder über sie herzuziehen, sondern eher um ihre Energie zu lesen. Das klingt total verrückt ich weiß, aber ich hatte schon immer eine wahnsinnig gute Menschenkenntnis und ein sehr gutes Gespür für die Gefühle anderer Menschen.

Das hilft mir auch bei meiner Arbeit in der Physiotherapie ungemein.

Es ist total spannend, ich sehe eine Person und bemerke sofort ihre Energie. Schon von Weitem kann ich spüren, wie sich die Person gerade fühlt und ob ein Lächeln wirklich echt ist.

Mir macht man so schnell wirklich nichts vor.

Manchmal ist es aber auch sehr schwer für mich. Wenn die Leute mit mir reden und mir etwas erzählen aber ihre Energie mir ganz andere Signale sendet, dann weiß ich nicht wie ich reagieren soll und fühle mich auch oft belogen.

Es hat also Vor- und Nachteile, aber im Allgemeinen bin ich sehr stolz auf meine stark ausgeprägte Empathie.

Der schrille und peinlich laute Klingelton von Mamas Handy reißt mich aus meinen Gedanken.

„Katharina Kaster?“, nimmt sie das Gespräch entgegen.

Ich ziehe die Augenbrauen hoch und schaue sie fragend an.

„Ach Herr Kemper, das ist doch mein freies Wochenende und ich hatte schon so lange keins mehr.“

Genervt fasst sich meine Mutter an die Stirn und lässt ihre Finger in ihren Haaransatz gleiten.

Herr Kemper ist Mamas Chef und ich ahne schon, was jetzt kommt.

„Ja … ja gut, aber sie müssen mir schon noch ein Stündchen Zeit geben. Ich bin gerade mit meiner Tochter im Café."

Stöhnend legt sie auf und schaut mich entschuldigend an.

„Es tut mir so leid mein Schatz. Eine Kollegin hat sich krank gemeldet und ich muss für sie einspringen. Ich setze dich gleich zu Hause ab und fahre dann direkt weiter. Tust du mir einen Gefallen und räumst die Einkäufe für mich weg?"

„Na klar, kein Problem." Meine Mutter tut mir wirklich leid. Sie hatte sich so auf ihr dienstfreies Wochenende gefreut.

„Wie lange musst du denn arbeiten?", frage ich.

„Ich hoffe nur drei Stunden, dann übernimmt eine andere Kollegin für mich."

„Dann sehen wir uns ja heute Nachmittag noch, bevor ich heute Abend zu Emma gehe."

Wir bezahlen unsere Getränke und machen uns auf den Heimweg.

Wie abgesprochen setzt mich Mama daheim ab und ich hieve die schweren Einkaufstaschen zur Haustür.

Papa scheint noch bei den Nachbarn zu sein, um ihnen das Schleifgerät zurückzubringen, denn er antwortet nicht als ich nach ihm rufe.

Ich schleppe die Einkäufe also alleine in die Küche und sortiere sie ordentlich ein.

Die neuen Cornflakes lasse ich allerdings bis zum Schluss auf der Küchenzeile stehen, um mir dann gleich eine Schüssel voll zu genehmigen.

Es schmeckt so unglaublich gut und versetzt mich direkt in meine Kindheit und erinnert mich auch an Gabriel, der die Flakes damals, genauso sehr liebte.

Da ist er wieder, der Stich in meinem Magen und mit ihm das Gefühl, als würde mir jemand die Kehle zudrücken.

Ich hatte tatsächlich kurze Zeit vergessen mir Sorgen um Gabriel zu machen.

Nervös suche ich nach meinem Handy, kann es aber nirgendwo finden. Mist, mir steht der Schweiß auf der Stirn und ich suche wie besessen ein zweites Mal überall. Ich durchsuche meine Jackentaschen, die Einkaufstaschen und zum zehnten Mal taste ich meine Hosentaschen ab.

Es muss wohl noch im Auto liegen.

Verzweifelt lasse ich mich wieder am Tisch vor meiner Schüssel Cornflakes sinken, Hunger habe ich allerdings jetzt keinen mehr.

Jetzt weiß ich nicht einmal, ob er sich in der Zwischenzeit bei mir gemeldet hat und ob ich mich jetzt weiterhin sorgen soll.

Laut puste ich Luft aus meinen aufgeblasenen Backen und versuche, mich langsam wieder zu beruhigen.

Jetzt muss ich noch zweieinhalb Stunden in meiner Unwissenheit aushalten, bis meine Mutter mit meinem Handy wieder Zuhause ist, darum starte ich jetzt einen kläglichen Versuch mich abzulenken und kümmere mich ein bisschen um den Haushalt.

Mit laut aufgedrehtem Radio fege ich im wahrsten Sinne des Wortes durchs Haus. Anschließend schwinge ich im Bad noch ein bisschen den Putzlappen und bekomme wegen der lauten Musik nicht einmal mit, dass mein Vater wieder da ist.

„Eine Putzparty und ich bin nicht eingeladen?“, brüllt er mir lachend entgegen.

„Ja, ist leider U-30 Papa!“, grinse ich zurück.

„Na dann will ich mich mal schnell wieder verkrümeln. Wenn du mich brauchst, ich bin im Wohnzimmer und leg mich mal einen Moment auf die Couch.“

„Soll ich die Musik ausmachen Papa?“, rufe ich ihm hinterher, als er sich umdreht. „Nein, nein mach du mal, Schatz.“

Meine Eltern sind schon immer ziemlich locker, was solche Dinge angeht. Mit lauter Musik kann man die beiden einfach nicht schocken. Anders als bei Emmas Eltern, die total empfindlich auf alle Geräusche reagieren. Als Emma noch bei ihren Eltern gewohnt hat, musste man beinahe auf Zehenspitzen durch die Wohnung schleichen, um niemanden zu stören. Das hat uns als junge Mädels echt genervt und aus dem Grund waren wir auch viel öfter bei mir.

Emma war total froh, als sie vor 3 Jahren endlich in eine eigene Wohnung ziehen konnte.

Über eine Wohnung hab ich selber noch gar nicht so viel nachgedacht. Ich verstehe mich doch super mit meinen Eltern.

Unter der Woche bin ich den ganzen Tag bei der Arbeit, und wenn ich dann abends zurückkomme, habe ich alle Freiheiten.

Ich kann entweder mit meinen Eltern zusammen den Tag ausklingen lassen, oder mich auf mein Zimmer verziehen und es mir dort für mich alleine gemütlich machen.

Mir gefällt es so noch ganz gut und deshalb spare ich mir das Geld für eine eigene Bude einfach.

Als Physiotherapeutin verdient man eh nicht das Meiste.

Es ist halb vier und ich beschließe, meinen Putzmarathon zu beenden.

In der Küche mache ich dann für mich und Papa einen Kaffee und bringe ihm diesen ins Wohnzimmer, wo er sitzt und in seinem Krimi liest.

„Oh, womit hab ich das denn verdient?", schaut er über den Buchrand. „Ach verdient hast du den nicht.", scherze ich. „Aber ob ich jetzt eine oder zwei Tassen eingieße, darauf kommts auch nicht an." Verschmitzt schaue ich meinen Papa an, der lachend den Kopf schüttelt. „Du Frechdachs! Von wem hast du das nur?"

„Hmm,…" Ich tue so, als müsste ich da noch überlegen und dann grinsen wir uns an.

Ich höre ein Auto unsere Auffahrt hochfahren und recke meinen Hals, um aus dem Wohnzimmerfenster zu schauen.

„Na endlich, Mama ist wieder da! Ich habe mein Handy bei ihr im Auto vergessen und bin schon total auf Entzug."

„Achso, deshalb das mit der Putzerei vorhin.", lacht Papa.

„Irgendwie musste ich meine Hände doch beschäftigen solange."

Ich springe auf und komme meiner Mutter an der Haustür entgegen. Sie hält mir augenzwinkernd mein geliebtes Kommunikationsgerät hin.

„Danke!", sage ich erleichtert und umarme Mama flüchtig.

Am liebsten würde ich direkt meine Nachrichten checken, führe aber aus Höflichkeit noch einen kurzen Smalltalk mit ihr.

Aber Mama hat den Braten schon gerochen und meint: „Jetzt, guck schon endlich nach, ob Gabriel dir geantwortet hat."

Ich entsperre mein iPhone und öffne WhatsApp.

Eine neue Nachricht von Gabriel.
Mein Herz rast.

Sorry, hab mich lange nicht zurückgemeldet. Bitte verzeih mir Linchen! Ich hab auch eine gute Erklärung dafür. 😃

Mir fällt ein riesiger Stein vom Herzen. Gabriel geht es gut. Mit der plötzlich verschwundenen Sorge macht sich aber jetzt der Ärger breit.
Meine Hände zittern, während ich wütend zurück tippe.

Ey, das ist überhaupt nicht ok von dir Freundchen. Ich bin vor Sorge hier fast umgekommen. Du hättest mir wenigstens ganz kurz antworten können. 😔

Dann erinnere ich mich an sein Instagrambild, welches er gestern gepostet hat, und schreibe noch etwas hinterher.

Sag mal wo bist du überhaupt? Ich habe dein neues Instagram Foto gesehen, wo ging es denn hin mit deiner riesigen Tasche?

Diesmal muss ich nicht lange auf eine Antwort warten.

Sein Ernst? Ein zwinkernder Smiley? Was soll denn der Blödsinn? Ich bin so enttäuscht von ihm.

Will er nicht mehr, dass ich jeden Schritt kenne, den er da hinten in L.A. tut?

Bin ich ihm über die Jahre hinweg vielleicht zu einer Last geworden, die er nun langsam aber sicher von sich schütteln will?

Doch dann fällt mir wieder ein, dass er von einer Überraschung für mich gesprochen hat, und bin etwas besänftigt.

Trotzdem beschließe ich, ihm auf seinen Smiley nicht mehr zu antworten und abzuwarten.

Aber kaum habe ich das Handy in meine Hosentasche gesteckt, vibriert es erneut.

Kommst du in ner Stunde zu mir rüber?

Wie bitte? Dieser Satz kommt mir bekannt vor. Aber von damals, als wir uns fast jeden Nachmittag so verabredet haben.

Das ist doch jetzt ein Witz oder?

Wie meint er das?

Dann laufe ich direkt zum Fenster im Wohnzimmer, durch das man die ganze Straße immer so schön im Überblick hat und ganz besonders gut das Haus gegenüber.

Und tatsächlich, in Gabriels altem Zuhause brennt Licht. Ich will schon direkt rüber rennen, kann mich aber gerade noch zurückhalten, als mir der Gedanke durch den Kopf schießt, dass doch jetzt vielleicht andere Leute dort wohnen.

Schließlich hab ich gestern das Umzugsunternehmen vor dem Haus stehen sehen.

Meine Gedanken werden durch das erneute Vibrieren meines Handys unterbrochen.

Ich wollte nur schnell noch unter die Dusche springen nach dem langen Flug und so.

Mir bleibt mein Herz stehen und der Atem weg.

Ich weiß für einen Moment nicht einmal mehr, wie Atmen überhaupt funktioniert.

„Lina was ist passiert?"

Ich muss wohl so schockiert aussehen, dass meine Mutter ernsthaft Angst bekommen hat, so wie sie mich gerade ansieht.

„Äh..", stammele ich, „Gabriel ist wieder zu Hause."

„Oh, das ist doch schön, dass er sich endlich zurückgemeldet hat. Wo war er denn?"

„Nein Mama, Gabriel ist hier … in Köln ... zu Hause ... ich meine, gegenüber." Ich zeige durchs Fenster auf das Haus der Staltens und kann es selbst noch gar nicht glauben.

Der verarscht mich doch mit Sicherheit! Oder?

Immer noch das Haus von Gabriel fixierend, bemerke ich, dass jetzt das Licht oben im Badezimmer brennt. Gabriel geht wahrscheinlich duschen. Er ist wirklich wieder da!

„Ach was? Deswegen also die Kisten, die du vorm Haus bemerkt hast. Ich hab heute auch total vergessen, Anette danach zu fragen, aber warum hat er dir denn gar nichts davon erzählt? Und ist er jetzt länger hier oder nur ein paar Tage um dich zu besuchen?"

„Das weiß ich nicht.", flüstere ich zurück. Mama hat genau die Fragen gestellt, auf die ich gerade selber nur allzu gerne eine Antwort wüsste.

Dann klingelt mein Handy schon wieder. Diesmal ist es allerdings Emma, die fragt, ob es heute Abend bei acht Uhr für unseren Mädelsabend bleibt.

Ich bin völlig durcheinander und würde ihr am liebsten direkt absagen, schreibe aber:

Emma! Gabriel ist hier! 😳 Also nicht hier bei mir, sondern gegenüber. Er will mich gleich sehen. Ist es ok, wenn ich etwas später komme?

Sofort bekomme ich einen entsetzt oder erstaunt guckenden Smiley als Antwort.

Lina! Ernsthaft? Sieh bloß zu, dass du deinen Hintern da rüber schwingst! Schnapp dir den Kerl endlich. 🖤
Wir telefonieren morgen. 😘

Danke Emma! Gott sei Dank versteht mich meine beste Freundin so gut.

Ich schicke ihr noch schnell ein Herzchen zurück, bevor ich auch Gabriel antworte, dass ich später zu ihm rüber komme.

„Dann bin ich gleich mal gegenüber, schätze ich.", kläre ich meine Eltern über meinen neuen Plan für den Abend auf.

„Wann ist er denn angekommen?" Mama sieht auch noch total überrascht aus.

„Ich glaube vorhin erst.", vermute ich.

„Wie spannend!" Jetzt hat sich auch Papa dazu gesellt.

„Lade ihn doch direkt für morgen Abend zum Essen ein. Der arme Kerl hat sicherlich noch einen leeren Kühlschrank und morgen ist Sonntag, da kann man nichts einkaufen."

„Anette hat ihm den Kühlschrank vorab bestimmt gut gefüllt.“, ist Mama sich sicher. Sie findet die Idee von Papa, ihn einzuladen, aber auch gut.

„Mach ich.“, verspreche ich und spüre plötzlich mit voller Wucht, wie nervös ich bin.

Gleich werde ich ihn wirklich wiedersehen.

Den Mann, den ich liebe! Den ich glaube zu lieben.

In meine Nervosität mischt sich die Angst, ich könnte die letzten Jahre einer Illusion hinterher geschmachtet haben.

Was ist, wenn er sich so sehr verändert hat, dass ich ihn nicht wiedererkenne? Ich meine nicht äußerlich, sondern seinen Charakter. Wir waren so lange voneinander getrennt und das auch noch in der Zeit, in der sich Menschen wahrscheinlich am schnellsten und am stärksten verändern. Jeder junge Erwachsene muss sich doch neu erfinden, seine Interessen erweitern, neue Freunde finden und sich neue Ziele stecken. Könnte es sein, dass wir beiden uns sehr stark voneinander entfernt haben? Und wenn ja, was passiert dann mit uns?

Wenn ich mit meinen verliebten Gefühlen zurück auf den Boden der Tatsachen gerissen werde, reicht es dann noch für unsere Freundschaft und Innigkeit von damals? Oder ist dann alles vorbei? Haben die Nachrichten, die wir uns täglich hin und her geschickt haben wirklich ausgereicht, um uns noch immer so gut zu kennen wie damals?

Mir wird ganz schlecht bei diesen Gedanken, aber ich weiß, dass ich meine Antwort darauf schon gleich bekommen werde.

Jetzt stehe ich hier vor seiner Haustür und mein Herz rast so schnell wie nie zuvor. Ich balle meine nervös zitternden Hände zu Fäusten, um meine Fingernägel in die Handflächen zu bohren. Ein Versuch, um mich auf irgendetwas anderes zu konzentrieren als auf den Gedanken, dass ich hier gleich umkippe. Am besten direkt vor ihm, oder in seine Arme.

Ich drücke die Klingel und warte.

Wahrscheinlich sind es nur Sekunden, aber sie kommen mir vor wie Minuten, bis Gabriel die Tür öffnet.

Da steht er. Direkt vor mir. Und mein Kopf ist leer.

Ich kann keinen einzigen klaren Gedanken mehr fassen, bin wie erstarrt und kralle meine Nägel noch fester in meine Haut, um zu testen, ob ich vielleicht gerade Träume.

Nie habe ich ein schöneres Lächeln gesehen als seines und diese einzigartigen Augen blicken so tief wie damals. Nein, noch tiefer da bin ich mir sicher.

„Mein Linchen!", ruft Gabriel und zieht mich in seine Arme.

Dann kann ich mich nicht länger kontrollieren und schluchze an seiner Schulter. Es bricht einfach aus mir heraus, er war einfach zu lange weg.

Ohne die Umarmung zu unterbrechen oder mich wegzustoßen, zieht er mich behutsam in den Hausflur und schließt die Tür hinter uns.

Mit meinen verheulten Augen sehe ich dann zu ihm hoch. Er ist einen halben Kopf größer als ich.

Ich weiß gar nicht, wie lange wir uns dann einfach nur anschauen. Es scheint, als könnte er es auch noch gar nicht realisieren, dass wir uns endlich wieder sehen.

„Ich hab dich so vermisst.", flüstere ich ihm zu.

„Ich hab dich auch vermisst Lina, jeden verdammten Tag hast du mir gefehlt!“

„Warum hast du denn nicht gesagt, dass du mich besuchen kommst? Ich hätte das so gerne gewusst!“

„Dann wäre es ja keine Überraschung gewesen oder? Aber komm erst mal rein, oder wollen wir den ganzen Abend im Flur stehen bleiben?“, sagt er und schmunzelt. Seine Stimme klingt ungewohnt, erwachsener und mit einem leichten Akzent, den er damals nicht hatte.

Wir lösen uns aus unserer Umarmung und ich folge ihm ins Wohnzimmer. Ein großer gemütlicher Raum, der allerdings etwas spärlich eingerichtet ist, so wie man es halt von einer Ferienwohnung erwartet. Ein breiter Vitrinenschrank aus massiver Eiche, in welchem sich Gläser und Teller stapeln, ein Sofa mit orangenem Kunstleder bezogen steht in L-Form mitten im Raum, davor ein kleiner Couchtisch. Dann gibt es noch eine Kommode, auf dem ein kleiner Flachbildfernseher steht, und in der Ecke eine hohe Stehlampe, die den Raum in ein gemütliches Licht taucht.

Wir setzen uns auf das Sofa und schauen uns immer noch etwas ungläubig an.

„Wie lange bleibst du?“, frage ich und hoffe, dass er länger bleibt als nur eine Woche. Denn das wäre viel zu kurz, ich will so viel Zeit wie möglich mit ihm verbringen.

„Wenn alles läuft wie geplant, dann wahrscheinlich für immer.“

Schon bevor ich überhaupt richtig begreifen kann, was er da gesagt hat, rauschen die Glücksgefühle wie Wellen durch meinen Körper.

„Für immer", hallen seine Worte in mir nach und beschleunigen meinen Puls.

„Ich mache meine Facharztausbildung hier im Krankenhaus um die Ecke. Und dann schau ich mal, ob ich vielleicht sogar da bleiben kann.", erklärt Gabriel weiter.

„Im St. Antonius Krankenhaus? Da wo ich auch arbeite?", frage ich aufgeregt.

„Yep." Er lehnt sich nach hinten und nimmt beide Hände in seinen Nacken.

Ich weiß nicht recht, wie ich darauf reagieren soll und für einen Moment tritt eine unangenehme Stille ein. Davor hatte ich mich schon vorher gefürchtet. Ich merke, dass ich total verkrampft auf dem Sofa sitze, und versuche, eine lockere Position zu finden.

Auch Gabriel scheint nicht genau zu wissen, was er jetzt sagen soll, und beißt sich auf seine Unterlippe.

„Und warum?", frage ich einen Ticken zu laut und breche das Schweigen zwischen uns.

„Naja, ich wollte einfach wieder zurück nach Deutschland. Wir haben ja immer noch das Haus hier und das hat mir die Entscheidung und die Planung leicht gemacht. Es gibt so viele Sachen, die ich an Köln vermisst habe, vor allem aber meine beste Freundin."

Das er mich, als seine beste Freundin betont, macht mich unsicher. Natürlich kann er nicht wissen, was ich wirklich für ihn empfinde, aber bedeuten seine Worte, dass ich für ihn nur das bin? Eine Freundin? Ich würde ihm am liebsten direkt meine Liebe gestehen, habe aber mehr Angst als je zuvor, damit direkt alles kaputtzumachen.

„Möchtest du etwas trinken?" Gabriel steht auf, um in die Küche zu gehen, die direkt an das Wohnzimmer angrenzt und zieht eine Wolke seines Duftes hinter sich her. Er riecht anders als damals, männlicher.

Ich kann nicht anders und atme tief ein. Sein Parfum riecht himmlisch nach Minze, Sandelholz und Bergamotte.

„Lina?", ruft er aus der Küche und ich bemerke, dass ich ihm noch gar nicht geantwortet habe.

„Ein Glas Wasser wäre toll.", sage ich schnell, stehe auf, laufe zu ihm in die Küche und beobachte ihn, wie er zwei Gläser aus einem Hängeschrank über der Küchenzeile holt und eine Flache Wasser öffnet.

Er trägt ein schwarzes enges T-Shirt, durch das ich sehen kann, wie muskulös er geworden ist.

Erst jetzt erkenne ich auch bewusst das Tattoo, was die Innenseite seines rechten Unterarmes ziert.

Das Sonnensystem. Alle neun Planeten, die senkrecht aufgereiht, mit Pluto unter der Armbeuge beginnend, an seinem Unterarm hinabklettern und mit der Sonne die nur halb abgebildet ist, scharfkantig vor dem Handgelenk enden. Die Umlaufbahnen der Planeten sind mit gepunkteten Linien im Halbkreis, wie halbe Armbänder am Unterarm angedeutet. Er fasziniert mich total und ich kann einfach nicht wegsehen.

„Ein Glas Wasser für die Dame."

„Danke.", sage ich schüchtern und nehme das Glas entgegen.

„Wie geht es dir eigentlich? Was machst du gerne in deiner Freizeit?" Er steht rückwärts an die Küchenzeile gelehnt und sieht mich gespannt an.

„Eigentlich ist mein Leben gar nicht so spannend. Meistens bin ich nach der Arbeit so kaputt, dass ich einfach glücklich und zufrieden bin, wenn ich mir vorm Schlafengehen noch einen Film ansehe oder ein bisschen auf Instagram herum gucke.

An den Wochenenden bin ich oft mit Emma zusammen. Heute wollten wir eigentlich einen Mädelsabend machen, aber als du geschrieben hast, dass du hier bist, habe ich ihr abgesagt.

Tja, das war es auch schon." Wenn ich ihm das so erzähle, klingt das wirklich nach dem langweiligsten Leben überhaupt.

Aber als Gabriel damals gegangen ist, hat er einen Teil von mir mitgenommen. Zumindest denke ich das oft.

Mit ihm zusammen war ich spontan und abenteuerlustig, alles kam mir leicht und einfach vor. Mein Alltag heute gleicht dem von früher überhaupt nicht mehr, was aber sehr wahrscheinlich auch daran liegt, dass ich jetzt erwachsen bin und arbeite.

„Der typisch normale Berufsalltag eben, hm?", spricht Gabriel meine Gedanken aus.

„Ja, so ist das wohl, wenn man älter wird.", seufze ich und grinse.

„Und bei dir? Was hast du so gemacht in L.A.? Neben dem Studium meine ich."

„Viel gelernt, viel gefeiert, viele Serien geschaut und ab und zu bin ich ins Fitnessstudio gegangen.", antwortet er knapp.

„Das typische Studentenleben eben.", stelle ich grinsend fest.

„Könnte man so sagen."

Wir lachen und ich schaue wieder bewundernd auf seinen rechten Unterarm.

„Ich mag dein Tattoo Gabriel. Du hast nie etwas davon erzählt. Hat es eine Bedeutung?",

„Danke dir. Für mich hat es die Bedeutung der kosmischen Energie, die uns Menschen umgibt, dass alles eine Einheit ist und irgendwie zusammengehört. Und ich finde auch das es verdeutlicht, dass wir als Menschen ein so winziger Teil eines großen Ganzen sind und egal wie klein und unscheinbar wir auch zu sein scheinen, jeder einzelne Mensch etwas bewirken kann."

In diesem Augenblick weiß ich, spüre ich, dass Gabriel noch genau derselbe ist. Seine spirituelle Sichtweise auf die Welt und die Menschen, sein scheinbares Schauen aus der Vogelperspektive. Er hat schon damals diese unglaubliche Fähigkeit besessen, sich so nah und intensiv mit allen Dingen, Menschen und Situationen auseinanderzusetzen, ohne dabei gleichzeitig einen gesunden Abstand zu halten, um sich nicht darin zu verlieren oder sich von negativen Dingen mitreißen zu lassen.

Als Arzt sehr wahrscheinlich ein riesiges Geschenk. Den Patienten Vertrauen, Zuversicht und Liebe schenken, ohne selber unter den traurigen Geschichten zu leiden. Mitgefühl, kein Mitleid.

„Wow, das ist echt eine schöne Bedeutung. Machst du noch viel mit deinen Edelsteinen?" Jetzt möchte ich wissen, wie viel von früher noch in ihm geblieben ist.

„Ja, tatsächlich. Das ist wohl eine meiner größten Leidenschaften geblieben. Und du?"

„Ja, ich auch. Weißt du, wie oft ich versucht habe, dir deinen Quatsch da nachzumachen? Das mit dem „ich kann mit Steinen sprechen" Gedöns?"

„Hey, das ist kein Quatsch! Das funktioniert wirklich. Echt!"

Er versucht den Beleidigten zu spielen, schafft es aber nicht und lacht.

„Ich weiß. Ich glaube dir das ja auch. Spüren kann ich die Energie doch selber schon immer. Aber trotzdem finde ich es witzig, wenn ich daran zurückdenke, wie konzentriert du da immer mit den Edelsteinen lagst und manchmal übersetzt hast, was sie dir gesagt haben."

„Schon okay Lina. Ich hab es halt einfach schon immer besser drauf gehabt als du."

„Ist klar." Jetzt bin ich diejenige, die versucht gekränkt auszusehen, dann aber in Gelächter ausbricht.

Ich bin so erleichtert. Endlich kommt es mir fast so vor, als wäre Gabriel nie weg gewesen.

Aber es gibt etwas, dass ich gerne von ihm wissen möchte. Da ist tatsächlich eine Sache, nach welcher ich ihn noch nie gefragt habe und über welche er selbst nie direkt mit mir gesprochen hat.

Ich wollte es damals auch ehrlich gesagt gar nicht wissen und habe deshalb nie ein Gespräch darauf gelenkt.

Jetzt nehme ich all meinen Mut zusammen und frage.

„Hast du eigentlich eine Freundin in L.A.?"

Er schaut mich einen Moment völlig überrascht an.

„Nein im Moment nicht."

Ich bin so erleichtert. Das war eine große Sorge von mir. Wenn er vergeben gewesen wäre, hätte mich das tatsächlich tief verletzt. Es wäre ein Schlag ins Gesicht meiner Hoffnung gewesen.

Ich bin nämlich niemand, der einer anderen Frau den Freund ausspannen wollen würde, selbst wenn er das zugelassen hätte.

Ich hätte mich tatsächlich einfach geschlagen gegeben und mich traurig zurückgezogen.

„Bist du in einer Beziehung?“, fragt er.

„Nein, ich auch nicht. War ich ehrlich gesagt auch noch nie.“

Völlig erstaunt blickt er mich an. Sieht auch er ein bisschen so aus, als fiele ihm jetzt ein großer Stein vom Herzen?

„Wirklich? Du warst noch nie mit jemandem zusammen?“

„Nein. Es war nie der richtige dabei.“, versuche ich cool zu klingen.

Wenn er wüsste, dass kein Mann jemals den Vergleich mit ihm bestanden hat. Ich wollte nie einen anderen als ihn. Nie.

Emma hat schon oft mit mir geschimpft, sie meint, es wäre vergeudete Lebenszeit einem Mann hinterher zu trauern, den man nicht haben kann.

Aber was soll ich machen? Mein Herz habe ich schon immer an ihn verloren.

Ist jetzt der richtige Zeitpunkt ihm meine Liebe zu gestehen? Oder ist das zu plump und würde ihn eher verschrecken?

Mein Mund ist trocken und mein Herz klopft immer schneller. Ich sage es ihm jetzt, damit meine Qual endlich ein Ende hat.

„Sag mal was machst du eigentlich morgen? Hast du Lust, mir ein bisschen zu helfen meine Kisten auszupacken? Mit dir zusammen würde es glaube ich sogar Spaß machen.“

Ich sage es ihm bei der nächsten Gelegenheit. Das nehme ich mir jetzt ganz fest vor.

„Ja klar, mach ich gerne, ich hab den ganzen Tag noch nichts vor. Ich soll dich übrigens von Papa, für morgen Abend bei uns zum Essen einladen.“

„Das klingt gut! Deutsches Essen habe ich echt etwas vermisst.“

„Prima. Was machen wir jetzt mit dem heutigen Abend?“, frage ich während wir uns wieder auf die Couch im Wohnzimmer setzen.

„Ich bin für Vorschläge offen.“, er zeigt mir sein schönstes schiefes Lächeln und in meinem Bauch wird es sofort angenehm und kribbelig warm.

„Gabriel?“, fange ich an, werde aber unterbrochen.

„Wenn du Lust hast, zeige ich dir ein paar Fotos von Freunden und so aus L.A., sorry, was wolltest du fragen?“

„Ist schon gut. Fotos würde ich total gerne sehen.“

„Na dann rutsch mal zu mir rüber.“

Er streckt einen Arm nach mir aus, um mich einzuladen sich an ihn zu kuscheln. So haben wir damals immer zusammen gesessen und ich habe mich so wohl gefühlt in seinem Arm.

Aber jetzt ist es etwas anderes.

Ich hoffe, er merkt nicht, wie nervös ich bin, wie schnell mein Atem geht und mein Herz schlägt.

Trotzdem freue ich mich über diese vertraute Geste, rutsche zu ihm und lehne mich an seine Seite, den Kopf an seine Brust gelehnt.

Wir sitzen eine ganze Weile so da, während er mir auf seinem Handy Fotos zeigt. Bilder, auf denen er auf dem Uni Campus mit seinen Freunden abhängt, Fotos von Partys auf denen er sehr betrunken aussieht und es seinen Erzählungen nach auch war. Familienbilder, er mit seinen Eltern an Weihnachten und Geburtstagen.

Ich höre ihm gespannt zu und genieße es, so eng bei ihm zu sitzen, ihn zu berühren und zu riechen. Sein Arm schlingt sich noch enger um mich und ich spüre seinen Herzschlag unter meinem Kopf, der nun auch immer schneller zu gehen scheint.

Dann beschließe ich einen neuen Versuch zu starten, um meinen Gefühlen endlich Luft zu machen.

„Ähm … ich … ich wollte … ", fange ich an und habe plötzlich keine Ahnung mehr, wie ich das hier anstellen soll.

Ich bin so enttäuscht von mir. Muss ich so herum stammeln?

„Du Lina?" Gabriel hebt mit der Hand meinen Kopf an, sodass ich ihm in die Augen schaue.

„Ich glaube, du kannst dir gar nicht vorstellen, wie sehr ich dich wirklich vermisst habe. Auf den Fotos sieht es zwar so aus, als hätte ich in Los Angeles die beste Zeit meines Lebens gehabt, aber eigentlich hat mich immer eine unterschwellige Traurigkeit begleitet."

Ich schaue nach unten auf meine Finger, die ich vor Nervosität knete.

„Mir war das, als ich hier weggegangen bin gar nicht so bewusst, dass ich vor meinen Gefühlen zu dir flüchten wollte.", spricht Gabriel langsam und leise weiter. Ich kann fast nicht glauben, was er mir da zu sagen versucht. Hat er etwa die ganze Zeit über das Gleiche für mich empfunden?

„Aber wie das mit allem ist, was man lange Zeit versucht zu ignorieren, holt es einen irgendwann mit voller Wucht ein."

Er macht eine Pause und als ich höre, wie er schwer schluckt, sehe ich ihn wieder an. Direkt in seine ozeanblauen Augen, die jetzt leicht gerötet und von Tränen getränkt sind.

Für einen Moment schließt er seine Augen, eine Träne läuft an seiner Wange hinunter.

Ich beiße mir auf die Lippe, im Kampf gegen meine eigenen Tränen, bin jedoch zu schwach.

„Ich hab keine Ahnung, wie ich dir das sagen soll." Gabriels Stimme ist nur noch ein Flüstern.

Mit seinem Handrücken wischt er durch seine Augen und greift dann in seine Hosentasche. Er holt etwas heraus und legt es in meine Hand.

Es ist sein Herz aus Rosenquarz.

Ich schnappe nach Luft.

Fühle mich direkt zurückversetzt an den einen Moment, damals in meinem Zimmer, der alles verändert hat.

„Erinnerst du dich daran?", fragt er, während sich erneut Tränen in seinen Augen sammeln.

„An dem Tag habe ich begriffen das ich dich liebe Lina. Nicht nur als Freundin oder wie eine Schwester. Sondern ganz und gar.

Und das bis heute. Ich wollte unsere Freundschaft nicht kaputtmachen und hatte Angst, dass meine Gefühle für dich nur einseitig sind."

„Das sind sie aber nicht. Ich liebe dich auch Gabriel. Genau wie du, seit demselben Tag. Das Herz hat mich damals irgendwie mit dir verbunden und ich habe dich auf einmal mit anderen Augen gesehen."

Ich kann mein Glück nicht fassen. Gabriel liebt mich auch!

Wir haben uns in diesem einen magischen Augenblick damals gleichzeitig ineinander verliebt.

Wir schauen uns in die Augen, und die Schmetterlinge in meinem Bauch fangen an, völlig verrückt zu spielen.

„Wirklich?“ Gabriel schaut mich etwas ungläubig an und sieht dabei so süß aus, dass es mich zum schmunzeln bringt.

„Ja wirklich. Ich liebe dich.“

„Aber das war jetzt irgendwie zu einfach. Ich hatte so lange Angst davor dir das zu sagen.“, sagt er.

Ich setze mich rittlings auf seinen Schoß und lege meine Hände um seinen Nacken. „Warum haben wir das gemacht? Ich meine warum haben wir damit so lange gewartet? Es hat mich jeden Tag gequält, dass ich es dir nicht gesagt habe, und ich habe so oft überlegt, ob du vielleicht geblieben wärst, wenn du es gewusst hättest.“

„Ich hab keine Ahnung Lina. Wir sind einfach dämlich.“

Wir lachen beide.

Dann verebbt unser Lachen und wir blicken uns intensiv an.

Ich studiere sein engelsgleiches, perfektes Gesicht, seine sonnengebräunte Haut. Mit meinen Fingern fahre ich die Linie seines Kiefers entlang bis hin zu seinem Kinn und spüre die leichten Stoppeln seiner rasierten Haut.

Mein Blick bleibt an seinen Lippen hängen und mein Atem wird schneller.

Gabriels Hände wandern über meinen Rücken nach oben zu meinen Schulterblättern. Er zieht mich näher zu sich ran, sodass unsere Nasenspitzen sich fast berühren. Sein Atem streift warm über meinen Mund. Ich bekomme eine Gänsehaut und beinahe keine Luft mehr.

Seine Hände wandern wieder hinunter und zu meinen Hüften, aber nur, um sich dann zwischen uns einen Weg hinauf zu meinem Gesicht zu bahnen. Er hält meinen Kopf zwischen seinen warmen Händen und ich drehe meinen Kopf leicht um sein Handgelenk mit meinen Lippen zu berühren und den Geruch seines Parfums einzuatmen.

Langsam zieht er mich wieder näher an sein Gesicht und unsere Münder treffen sanft zu einem allerersten Kuss aufeinander. Ich schließe meine Augen.

Seine warmen Lippen sind so weich und er bewegt sie so sanft das mir schwindelig wird.

Wärme durchflutet mich wie eine Welle und ich habe das Gefühl, mich auszudehnen. Es fühlt sich an, als würde mein Körper seine Begrenzung verlieren und immer leichter werden, oder beinahe schweben.

Ich habe etwas derartiges noch nie gespürt, und doch kommt es mir so bekannt vor. In diesem Augenblick fühle ich mich mehr zu Hause als jemals zuvor, es ist wie der Himmel auf Erden.

Schließlich lösen wir uns langsam von einander und ich sehe in sein verliebt strahlendes Gesicht. Meines schaut wahrscheinlich gerade ganz ähnlich aus.

Ich werfe mich in seine Arme und genieße dieses unglaubliche Glücksgefühl. Er zieht mich an sich und streicht mit der Hand durch meine Haare. Wir weinen beide vor Glück, vor Erleichterung und weil wir es einfach nicht fassen können.

Eine ganze Weile verharren wir in dieser Position.

„Wow.", damit ist er der Erste, der die Stille durchbricht.

Meinen Kopf auf seine Schulter gelehnt und meine Nase tief in seiner Halsbeuge vergraben, lächle ich.

„Ich hab davon so lange geträumt und mich gefragt wie es wohl ist dich zu küssen.", flüstere ich.

Er dreht seinen Kopf zu mir herum und gibt mir einen Kuss auf die Wange.

„Ich hoffe es war, wie du es dir vorgestellt hast.", haucht er
mir ins Ohr.

„Besser, das war das schönste Gefühl, das ich bisher hatte."

Grinsend hebe ich meinen Kopf, er grinst zurück und zieht
mich für etliche weitere Küsse wieder leidenschaftlich zu sich
ran.

Später sitzen wir dicht aneinander gekuschelt auf dem Sofa.

„Tief in mir drin, wusste ich es eigentlich schon immer.",
sagt Gabriel gedankenverloren und spielt mit meinen Haaren.

„Was meinst du?"

„Na das wir zusammengehören. Und das du mich liebst.
Mein Rosenquarz hat mir ständig gesagt, dass wir schon immer
für einander bestimmt sind, aber ich habe nie richtig hingehört,
weil meine beschissene Angst mir so im Weg stand."

Ich brauche einen Moment, um seine Worte zu verstehen,
und ziehe verwirrt meine Augenbrauen zusammen.

„Moment, das Edelsteinherz hat dir das gesagt?"

Er überlegt eine kurze Zeit bevor er antwortet.

„Ja, ich hab dir das nie erzählt, aber seitdem du es damals
festgehalten hast, pulsiert es mit deinem Herzen im Gleichtakt.
Und ich hatte schon immer so verrückte Visionen, von denen
ich seit kurzem weiß, dass sie real sind. Sie haben damals
immer nur mich gezeigt, aber seit dem Tag damals kommst du
darin auch vor."

„Halt, warte, ich komme da jetzt nicht ganz mit. Wie jetzt,
der Stein pulsiert mit meinem Herzschlag? Und was für
Visionen und was ist real? Warum hast du mir so was nie
erzählt?"

Mein Kopf schwirrt.

„Deine erste Frage kann ich dir leider nicht beantworten, ich weiß nur das es so ist.“

Er greift nach dem kühlen Herzen, das neben ihm auf der Sofalehne liegt und drückt es mir in die Hand.

„Hier, probier es selbst aus. Mach die Augen zu und konzentriere dich ganz auf den Stein.“

Ich bin vollkommen überrascht, als der Stein von einer auf die andere Sekunde meine Körperwärme annimmt. Als er dann tatsächlich anfängt, wie ein Herzschlag in meiner Hand zu pulsieren, lasse ich ihn erschrocken zwischen uns auf das Sofa plumpsen.

Mit weit geöffneten Augen schaue ich unsicher zu Gabriel, der eine Augenbraue angehoben hat und mich mit einem „ich hab es dir doch gesagt“ Blick ansieht.

Ich lasse das Herz auf dem Sofa liegen, lege aber neugierig meinen Zeigefinger leicht darauf, sodass ich ihn im Notfall schnell zurückziehen kann. Wieder wummert es vor sich hin.

Mit meiner anderen Hand taste ich nach dem Puls meiner Halsschlagader und tatsächlich, mein Puls stimmt mit dem des Steinherzens überein.

Ich starre meinen Freund an und warte darauf, dass er mich auslacht und mir endlich offenbart, dass er mir einen Streich gespielt hat.

Aber das tut er nicht. Er sieht selber total ratlos aus und zuckt mit den Schultern.

„Wenn dich das schon so schockt, dann antworte ich heute lieber noch nicht auf deine Frage zu den Visionen.“

„Doch bitte!“, flehe ich, aber er schüttelt mit dem Kopf.

„Morgen, ok?“

Enttäuscht sacke ich in mich zusammen. „Warum? Du kannst mich doch nicht erst so neugierig machen und es dann einfach nicht erklären. Das ist gemein."

„Nein, das ist nicht gemein. Aber heute ist alles ein bisschen viel für dich, für uns beide. Lass uns doch nicht direkt die schöne Stimmung kaputtmachen. Ich weiß eh noch nicht genau, wie ich es dir erklären soll."

„Stimmung kaputtmachen?", wiederhole ich seine Worte, „Was ist das denn für eine Vision? Stirbt einer von uns? Wird jemand krank?"

Meine Neugierde schlägt in Angst um.

„Nein, quatsch! Vertrau mir einfach. Du brauchst echt keine Angst haben, es ist nichts Schlimmes. Es ist nur ... naja … unglaublich."

„Ok, dann eben morgen. Ich erinnere dich daran und wehe du erzählst es dann nicht."

Schmollend sitze ich da und verschränke die Arme vor der Brust.

Gabriel lacht und boxt mir spielerisch und sanft seine Faust in meine Schulter.

„Ich liebe dich."

„Ich liebe dich auch.", besänftigt lehne ich mich an ihn.

Wir merken gar nicht, wie schnell die Zeit vergeht und als ich auf mein Handy schaue und bemerke das es schon halb zwei ist, erschrecke ich mich etwas.

„Wahnsinn, schon so spät? Damit habe ich nicht gerechnet, ich glaube, ich sollte dann mal nach Hause flitzen."

„Oder du bleibst einfach hier. So spät kann ich dich doch nicht mehr alleine durch Köln laufen lassen." Er sieht mich

gespielt besorgt an und ich muss lachen. „Dann bring mich
doch einfach rüber.“

„Och nö … “

„Gabriel, wir sind erst seit ein paar Stunden zusammen, da
kann ich doch nicht jetzt schon bei dir übernachten!“, feixe ich.

„Du darfst aber auch nicht vergessen, dass wir schon ewig
befreundet sind und uns in- und auswendig kennen.“, lächelt er
zurück.

„Na gut, ich bleibe.“, entscheide ich schnell und küsse ihn
sanft.

„Danke.“, haucht er an meine Lippen.

„Darf ich mir wenigstens eine Zahnbürste von zu Hause
holen gehen?“

„Brauchst du gar nicht, ich hab alles da. Anette hat sich so
gut um das Haus und die Feriengäste gekümmert, die
Vorratsschränke platzen aus allen Nähten. Als ich hier heute
Nachmittag angekommen bin und mich umgeschaut habe, habe
ich vor Lachen fast auf dem Boden gelegen. Ich brauche jetzt
bestimmt drei Jahre lang keine Zahnbürsten, Zahnpasta,
Duschgel und Toilettenpapier mehr kaufen.“ Gabriel lacht sich
bei dem Gedanken daran schon wieder kaputt.

„Dein Ernst?“, frage ich lachend.

„Ja, das musst du dir gleich mal angucken. Ich verstehe
nicht, warum sie so viel für Leute einkauft, die hier Urlaub
machen.“

Wir amüsieren uns köstlich als Gabriel mir die Schränke im
Flur und im Bad zeigt, die jeweils vollgestellt sind wie ein
Regal im Supermarkt.

Dann reicht er mir eine der zwanzig Zahnbürsten. „Hier, oder hättest du lieber eine andere Farbe? Die Auswahl ist groß, greif zu!“

Kichernd nehme ich die rote Bürste entgegen.

Wir putzen unsere Zähne und gehen rüber in sein altes Zimmer.

Eine kurze naive Hoffnung, es könnte noch genauso aussehen wie früher, flammt in mir auf.

Aber wie zu erwarten war, betreten wir einen Raum, der dem von damals in keiner Weise mehr gleicht. Ein großes dunkelgrau gepolstertes Boxspringbett, ein Kleiderschrank und ein Tisch mit einem Stuhl, sind die einzigen Möbelstücke, und ein flauschiger grauer Teppich, liegt in der Zimmermitte.

„Gibt es hier auch irgendwo hundert Schlafanzüge in allen verschiedenen Größen?“

„Nö, aber ich kann dir eins von meinen T-Shirts geben.“

„Darf ich mir eins aussuchen?“, frage ich, während Gabriel einen seiner Koffer öffnet, die er auf den Teppich gestellt hat.

„Du hast die Wahl meine Liebe. Ich hätte schwarz, schwarz, schwarz und grau anzubieten.“

Mit hochgezogenen Augenbrauen starre ich ihn an.

„Warum nur so düstere Kleidung der Herr?“

„Damit das Strahlen aus meinem Inneren mehr heraussticht.“

„Spinner!“, schmunzelnd gebe ich ihm einen leichten Klaps auf den Hinterkopf.

„Nein, ich mag dunkle Farbtöne einfach an mir. Dafür trage ich schließlich bei der Arbeit nur weiße Kittel und grüne OP Klamotten. Das hier ist mein Ausgleich dazu.“

„Na dann nehme ich grau.“

Ich tippe meiner Mutter noch kurz eine Nachricht, damit sie weiß, dass ich heute Nacht bei Gabriel bleibe, und gehe dann noch mal ins Bad, um mich umzuziehen.

Als ich wieder ins Schlafzimmer komme, liegt Gabriel bereits im Bett und hält einladend die Bettdecke hoch, damit ich mich zu ihm legen kann.

Ich habe als Kind oft bei ihm übernachtet, und manchmal auch mit ihm in einem Bett geschlafen, aber die Situation ist jetzt natürlich eine völlig andere und ich bin total nervös.

Zögernd klettere ich mit ins Bett und spüre die Wärme, die von seinem Körper ausgeht. Er trägt so wie ich nur ein T-Shirt und selbstverständlich hat es die Farbe schwarz.

Ihm zugewandt und völlig verunsichert stütze ich mich, noch halb liegend, mit dem Ellenbogen auf der Matratze auf, als Gabriel mich in seine trainierten und gebräunten Arme zieht.

Jetzt liegt mein Kopf auf seinem Oberarm, während er mir mit der anderen Hand über meine Haare streichelt und mir einen Kuss auf die Stirn drückt.

Eng umschlungen genießen wir noch unzählige weitere zarte Küsse und schlafen schließlich übermüdet und erschöpft ein, denn der Tag war für uns beide sehr aufregend und emotional.

Das durchs Fenster scheinende Sonnenlicht weckt mich auf. Ein paar Sekunden brauche ich, um mich daran zu erinnern, wo ich bin und was gestern Abend passiert ist.

Lächelnd drehe ich meinen Kopf zur Seite, um Gabriel anzusehen, stelle aber fest, dass er gar nicht mehr neben mir liegt.

Auf dem Nachttisch liegt mein Handy und als ich danach greife um auf die Uhr zu schauen, finde ich daneben einen kleinen Zettel mit einer Notiz für mich.

Guten Morgen, Linchen! Ich konnte nicht mehr schlafen, wollte dich aber nicht wecken. Falls du nach unten kommst und ich bin gerade nicht da, dann bin ich nur schnell beim Bäcker um etwas fürs Frühstück kaufen. Ich hoffe ich weiß noch was du magst.

Dann schaue ich auf die Uhr. Es ist fast zehn und ich gehe rüber ins Badezimmer, wo Gabriel mir schon Handtücher bereitgelegt hat. Im überfüllten Badezimmerschrank lässt sich mit Sicherheit auch noch ein Duschgel für mich finden.

Frisch geduscht und fertig angezogen, gehe ich dann runter in die Küche, wo mein Freund schon auf mich wartet. Mein Freund, dass klingt so ungewohnt, aber macht mich gleichzeitig überglücklich und löst ein Kribbeln in meinem Bauch aus.

Es duftet herrlich nach frischem Kaffee.

„Guten Morgen Engelchen.", trällert mir ein gut gelaunter Gabriel entgegen.

„Guten Morgen, du hättest mich ruhig schon eher wecken dürfen. Wartest du schon lange auf mich?"

„Du hast so schön geschlafen und ich habe hier ja eh genug zu tun. Gegen 6 Uhr bin ich wach geworden und hab dann schon mal angefangen ein paar Umzugskisten je nach Inhalt, in die richtigen Räume zu sortieren. Möchtest du Kaffee?“

„Oh, ja unbedingt! Ohne Kaffee läuft morgens bei mir nichts.“

Er gießt mir etwas in meine Tasse und hält mir dann einen Korb mit Brötchen hin. „Frische deutsche Brötchen, da hab ich mich echt drauf gefreut, so etwas kennen die in Amerika gar nicht.“

„Darf ich das Käsebrötchen nehmen?“, frage ich.

„Na klar, das hab ich extra für dich geholt. Käsebrötchen waren doch schon immer deine erste Wahl oder?“

„Stimmt, das hast du dir sehr gut gemerkt.“

Wir frühstücken und überlegen uns, in welchem Raum wir gleich beginnen die Kisten auszupacken und entscheiden uns für das Wohnzimmer und die Küche.

Dann fällt mir wieder ein, was gestern Abend mit dem Rosenquarzherz passiert ist und dass er von einer Vision erzählt hat.

Mir brennt es unter den Fingernägeln, ihn jetzt noch einmal danach zu fragen.

„Raus mit der Sprache, was hat es jetzt eigentlich mit der Vision auf sich, die du hattest?“

Mein Freund zieht die Augenbrauen hoch und atmet tief ein.

„Ok … “, beginnt er. „Also hör zu … “

Gabriel

Im November 2020

Ich stehe in einem riesigen hellen Raum, geformt wie ein langer sehr breiter Flur oder Tunnel, der nach vorne und hinten kein Ende zu haben scheint. Auch nach oben hin ist er unendlich. An den Seiten ist er mit hohen, gotischen Spitzbögen, die aus Licht geformt sind, scheinbar begrenzt.

Einen Fußboden gibt es hier nicht und es ist, als würde ich auf fester Luft stehen, durch die ich hindurchblicken kann.

Ich schaue nach unten und sehe alles, was existiert. Unter mir erstreckt sich das gesamte Universum.

Intuitiv, kann ich mit meinen Gedanken steuern, was ich mit meinem Blick fokussieren und genauer anschauen möchte. Ich denke an die Erde, und schon erscheint der Planet unter mir wie ran gezoomt und ich kann ihn gedanklich in alle möglichen Richtungen drehen. Wenn ich an bestimmte Menschen denke, kann ich sie von hier oben aus sehen und beobachten, was sie gerade tun oder wie es ihnen geht.

Dieser Ort ist geschaffen aus purer Liebe, Licht und Stille.

Hier existiert keine Zeit, wie wir es von der Erde kennen.

Es ist so schön hier und ich fühle mich irgendwie, zu Hause.

„Gabriel!", höre ich plötzlich eine sanfte männliche Stimme hinter mir. Als ich mich umdrehe, sehe ich eine Lichtgestalt vor mir stehen. Sie ist ein heller sonniger Schein, mit menschlichen

Konturen. Das Gesicht des Wesens, welches mir gerade liebevolle Wärme spendet, kann ich nicht erkennen, ich sehe nur die Umrisse seines Körpers.

„Wer bist du?“, frage ich.

„Das ist nicht wichtig, mein lieber Gabriel. Es ist jedoch von äußerster Dringlichkeit, dass du dich daran erinnerst, wer **du** bist.“

„Wie? Was meinst du damit? “

„Du göttliche Seele, warst schon so oft in unseren himmlischen Sphären unterwegs und in deinem Herzen, hast du schon lange die Wahrheit erkannt. Verdränge sie nicht weiter, nimm deine Flügel an. Nimm deine Gaben an und verstecke sie nicht.“

„Flügel?“

„Sieh dich doch an.“ Die Gestalt lässt einen großen, golden umrahmten Spiegel aus dem Nichts erscheinen und deutet mir hineinzusehen.

Als ich in den Spiegel schaue, bleibe ich wie erstarrt stehen, bin vollkommen sprachlos.

Riesige, atemberaubende Engelsflügel entspringen zwischen meinen Schulterblättern und umhüllen meinen Körper. Sie ragen bis über meinen Kopf hinaus und enden auf der Höhe meiner Knie. Um mich herum schillern die golduntersetzten Farben meiner Aura, meines Energiefeldes.

Auch wenn mich dieser Anblick mehr als überrascht, muss ich doch zugeben, dass ich schon immer gespürt habe, dass ich anders bin, und es fühlt sich in diesem Moment so an, als hätte ich hiermit endlich die Bestätigung.

Ich muss an die vielen anderen Visionen denken, die ich in meinem Leben bisher hatte. In ihnen bin ich schon so oft, gemeinsam mit Lina, durch fremde Welten geflogen, aber ich habe mir niemals weitere Gedanken darüber gemacht. Es sind doch Träume.

„Was ist mit Lina?", frage ich.

„Sie ist der Engel, der schon seit Beginn deines Erdenlebens an deine Seite gehört hat."

Ich öffne meine Augen und bin abrupt zurück aus meiner Meditation und wieder in meinem Bett. Ich reibe mir mit den Händen über mein Gesicht und starre an die Decke meines Zimmers.

Das war anders als sonst.

In meinen Geistesbildern wurde ich noch nie von jemandem angesprochen.

Ich brauche einen Moment bevor ich mich aufrichte, und auf der Bettkante sitzend, in Gedanken noch einmal ganz genau durchgehe, was ich da gerade erlebt habe.

Ich fühle mich auch anders als üblich, nach meinen Visionen.

Als hätte sich etwas an mir und in mir verändert.

Die Haut zwischen meinen Schulterblättern brennt und ich entschließe kurzerhand, mich unter kühles Wasser in die Dusche zu stellen, um wieder richtig in der Realität anzukommen.

Als ich durch meine Zimmertür gehe, fühlt es sich an, als wäre ich breiter als sonst. Nein, eher als hätte ich einen großen breiten Rucksack auf, der so gerade eben durch die Tür passt und den Türrahmen beim Durchgehen streift.

Bei der Badezimmertür ist es dasselbe. Es ist nicht unangenehm und auch kein besonders starkes Gefühl, aber es ist eben da und bringt mich völlig aus dem Konzept.

Ich will mich vergewissern, dass ich auch wirklich den Türrahmen mit meinem Körper nicht berühre und gehe ein paarmal in der Tür vor und zurück. Das muss völlig idiotisch aussehen.

Ok, ich brauche jetzt definitiv eine eiskalte Dusche und danach einen Kaffee.

Jetzt stehe ich vor dem Badezimmerspiegel und halte mich für komplett bescheuert. Was ist nur los mit mir, dass ich diese Flügel aus meiner Meditation immer noch an meinem Rücken sehen kann? Ich schließe einen Moment lang meine Augen und atme tief durch. Wenn ich meine Augen jetzt wieder aufmache, dann sind diese seltsamen Teile da hinten weg.

Ich öffne die Augen, aber die gewaltigen Schwingen sind trotzdem noch da. Mir wird schwindelig und ich schnappe nach Luft. Ich stütze mich mit beiden Händen am Waschbecken unter dem Spiegel ab. Was soll das jetzt bedeuten?

Ist alles wahr? Oder bin ich noch immer in diesem „Traum“?

Dann sind meine Visionen vermutlich doch keine Einbildung?

Ich fasse mit einer Hand nach hinten an meine Lichtflügel und kann diese Berührung tatsächlich spüren. Das Gefühl ist aber anders als bei Berührungen an meinem Körper, es ist eher ein sanftes Kribbeln, ein taubes Gefühl.

Ich schlucke.

Was mach ich denn jetzt? Was soll ich denn bitteschön mit den Dingern machen? Etwa zum Einkaufen fliegen?

Nervös fange ich an zu lachen, fahre mir mit einer Hand durch die Haare.

„Gabriel, ist alles ok bei dir?“, meine Mutter klopft an die Badezimmertür.

„Ich hab keine Ahnung.“, gebe ich zu. Dann öffnet sie langsam die Tür, wartet einen Moment ab, aber als ich nicht protestiere, steckt sie den Kopf durch den Türspalt und schaut mich an.

Völlig verstört und überfordert, sehe ich sie an und warte darauf, dass sie jeden Moment zusammenbricht, sobald sie die Flügel an mir realisiert.

Aber das tut sie nicht.

„Was ist denn los?“, sie sieht mich besorgt an.

Bei einem kurzen Blick in den Spiegel kontrolliere ich, ob ich meine Flügel noch immer sehen kann, und das kann ich.

Unsicher sehe ich wieder zu meiner Mutter.

„Mum, siehst du das denn nicht?“, ich fuchtele wild um mich herum und reiße meine Augen auf.

Sie sieht mich an, als hätte ich den Verstand verloren.

„Was meinst du denn? Seit wann bist du so eitel? Zieh doch einfach etwas anderes an, wenn es dir nicht gefällt.“

Mit offenem Mund starre ich sie an. Kann sie die mächtigen Flügel, die den kleinen Raum füllen, denn wirklich nicht sehen?

„Oh! Es ist wegen eines Mädchens, oder?“

Weil ich nicht weiß, was ich ihr darauf antworten soll, nicke ich einfach. Die Wahrheit würde sie mir sowieso nicht glauben.

„Soll ich dir helfen, etwas Schickes herauszusuchen? Bist du heute mit ihr verabredet? Kenne ich sie vielleicht?" Jetzt überhäuft sie mich mit Fragen, das hätte ich mir denken können.

Meine Gesichtszüge werden sanfter und ich versuche, mich und sie zu beruhigen.

„Ist schon okay, ich überlege mir was. Ich würde jetzt gerne erst mal duschen gehen."

„Mach das, dann geht es dir gleich bestimmt schon viel besser. Du machst dir viel zu viele Gedanken, du bist so ein hübscher junger Mann, es ist völlig egal, was du anziehst."

„Danke!", rufe ich ihr noch hinterher, aber sie hat die Tür schon hinter sich zugezogen.

Hier stehe ich also. Ein Engel.

Der erste Schreck lässt so langsam nach und macht Platz für ein anderes Gefühl. Ich bin ein bisschen stolz, dass ich recht behalten habe. Ich komme wirklich nicht von hier. Das habe ich damals schon zu Lina gesagt, als wir Kinder waren. In so jungen Jahren habe ich es bereits gespürt und jetzt erst erhalte ich den Beweis.

Ich grinse mein Spiegelbild an und bin so gespannt, was jetzt noch auf mich zukommt und von welchen Gaben das Lichtwesen gesprochen hat.

An Lina denke ich auch, an den Engel, der an meine Seite gehört.

Ein starkes Gefühl der Liebe strömt durch meinen Körper, meine Flügel leuchten noch mehr als zuvor und ich weiß plötzlich genau, was zu tun ist.

Lina

Fassungslos starre ich Gabriel an, als er mir bis ins Detail von seinen Erlebnissen berichtet. Er steht mir so nah, dass ich weiß er würde mich niemals anlügen und trotzdem hadere ich mit mir, diese wahnsinnige Geschichte einfach so zu glauben.

„Lina? Sag was!"

Langsam löse ich meinen eingefrorenen Gesichtsausdruck und muss mich erst einmal räuspern. Ich weiß gar nicht, was ich dazu sagen soll.

„Ähm, du hast jetzt also Flügel, aber nur du kannst sie sehen?"

Ein ungläubiges Lachen entfährt mir.

„Ich weiß wie das klingt und trotzdem weiß ich ganz genau, du bist die Einzige, die mir trotzdem glaubt. Weil du genau so bist wie ich."

„Ja, dazu hätte ich tatsächlich eine Frage. Was meinst du damit, das ich **dein Engel** bin?"

„Nicht mein Engel, aber auch ein Engel, der zu mir gehört, oder so … ", Gabriel zögert ein paar Sekunden. „Ach, ich kenne doch selbst noch nicht alle Zusammenhänge, aber die Dinger da kann ich halt nicht leugnen." Er fuchtelt mit seinen Händen neben seinem Körper. „Und du deine übrigens auch nicht … "

Ich reiße die Augen auf. „Was willst du mir damit sagen? Du siehst bei mir auch Flügel?"

Er schluckt und nickt schließlich. „Ja, und sie sind um einiges schöner als meine."

Jetzt kann ich mich nicht mehr auf meinem Stuhl halten und gehe in den Flur, um mich vor den großen Spiegel zu stellen, der dort an der Wand hängt.

Mensch, ich bin wirklich erleichtert, dass ich einfach nur mein normales Spiegelbild sehe.

Gabriel ist mir gefolgt und steht hinter mir. Er sieht mich erwartungsvoll und ein wenig besorgt an. „Du siehst sie nicht? Ich hatte so darauf gehofft."

„Es tut mir leid. Aber das ist alles so viel auf einmal."

„Ja, das verstehe ich. Deswegen habe ich dich ja gestern Abend vorgewarnt, aber du hast doch das Pulsieren in dem Rosenquarz gespürt oder? Ich meine, das alleine ist doch schon so unfassbar. Meinst du nicht, du könntest trotzdem darauf vertrauen, dass ich dir die Wahrheit gesagt habe?"

Mit traurigen Augen sieht er zu mir runter und wenn ich mich nicht täusche, ist er wirklich verzweifelt und den Tränen nahe.

„Ja, ich vertraue dir. Ich will dir auch gerne glauben, aber ich denke ich brauche da einfach etwas mehr Zeit. Bitte sei mir nicht böse."

Ich greife nach seinen Händen und ziehe ihn näher zu mir.

„Kannst du deine Flügel denn nicht irgendwie sichtbar machen?", überlege ich. „Ich meine, wenn so etwas wirklich möglich ist, dann geht doch irgendwie alles oder nicht?"

In seinem Blick keimt etwas Hoffnung auf. „Sollen wir das ausprobieren?"

„Na klar." ‚lächle ich ihm zu.

„Sollen wir ins Wohnzimmer gehen?"

Ohne meine Antwort abzuwarten, ist er schon auf dem Weg ins Wohnzimmer und ich gehe ihm hinterher.

Er stellt sich mit etwas Abstand vor mich und schließt konzentriert seine Augen.

Geduldig beobachte ich ihn und warte einige Minuten ab was passiert.

„Ich kann mich einfach nicht darauf fokussieren!“, schimpft er enttäuscht. Sein trauriger Anblick ist für mich nur schwer zu ertragen, deshalb gehe ich auf ihn zu und umarme ihn.

„Mach dir keine Gedanken, das ist doch auch alles neu und du musst bestimmt erst lernen, es zu steuern. Gib dem Ganzen doch Zeit sich zu entwickeln.“

Erneut scheinen sich seine Augen mit Tränen zu füllen und er schaut verlegen zur Seite. Ich greife an seine Wange und drehe seinen Kopf sanft zu mir, um ihn zu küssen.

Dann ist es plötzlich wieder da, dieses Gefühl, das ich schon bei unserem ersten Kuss hatte. Ich fühle mich beinahe schwerelos und mein Körper fühlt sich an, als würde er den kompletten Raum ausfüllen. Lichtblitze erscheinen hinter dem Schwarz, meiner geschlossenen Augen. Ich öffne sie und lasse abrupt von Gabriels Lippen ab.

„Gabriel.“, meine Stimme ist nur ein flüstern. Er blickt mich an und bemerkt meinen erschrockenen Blick.

Ich kann sie sehen. Ich sehe seine golden schimmernden Lichtflügel. Sie leuchten auffallend hell und schön und sind so riesig, dass ich sie, so eng umschlungen wie wir hier stehen, nicht in ganzer Pracht erkennen kann.

Er sieht mich glücklich an und seine Flügel schlagen einmal kräftig auf, ich schaue an ihm herunter, bis mein Atem stockt und ich mich an ihm festkralle.

„Du … du … du schwebst!“, sage ich laut und schaue ihn panisch an.

Doch Gabriel scheint überhaupt nichts mehr zu wundern.

„Nein, wir. Wir schweben. Du und ich. Du mit deinen Flügeln, ich mit meinen.", grinst er mich an. Unsicher schaue ich über meine Schulter nach hinten und mir wird bewusst, woher das Gefühl der Schwerelosigkeit und des sich Ausdehnens kommt.

Mich trägt ein paar Flügel aus Licht, in ganz sanften rosa-violetten Farbverläufen. Sie sind mit goldenen Partikeln gespickt und so märchenhaft schön, dass es mir die Sprache verschlägt.

Ich greife nach hinten in die aus Helligkeit geformten Federn und

erschaudere, als ich ein Kribbeln in ihnen wahrnehme.

Wir schauen gleichzeitig noch einmal nach unten, um uns zu vergewissern, dass wir tatsächlich ein paar Zentimeter über dem Boden schweben und müssen vor plötzlicher Begeisterung lachen.

Das Schlagen mit den Flügen geht intuitiv. Ich weiß genau, welche Muskeln ich dafür nutzen muss, fast so, als hätte ich schon immer Flügel gehabt. Wenn ich an Gabriels Worte denke, hatte ich sie ja anscheinend tatsächlich schon immer.

Langsam sinken wir gemeinsam zurück auf den Boden und setzen uns auf den Teppich.

Ich schließe für einen Moment die Augen und will einfach nur kurz verarbeiten, was da gerade eben passiert ist, als plötzlich Bilder auf mich einprasseln. Sie steigen in mir auf, wie Erinnerungen von denen ich nichts mehr weiß.

Ich und Gabriel mit unseren Flügeln, wie wir durch eine mir völlig unbekannte Welt fliegen. Diese andere Welt ist so bunt. In die mir bekannten Nuancen mischen sich Farbtöne, die ich noch nie in meinem Leben gesehen habe und für die es auch keine Bezeichnung gibt. Ich könnte sie nicht einmal beschreiben, da es keine Worte gibt, um dies zu tun.

In mir stellt sich ein starkes Gefühl von Heimat und Geborgenheit ein und ich spüre, hier ist der Ursprung meiner Seele.

„Alles ok bei dir?", Gabriel holt mich mit seinen Worten zurück ins Hier und Jetzt.

„Ja.", flüstere ich und schaue ihn liebevoll an. „Ich glaube, ich hatte gerade eine ähnliche Erfahrung wie du in deinen Visionen. Ich war zusammen mit dir in einer anderen Welt und es sah dort wunderschön aus."

Er zwinkert mir zu.

„Die Frage ist nur, was machen wir jetzt? Ich meine, eigentlich haben wir ja noch keine Ahnung, was das jetzt für uns bedeutet oder?" Immer noch etwas benommen und überfordert von der gesamten und neuen Situation, in der wir uns nun befinden, stehe ich auf.

Meine Knie fühlen sich noch total wackelig an und in meinem Bauch kribbelt es vor Aufregung und gleichzeitig vor Verliebtheit.

Das ist alles so viel. Zuviel für anderthalb Tage, meiner Meinung nach.

„Ich weiß noch nicht. Wahrscheinlich gibt es da noch eine ganze Menge an Dingen, die wir noch wissen müssen. Aber ich will ehrlich zu dir sein, ich denke, das ist etwas, was sich mit der Zeit erst entwickeln wird. Ich weiß nicht wie wir das jetzt alles zeitgleich schaffen wollen.", spricht er meine Gedanken aus. „Ich bin gestern erst hier angekommen, wir führen seit ein paar Stunden eine Liebesbeziehung, ich muss hier im Haus noch so viel organisieren und habe dafür nur eine Woche. Dann muss ich hier in einen völlig neuen Alltag starten, mich bei meiner neuen Arbeit zurechtfinden und neue Leute kennenlernen. Versteh mich nicht falsch, ich denke, es war sehr wichtig, dass du das alles jetzt direkt von mir erfahren hast, wir sitzen da ja schließlich im selben Boot und ich will dir nichts vorenthalten. Das würde unsere Beziehung und unsere Freundschaft nur unnötig belasten." Er steht ebenfalls auf und nimmt mich in den Arm.

„Ich denke wir sollten das Thema einfach langsam angehen, ohne Druck. Wir lassen uns Zeit und erfahren alles nach und nach gemeinsam. Was hältst du davon?" Sein Mund drückt mir einen zarten Kuss auf meine Nasenspitze.

„Ich glaube, das ist eine gute Lösung. Du kommst jetzt erst mal richtig in Köln an, und dann schauen wir Schritt für Schritt, wie es weitergeht."

Kaum berühren sich unsere Lippen zu einem zärtlichen Kuss, leuchten unsere Flügel hell auf und pulsieren gemeinsam mit unseren Herzschlägen.

Wir beschließen, dass wir uns zuerst auf die noch zu erledigenden Dinge konzentrieren und beginnen damit, Gabriels Umzugskisten auszuräumen.

Es ist ein besonderes Gefühl für mich, seine Sachen in den Händen zu halten und zu betrachten.

Sie erinnern an Tage oder Situationen, bei denen ich nicht dabei war, und sind ein Teil von dem Gabriel, den ich noch nicht so gut kenne.

Gerade bin ich dabei, seine medizinischen Bücher aus den Kartons zu hieven und in ein Regal, in einem der Schlafzimmer oben zu räumen. Dann klingelt mein Handy und ich lege schnell den dicken Wälzer, den ich gerade ausgepackt habe, wieder zurück in den Karton, um mein Handy aus der Hosentasche zu ziehen.

„Hey Emma."

„Hi, wie läufts denn so mit Mister L.A.?", flötet Emma.

„Och, eigentlich ganz gut bis jetzt.", spanne ich meine Freundin auf die Folter.

„Wie sieht er denn jetzt aus? Hat er sich viel verändert? Was habt ihr gestern Abend gemacht? Hast du ihm gesagt, dass du ihn liebst?"

„Jetzt beruhige dich doch, deine Fragen überlasten mein Gehirn ja total.", scherze ich.

„Ich bin noch bei ihm und helfe ihm ein bisschen, sich hier einzurichten."

„Oh, du bist noch bei ihm? Heißt „noch" etwa, dass du noch gar nicht weg warst? Hast du bei ihm übernachtet?"

„Yep, das heißt es."

„Jetzt lass dir doch nicht alles aus der Nase ziehen.", drängelt Emma und ich schmunzele in mich hinein. Gabriel kommt zu mir ins Zimmer.

„Du Emma, ich ruf dich später zurück, ok?"

„Nein, warte … ", da hab ich sie schon weggedrückt.

„Wegen mir hättest du ruhig weiter telefonieren können.", sagt Gabriel. „Wer war denn dran?"

„Ach schon gut, das war Emma, aber mit ihr quatsche ich
später lieber in Ruhe."

„Ah, ok, die Berichterstattung aller schlüpfrigen Details
unserer frischen Beziehung?"

„Ja genau.", wir lachen.

Emma und Gabriel haben sich damals nur flüchtig
kennengelernt.

Ich habe mich mit ihr angefreundet, kurz bevor Gabriel
mich verlassen hat. Sie ist es auch gewesen, die mir durch diese
erste schwere Zeit ohne meinen besten Freund hindurch
geholfen hat. Ich bin ihr bis heute dankbar, dass sie das mit mir
durchgemacht hat. Alleine hätte ich das niemals geschafft.

„Ich habe mir gerade überlegt, dass ich heute gerne noch bei
Anette vorbeischauen möchte. Magst du mitkommen?"

„Klar, gerne. Ich möchte mich nur vorher noch schnell zu
Hause blicken lassen. Nicht, dass Mama und Papa denken, du
hältst mich hier gefangen oder so.", grinse ich.

„Ey, ich halte keine Geiseln, ich bin ein Engel schon
vergessen?"

„Achja … " Ich hatte es tatsächlich einen Moment lang
vergessen und ein seltsames Gefühl beschleicht mich. Jetzt ist
nichts mehr wie es wahr.

„Gabriel, ich hab auf einmal voll Angst."

Fürsorglich nimmt er mich in den Arm, doch es hilft nicht.
Ein Engegefühl in meinem Hals lässt mich panisch nach Luft
schnappen. Ich habe Angst zu ersticken. Mein Körper zittert
und Tränen strömen über meine Wangen. Ich weine so sehr,
dass ich nicht einmal mehr etwas sehen kann. Die Umarmung
in der ich liebevoll gehalten werde, wird mir mit einem Mal
viel zu eng und ich drücke Gabriel von mir weg. Ich befinde

mich mitten in einer Panikattacke und kann keinen klaren Gedanken mehr fassen.

„Lina, es wird alles gut, das verspreche ich dir. Komm mal mit." Er nimmt langsam aber bestimmt meine Hand und zieht mich hinter sich her, ins Badezimmer.

„Setz dich da vorne auf den Hocker ... Gut, und jetzt sieh mich an."

Ich blicke zu ihm hoch. „Atme tief in deinen Bauch ein.", dann hockt er sich neben mich und legt seine warme Hand auf meinen Bauch. „Atme genau hier hin, in meine Handfläche."

Ich versuche verzweifelt, meine Gedanken zur Seite zu schieben, und mich auf meine Atmung zu konzentrieren, aber ich schaffe es einfach nicht. Die ganze Zeit quält mich die Angst, mein normales Leben nicht mehr leben zu können. Was soll ich denn meinen Eltern und Emma erzählen? Was ist, wenn jemand unsere Flügel sehen kann?

„Schön weiter ruhig atmen, Lina, ich bin sofort wieder bei dir."

Gabriel kommt mit einem nassen, kalten Waschlappen zurück, mit dem er mir vorsichtig über den Nacken und mein heißes Gesicht wischt. Er kniet sich vor mich und fängt meinen Blick auf. Da ist so viel Liebe in seinen Augen und es fühlt sich an, als würde er meine Gedanken beeinflussen. „Wir schaffen das gemeinsam. Die Hauptsache ist, dass wir beiden zusammen sind. Ich lasse dich nicht alleine.", höre ich seine Stimme in meinem Kopf. An einem Punkt zwischen meinen Augen prickelt es und mein Atem und mein Herzschlag beruhigen sich langsam.

Eigentlich müsste mir die Tatsache, dass ich seine Gedanken gerade hören konnte jetzt noch mehr Angst machen. Aber er überträgt, keine Ahnung wie, eine solche Ruhe und Sicherheit auf mich, dass es mir einfach nicht mehr möglich ist, mich in meine Angst fallen zu lassen.

In diesem Augenblick genieße ich einfach, welche beruhigende Wirkung er auf mich hat, und fühle mich unendlich beschützt.

„Wie hast du das gemacht?“, frage ich schließlich, doch er schüttelt leicht den Kopf. „Nicht jetzt, Linchen.“

Völlig erschöpft sinke ich schließlich in mich zusammen.

Gabriel macht den Waschlappen von eben noch einmal nass, wringt ihn aus und tupft damit noch einmal über mein Gesicht.

Dann hebt er mich hoch, ich halte mich mit meinen Armen an seinem Nacken fest, und er trägt mich in sein Schlafzimmer, wo er mich behutsam aufs Bett legt.

Er drückt mir einen Kuss auf die Stirn und deckt mich zu.

„Ruh dich einen Moment aus, mein Engel.“, höre ich ihn flüstern, als ich meine Augen schließe und kurz darauf einschlafe.

Ich habe ungefähr eine Stunde geschlafen und fühle mich jetzt etwas besser. Ich bin auf der Suche nach Gabriel und finde ihn unten im Wohnzimmer.

Er liegt schlafend auf dem Sofa und in seiner rechten Hand, die auf seinem Bauch liegt, hält er ein geöffnetes Buch.

Auch er muss total erledigt sein, schließlich hat er einen vierzehnstündigen Flug hinter sich und kämpft sicherlich mit einem Jetlag.

Leise setze ich mich neben ihn, nehme ihm vorsichtig das Buch aus der Hand und lege es auf den Couchtisch.

Ich entschließe kurzerhand nach Hause zu gehen, während er schläft.

Er soll sich jetzt ausruhen können.

Mit einem Kuss auf seine Stirn verabschiede ich mich, dann sammele ich meine Sachen zusammen und verlasse sein Haus.

Angespannt laufe ich über die Straße zu unserem Haus. Ich habe mir noch gar keine Gedanken darüber gemacht, was ich meinen Eltern jetzt erzählen soll. Die beiden werden sicherlich direkt merken, wie aufgewühlt ich bin und was ist, wenn sie jetzt auf einmal auch meine Flügel sehen können?

Mama sitzt mit einem dicken Rätselblock im Wohnzimmer und schaut gespannt zu mir auf.

„Hey, Mäuschen. Du siehst müde aus."

Ich wusste es.

„Hi. Ja bin ich auch. Gabriel und ich haben uns die ganze Nacht unterhalten und waren irgendwie trotzdem schon so früh wach."

„Wie war es denn? Wie geht es ihm? Habt ihr euch noch gestritten, weil er dir so lange nicht geantwortet hat?"

Man kann es meiner Mutter nicht verdenken, dass sie neugierig ist. Auch sie kennt Gabriel schon lange und war damals fast wie eine zweite Mutter für ihn, so oft wie er bei uns war. Ich hatte früher ebenso eine gute Beziehung zu seinen Eltern.

„Ihm geht es gut.", etwas verlegen kaue ich auf meiner Unterlippe und versuche den direkten Blickkontakt mit Mama zu vermeiden.

Soll ich ihr schon erzählen, dass wir jetzt ein Paar sind?

Nein, ich denke, ich mache das mit ihm zusammen, wenn wir später mit Mama und Papa hier essen.

„Er fängt übernächste Woche seine Facharztausbildung im St. Antonius Krankenhaus an.“

„Ach. Dann bleibt er jetzt hier in Köln?“

„Ja genau.“, freue ich mich. „Wie schön! Was hat ihn denn dazu bewogen, seinen Facharzt in Deutschland zu machen?“

Er liebt mich, würde ich am liebsten antworten und die Erinnerung an unseren ersten Kuss, löst ein Kribbeln in mir aus.

„Puh, ich glaub viele Sachen. Deutsche Brötchen, Köln, ich.“

„Du bist glücklich oder?“, Mama schaut mich an, als wenn sie etwas ahnt. Sie kann meine Gefühle wirklich gut lesen.

„Ja.“, lächle ich. Oh nein, wenn ich es noch ein bisschen geheim halten will, ist jetzt der Moment um sich zurückzuziehen.

Ich liebe ihn so sehr, dass ich es am liebsten direkt der ganzen Welt erzählen würde.

„Ich muss jetzt mal schnell Emma zurückrufen, sie hat vorhin versucht, mich zu erreichen, aber ich hab es zu spät gemerkt.“, ganz geflunkert ist das ja nicht. Emma platzt wahrscheinlich schon vor Neugierde.

In meinem Zimmer setze ich mich zum Telefonieren an meinen Schreibtisch, dann kann ich nebenbei etwas mit einem Kugelschreiber auf kleine Post-its kritzeln.

„Endlich!“, ruft Emma mir ins Ohr.

„Sorry Emma. Gabriel war vorhin mit im Zimmer und da wollte ich nicht so offen mit dir reden.“, versuche ich zu beschwichtigen.

„Dann eben jetzt.“, sagt sie und wartet gespannt.

Ich erzähle meiner Freundin alles, was gestern passiert ist, lasse aber die Sache mit den Flügeln und dem Rosenquarz aus. Ich glaube, das werde ich nie irgendwem erzählen können, wenn ich nicht für verrückt gehalten werden will.

„Oooh, wie traumhaft.“, schwärmt Emma. „Ganz ehrlich Lina, ich freue mich so sehr für euch. Auch wenn das jetzt für mich bedeutet, dass ich nicht mehr die erste Geige für dich spiele.“ Sie tut so, als würde sie weinen, was dann aber schnell in ein Lachen übergeht.

„Ich bin richtig erleichtert, dass wir das jetzt endlich geklärt haben. Also Gabriel und ich. Ich weiß nicht, ob ich das noch länger ausgehalten hätte.“

„Ich glaube tatsächlich, das hättest du. Überleg doch mal, so viele Jahre sind vergangen und du konntest deine Gefühle für ihn immer noch nicht loslassen. Wenn du mich fragst, dann glaube ich, wäre das ewig so weitergegangen. Ihr gehört einfach zusammen und das hat sich jetzt ja auch bestätigt.“

„Da könntest du recht haben. Oh, Emma, er sieht einfach so gut aus! Noch viel besser als auf seinen Fotos bei Instagram. Und er riecht so gut.“, schwärme ich ihr wie ein Teenie vor.

Es klopft an meiner Zimmertür und ich zucke zusammen. Hoffentlich hat Mama nichts mitbekommen.

„Lina?“, fragt meine Mutter durch die Tür.

„Ja? Was gibts?“

„Ich wollte dich nur kurz fragen, ob Gabriel später zum Essen kommen möchte? Papa und ich würden ihn auch so gern endlich wiedersehen.“

„Ja, er kommt!“, rufe ich ihr zu. „Alles klar, ich freu mich!“ Damit entfernt sie sich wieder.

„Hast du deinen Eltern noch gar nichts gesagt?", fragt
Emma.

„Nee, noch nicht. Ich hab gedacht, es ist vielleicht schöner,
wenn ich es ihnen mit ihm zusammen sage."

„Ich glaube, deine Mama kann es sich eh schon denken.
Man kann durchs Telefon spüren, wie du strahlst."

Bei ihren Worten muss ich schlucken. Hat sie das nur so
dahingesagt? Oder kann sie wirklich merken, dass ich mich
nicht nur emotional, sondern auch energetisch verändert habe.

„Wie meinst du das?", frage ich.

„Na, dass man dir deine Verliebtheit anmerkt."

Erleichtert atme ich aus. Jetzt werde ich auch noch paranoid.

Durch das Telefon kann ich Emmas Türschelle hören.

„Ah, Christoph ist da. Der wollte mir eine neue Lampe in
der Küche aufhängen."

Christoph ist Emmas älterer Bruder. Die beiden verstehen
sich sehr gut und ich muss zugeben, ich beneide die Zwei ein
bisschen. Ich hätte auch so gerne Geschwister.

„Alles gut, wir reden ein anderes Mal weiter ja?"

„Auf jeden Fall. Bis dann."

Mein Ohr ist vom Telefonieren ganz heiß geworden und ich
reibe mit den Fingern darüber. Gleichzeitig sehe ich, dass
Gabriel mich angerufen hat.

Mir fällt ein, dass er ja gar nicht mitbekommen hat, dass ich
gegangen bin, deshalb rufe ihn schnell zurück.

„Lina? Wann bist du gegangen? Ich habe mich gerade total
erschrocken, als ich wach geworden bin. Ich habe total panisch
nach dir gesucht, geht es dir etwas besser?"

„Alles in Ordnung. Es war einfach alles ein bisschen viel für
mein Gehirn. Ich wollte dich vorhin nicht aufwecken und hab

mich leise aus dem Staub gemacht. Tut mir leid, ich hätte dir wohl besser eine Nachricht hinterlassen sollen.“

„Hauptsache, dir geht es gut. Was machst du gerade?“

„Ich habe bis eben mit Emma telefoniert und ihr das neueste Update verpasst.“

„Was hast du ihr denn erzählt?“ Gabriel wirkt plötzlich nervös.

„Keine Sorge. Ich habe nur erzählt, dass wir zusammen sind. Ich sage niemandem etwas davon, versprochen.“

„Ok, das ist wahrscheinlich auch besser so.“

„Würde eh keiner glauben. Was hast du denn jetzt eigentlich vor? Wolltest du Anette noch besuchen?“

„Ja, das war mein Plan. Ich würde dann später bei euch vorbeikommen, wie spät soll ich denn da sein?“

„Gegen sechs?“, frage ich.

„Abgemacht. Du fehlst mir jetzt schon.“

Ich will ihm gerade dasselbe sagen, aber er hat schon aufgelegt.

Gabriel

Ich bin wieder an dem Ort, der mir inzwischen so bekannt ist und schaue nach unten auf die Planeten und Sterne des Universums.

In meiner Hand halte ich jedoch diesmal das Edelsteinherz, welches wie gewohnt vor sich hin pocht.

Eine Hand berührt sanft meine Schulter und schon einen Augenblick später setzt sich jemand zu mir auf den Boden.

Zu meiner Verwunderung ist es diesmal kein Engel, der nur aus Licht besteht, sondern ein Engel wie ich einer bin, mit menschlichen Zügen und einem grobstofflichen Körper.

„Hallo Gabriel.", spricht der männliche Engel mich an.

„Ich bin Janus, ein irdischer Engel so wie du. Ich bin hier, um dir etwas Wichtiges zu sagen." Er macht eine Pause und ich sehe ihn erwartungsvoll an. „Der Rosenquarz in deiner Hand, er ist ein Teleporter."

Obwohl ich mich mittlerweile eigentlich über nichts mehr wundern dürfte, schaue ich ihn völlig verdutzt an.

„Was soll das bedeuten?"

„Mit ihm kannst du zwischen Erde und geistiger Welt hin und her reisen. Momentan bist du für uns hier, nur eine Projektion deiner selbst, ein Astralreisender, wenn man so will."

„Und mit dem Stein kann ich komplett hierherkommen? Also so richtig?"

„Ja, aber nur gemeinsam mit deiner Partnerin."

„Also, Lina und ich können nur zusammen damit reisen?
Warum?"

Janus schaut mich geduldig und verständnisvoll an. „Er
benötigt eure vereinte, gegensätzliche Energie. Deine
männliche Energie, welche für Verstand, Kontrolle und
Handeln steht, und Linas weibliche, sie steht für das
Erschaffen, Empfangen und die Intuition.

Diese Gegensätze von männlich und weiblich stehen
stellvertretend für die Dualität auf Erden. Das bedeutet, alles
hat einen Gegenspieler. Wie Yin und Yang, Tag und Nacht,
Sonne und Mond, richtig und falsch, Hass und Liebe, stark und
schwach, um nur ein paar zu nennen.

Aber die Wahrheit ist, ohne das eine, könnte das andere auf
Erden nicht existieren. Ohne Dunkelheit gäbe es kein Licht und
einen Regenbogen am Himmel, kann es nur geben, wenn es
vorher geregnet hat.

Engel die nur in der geistigen Welt leben und sich nicht auf
Erden bewegen, nennen sich Lichtengel. Sie brauchen diesen
Gegenpart nicht, denn hier oben gibt es keine Dualität, sondern
nur Licht.

Das ist bei uns Erdenengeln anders. Aus diesem Grund
bekommen wir einen Partner an unsere Seite gestellt.
Zusammen bringen beide Engelspartner die göttlichen Energien
in Einklang."

„Ok, aber wie genau sollen wir das mit dem
Hierherkommen machen? Gibt es da noch eine Art Spruch, den
wir aufsagen müssen?"

„Ihr werdet euren Weg schon finden." Janus zwinkert mir zu
und steht auf.

„Warte, willst du schon gehen? Ich hab noch so viele
Fragen, Lina und ich sind momentan völlig überfordert."

„Keine Sorge, ihr werdet alles erfahren, was ihr wissen
müsst. Kommt bald zusammen hierher und wir werden
versuchen, euch alle Fragen zu beantworten.", nach diesen
Worten ist der Engel einfach im Nichts verschwunden.

Zurück in der irdischen Realität erhebe ich mich vom Sofa,
um nach Lina zu sehen. Ich muss wohl beim Lesen
eingeschlafen sein, so müde wie ich bin.

Ich klopfe zaghaft an meine Schlafzimmertür. „Lina? Bist
du wach?", als sie nicht antwortet, öffne ich die Tür und bin
überrascht, sie nicht mehr im Bett vorzufinden. „Lina?", rufe
ich im Flur laut durch das Haus und schaue in jeden Raum. Sie
ist nirgendwo zu finden und ich fange an mich um sie zu
sorgen. Ihr Zustand vorhin hat mir gar nicht gefallen. Die
letzten Stunden waren definitiv zu viel für sie. Ich hätte noch
damit warten sollen, ihr alles zu erzählen.

Ich versuche sie auf dem Handy zu erreichen, aber sie
nimmt nicht ab.

Ich sollte etwas ruhiger werden, sie wohnt schließlich direkt
gegenüber, was soll denn schon passiert sein?

Gleichzeitig ist da aber die Sorge, sie könnte
irgendjemandem von unserer, nun ja, magischen Entdeckung
erzählt haben.

Die Minuten vergehen schrecklich langsam, dann ruft Lina
mich endlich zurück.

Bin gleich bei euch! 

Ich lese Gabriels Nachricht.

Es ist kurz vor sechs und ich habe schon einen mächtigen Hunger.

„Hier riecht es schon so gut!", schnüffele ich genussvoll durch die Küche. Mama hat sich heute mächtig ins Zeug gelegt beim Kochen.

„Lina Schatz, würdest du schon mal den Salat abwaschen? Es sind noch kleine Tomaten und ein Stück Mozzarella im Kühlschrank, die müssen noch klein geschnitten werden."

„Ja klar, mach ich."

Ich bereite den Salat vor und decke anschließend noch den Tisch.

Als es klingelt, bin ich direkt ganz kribbelig. „Ich mach auf.", rufe ich auf dem Weg zur Haustür.

Gabriel sieht wieder so gut aus.

Er trägt eine graue Jeans und einen schwarzen, gestrickten Pulli.

Die dunkle Kleidung lässt seine blauen Augen umso mehr herausstechen.

„Hey.", begrüße ich ihn.

Er kommt rein und nimmt mich direkt in den Arm.

„Hey Engelchen.", flüstert er mir ins Ohr und sieht mich gefühlvoll an, bevor seine Lippen sanft meine bedecken. Einen Moment geben wir uns einander völlig hin und vergessen alles um uns herum, sodass wir nicht einmal bemerken, dass meine Mama zu uns in den Flur gekommen ist. Sie räuspert sich, um auf sich aufmerksam zu machen und wir lassen erschrocken voneinander ab.

„Ähm, Hallo Gabriel.", grinsend sieht sie uns beide abwechselnd an. „Ich nehme an, es gibt da etwas das ich noch nicht weiß?", fügt sie hinzu.

Hilflos sieht Gabriel mich an und ich drücke seine Hand, die ich noch immer in meiner halte.

„Ja, ich wollte es dir gestern noch nicht erzählen Mama. Ich dachte, es wäre vielleicht schön, wenn Gabriel und ich das heute gemeisam machen. Aber, Überraschung! Das müssen wir jetzt ja gar nicht mehr." Ich grinse etwas verlegen.

„Nein, euer Kuss gerade hat Bände gesprochen. Ich freu mich so ihr zwei." Mama kommt auf uns zu, schließt erst Gabriel und dann uns beide gleichzeitig in eine feste Umarmung.

Anschließend gehen wir zusammen ins Wohnzimmer.

„Frederic! Lina und Gabriel sind jetzt ein Liebespaar!", verkündet meine Mutter die Neuigkeit in einem Singsang.

Papa reißt verwundert Mund und Augen auf, dann drückt er uns ebenfalls und wünscht uns alles Gute.

„So mein Junge, jetzt setz dich erst mal hin und erzähl mir ein bisschen was. Ist ja schon ewig her, seit ich dich das letzte Mal gesehen habe. Damals wart ihr beiden ja beinahe noch Kinder. Wie geht es dir?" Papa beginnt sein Verhör, während ich kichernd meiner Mutter in die Küche folge, um das Essen an den Wohnzimmertisch zu holen.

„Boah, riecht das gut!", meint Gabriel. „Was gibt es denn Leckeres?"

„Rouladen, Kartoffeln und Rotkohl."

„Und Salat.", ergänze ich Mama.

Es schmeckt uns allen wirklich gut, besonders mein Freund lobt das Essen. „Superlecker, Katharina! Sowas Gutes hab ich ewig nicht gegessen."

Während wir essen, berichtet Gabriel von seinem Studium in L.A., davon wie es seinen Eltern geht und was er an Deutschland vermisst hat.

Obwohl er mir das alles bereits gestern erzählt hat, hänge ich an seinen Lippen, an seiner dunklen männlichen Stimme und dem leichten amerikanischen Akzent, den er noch nicht ganz wieder losgeworden ist, in der kurzen Zeit, in der er hier ist.

Ich kann es immer noch nicht richtig glauben, dass er jetzt zu mir gehört.

Nach dem Essen räumen wir gemeinsam den Tisch ab, dann sitzen wir noch lange gemütlich beieinander und lachen aus vollem Herzen über witzige Anekdoten aus unseren Leben und denken an schöne Erinnerungen. Teilweise auch über Sachen, die wir damals gemeinsam erlebt haben. Wie zum Beispiel unsere von oben bis unten mit Kleister besprenkelte Küche, als Gabriel und ich als Kinder Laternen für St. Martin gebastelt haben.

Wir haben Papierschnipsel auf aufgepustete Luftballons geklebt, die wir nach dem Trocknen platzen lassen wollten, damit eine hohle Pappmaschee Kugel bleibt, die man bemalen und einen Laternenstab anbringen kann.

Wir waren beim Kleben so eifrig, dass die Schnipsel am Ende überall geklebt haben aber am wenigsten an den Laternen.

„Ich musste mich echt zusammenreißen, als ich euch zwei Dreckspatzen da in der Küche habe sitzen sehen, inmitten von umgekippten Kleisterbechern und Schnipseln, die einfach überall geklebt haben. Ich habe abends sogar noch welche unter meinen Socken gefunden.", lacht Mama sich schlapp.

„Selbst Schuld.", sagt Gabriel frech. „Wie kann man zwei Kinder mit fünf und sieben auch ohne Aufsicht mit Kleister basteln lassen?"

Wir müssen wieder lachen.

Mittlerweile ist es recht spät geworden und meine Eltern verabschieden sich von uns.

„So ihr Lieben, es ist schon zehn Uhr und morgen ist Montag. Ich denke wir sollten so langsam ins Bett gehen. Was meinst du Frederic?"

„Du hast recht Schatz. Aber wir sehen uns jetzt ja regelmäßig Gabriel. Wir freuen uns wirklich, dass du wieder bei uns bist."

„Ich freue mich auch sehr, wieder in Köln zu sein. Ich wünsche euch eine gute Nacht."

Als meine Eltern den Raum verlassen haben, reißt er mich sofort an seine Brust und küsst mich leidenschaftlich.

„Das war eine Qual, so lange neben dir zu sitzen und dich nicht richtig berühren zu können.", flüstert er und wandert mit seinen Lippen sanft über mein Kinn und meinen Unterkiefer zu meinem rechten Ohr. Ich spüre seine heiße Zunge und höre seinen schneller werdenden Atem so intensiv und erregend, dass ich leise stöhne und mich mit meiner Hand in seinen Rücken kralle.

„Kommst du mit mir nach Hause?", fragt er mich mit fiebrigem Blick. Am liebsten würde ich das. „Ich muss morgen leider arbeiten Gabriel."

„Pack die Klamotten ein, die du für morgen brauchst, du kannst auch von mir aus zur Arbeit fahren."

„Aber ich befürchte fast, dass ich dann keinen Schlaf bekommen werde.". Ich zwinkere ihm zu und lege einen Finger auf seine Lippen. „Deshalb musst du jetzt auch gehen."

Er sieht enttäuscht aus.

„Okay. Sehen wir uns dann morgen, wenn du Feierabend hast?"

„Versprochen." Ich küsse ihn noch einmal, bevor wir vom Sofa aufstehen und uns an der Haustür verabschieden.

Etliche lange Küsse später, schließe ich die Tür und bereue meine Entscheidung, nicht mit ihm mitgegangen zu sein.

Ich mache schnell, dass ich ins Bett komme, bevor ich ihm noch hinterhergehe. Dann nehme ich mein Handy in die Hand.

Ich liebe dich Gabriel!

‚schreibe ich ihm und er antwortet direkt.

Ich liebe dich! Schlaf schön!

Glücklich lächelnd schlafe ich ein.

Heute fällt mir die Arbeit so leicht wie schon lange nicht mehr.

Die Liebe zu Gabriel beschwingt mich, und ich fühle mich trotz meiner Träumereien, wach und klar.

Schneller als erwartet, habe ich mich an die Tatsache gewöhnt ein Engel zu sein und das meine violett und golden schimmernden Flügel in manchen Augenblicken und nur für mich und Gabriel sichtbar sind.

Spüren kann ich sie allerdings die ganze Zeit.

Meine Angst, dass meine Kollegen oder Patienten mich anstarren würden, wenn sie sehen, dass ich mich so verändert habe, ist zum Glück auch unbegründet gewesen und niemand hat etwas bemerkt.

„Lina, du bist ja heute happy! Hattest du ein schönes Wochenende?", fragt Simone, die ich gerade auf Station 5, der Chirurgie, getroffen habe.

„Jaaa!", grinse ich und zappele dabei wie ein hibbeliges Kind.

„Ich hab dir doch schon oft von meinem besten Freund erzählt oder?"

„Den in Amerika? In den du so unglücklich verliebt bist?"

„Genau. Gabriel hat mich am Samstagabend damit überrascht, dass er wieder nach Köln gezogen ist. Ich bin dann direkt zu ihm gegangen. Es war ganz schnell wieder wie früher zwischen uns und im Laufe des Abends, hat er mir dann gesagt, dass er mich liebt."

Ich kann ein freudiges Quietschen am Ende des Satzes nicht Unterdrücken.

„Wow, das freut mich so für dich!"

„Danke dir. Übrigens arbeitet er ab nächsten Montag hier im Krankenhaus."

„Das wird ja immer besser, dann lerne ich ihn ja sogar auch mal kennen." Simone freut sich wirklich mit mir mit und das lässt mich lächeln.

„Ja, ich stelle ihn dir dann vor."

„Ich bin echt gespannt. So jetzt muss ich zu Frau Bonsen in Zimmer 513. Essen wir zusammen zu Mittag?"

„Ich muss auch weiter. Gerne heute gibts Pizza!"

„Na, dann bis später Liebes."

Ich krame meinen Terminplan aus der Hosentasche und schaue, zu wem ich als nächstes muss. Es geht nach unten auf die dritte Station, um ein paar Atemübungen mit COPD-Patienten zu machen. Das ist eine chronische Erkrankung, bei der das Ein- oder Ausatmen schwerfällt und manchmal sogar beides.

Zu faul, um die Treppen zu nehmen, entscheide ich mich für den Aufzug und drücke auf die drei, die direkt zu leuchten beginnt.

Die Fahrstuhltür öffnet sich auf Station vier und ein älteres Ehepaar steigt ein.

Wenn ich mich nicht täusche, blickt die Frau mich etwas ängstlich an und drückt sich näher an ihren Mann.

Es kommt so oft vor, dass es Menschen etwas unwohl zumute wird, wenn sie medizinisches Personal in weißer Kleidung sehen. Manche Patienten werden sichtlich nervös und angespannt, wenn ich in ihr Zimmer komme, um sie zu behandeln.

„Guten Morgen, wo müssen sie denn hin? Darf ich für sie drücken?", frage ich, um sie vielleicht etwas beruhigen zu können.

„Ins Erdgeschoss bitte.", sagt ihr Mann freundlich.

Ich drücke für die beiden. Die Dame scheint mich zu fixieren und so langsam werde ich selber unruhig und bin froh, als ich beim nächsten Halt endlich aussteigen kann.

Was war nur mit dieser Frau los?

Ich hatte beinahe nicht mehr an meine neuen Körperteile gedacht, jetzt fange ich jedoch an zu zweifeln. Können manche Menschen meine Flügel vielleicht doch sehen?

Diesen Gedanken habe ich jedoch schnell wieder verworfen, da der Rest des Tages völlig ohne seltsame Ereignisse verläuft.

Vielleicht hatte die Dame im Aufzug auch einfach nur Angst in engen Räumen. Oder sie schaut von Natur aus immer verängstigt drein. Wer weiß.

Nachdem ich mit der Arbeit für heute fertig bin, freue ich mich endlich nach Hause zu fahren. Mein Handy klingelt, es ist Gabriel.

„Hey, wie lange hängst du denn schon vor deinem Telefon, dass du haargenau die Minute abgepasst hast, in der mein Feierabend beginnt? Oder hast du dir nen Wecker gestellt?", lache ich.

„Das nennt man Intuition Fräulein, solltest du mal versuchen."

Intuitiv weiß ich, dass er jetzt ein breites Grinsen aufgelegt hat.

„Hast du Lust gleich mit mir zusammen etwas zu kochen?"

„Ja total. Ich fahre aber vorher noch schnell nach Hause, ich möchte erst noch duschen."

„Kannst du doch hier machen. Ich hab alles da, weißt du doch.",

schlägt er lachend vor.

„Okay. Was wollen wir denn kochen? Soll ich noch etwas einkaufen vorher?"

„Hab ich alles schon erledigt."

„Was gibt es denn?", frage ich neugierig nach.

Gabriel versucht, sich ein lautes Lachen zu verkneifen, das höre ich an den komischen Glucksern, die da am anderen Ende der Leitung zu hören sind. „Hmm? Was lachst du so du Knallkopf?"

„Ich hoffe, du magst Tiefkühlpizza?", fragt er belustigt.

„Dein Ernst? Das nennst du Kochen? Außerdem hatte ich heute Mittag hier im Krankenhaus auch schon Pizza." Ich bin ein bisschen beleidigt. Ich hatte auf einen romantischen Abend gehofft. Einer schneidet das Gemüse, der andere bereitet schon mal einen Nachtisch zu und dabei genießen wir ein Gläschen Wein und sanften Kerzenschein.

Da habe ich mir ja scheinbar einen großen Romantiker geangelt, denke ich und verdrehe die Augen.

„Okay, versteh ich. Ich hätte noch eine andere Idee."

„Die da wäre?", frage ich skeptisch nach. Eine lange Pause. „Gabriel?"

„Nudeln?" Als er das so vorsichtig und niedlich sagt, kann ich plötzlich auch lachen. Über einen unbeholfenen Mann, der zum allerersten Mal in seinem Leben alleine wohnt und für sich selbst sorgen muss. Das überfordert ihn bestimmt total.

„Ist gut. Du kochst die Nudeln und ich mache eine Soße. Hast du Tomaten und Sahne oder so was da? Und wie sieht es mit Gewürzen aus?"

„Äh, ich hab Ketchup.“

Jetzt kann ich mich wirklich nicht mehr beherrschen und stecke meine Kollegen, an denen ich gerade vorbeilaufe, sogar mit meinem hysterischen Lachen an. Obwohl sie ja nicht einmal wissen, worum es geht. Ich winke ihnen zum Abschied zu und verlasse das Gebäude.

„Morgen muss ich nur bis drei Uhr arbeiten, dann gehen wir beiden zusammen einkaufen und statten dich, was Essensvorräte angeht, mal vernünftig aus hier.“, schimpfe ich mit meinem Freund.

Wir sitzen an dem kleinen Tisch in der Küche und essen unsere Ketchup-Nudeln. Meine vom Duschen nassen Haare, habe ich mir mit meinem Haargummi zu einem Knoten hochgebunden.

„Tut mir leid.“, sagt er verlegen.

„Es sei dir verziehen. Wir haben schließlich beide momentan viel um die Ohren. Dafür bist du hier im Haus schon richtig gut vorangekommen.“

„Ja, Anette war heute Morgen noch ein paar Stunden hier und hat mir geholfen. Das Wichtigste ist jetzt erst mal ausgepackt und im Haus eingeräumt.“

„Das war nett von ihr. Was hast du für morgen geplant?“

„Puh, ich muss diese Woche noch so einiges auf meiner To-do-Liste abarbeiten. Ich denke aber, ich werde mich morgen früh beim Amt ummelden und anschließend nach einem Auto schauen.“

Er stopft sich eine Gabel Nudeln in den Mund. „Du sagtest, du hast morgen ab 15 Uhr frei?“, nuschelt er mit vollem Mund.

„Ja.“

„Sollen wir dann ein paar Möbel kaufen gehen?“

„Oh gerne und Deko!“, meine Augen strahlen, ich liebe es zu dekorieren. Gabriel zieht die Augenbrauen hoch. „Meinetwegen auch Deko.“

„Juhu! Ich such dir auch ganz bestimmt was Schönes aus.“

„Hey Fräuleinchen, wer hat denn hier davon gesprochen, dass du aussuchen darfst? Wer wohnt denn hier, du oder ich?“, lacht er.

Beleidigt gucke ich auf meinen jetzt leeren Teller. „Aber Männer können so etwas nicht.“

„Was können Männer nicht?“

„Na Deko.“

„Du würdest dich wundern, was ich alles kann Lina.“

„Also Kochen schon mal nicht.“, kichere ich und sehe ihn herausfordernd an.

„Du bist frech und undankbar, dich nehme ich morgen nicht mehr mit.“, witzelt er und steht auf, um den Tisch abzuräumen.

„Ok, ich schlage dir einen Kompromiss vor.“, sage ich.

Er stellt unsere Teller und das Besteck in die Spülmaschine und dreht sich dann zu mir um. „Ich höre?“

„Ich darf die Deko aussuchen und wähle dafür alles in Schwarz und Grau.“, ärgere ich ihn, mit der Anspielung auf die Farbwahl seiner Shirts und Pullis in seinem Kleiderschrank.

Er reicht mir spielerisch die Hand. „Abgemacht.“

Ich schnappe mir einen Lappen und helfe ihm, die Küche wieder sauber zu machen.

Anschließend gehen wir rüber ins Wohnzimmer. Auf der Couch werfe ich mich in seine Arme, welche mich sofort fest umschlingen.

Gabriel macht einen tiefen Atemzug. Ich spüre, dass er mir irgendetwas sagen möchte, und sehe zu ihm hoch.

„Was ist los?"

„Es tut mir so leid Lina … "

„Ach, kein Problem, morgen koche ich und du darfst mir ein bisschen helfen.", unterbreche ich ihn grinsend.

„Ich wollte mich nicht für die Nudeln entschuldigen."

„Achso?" Sein plötzlich ernster Blick verunsichert mich etwas.

„Eigentlich wollten wir ja das Engels-Thema noch eine Weile ruhen lassen, bis wir uns an alles gewöhnt haben. Gestern hatte ich aber noch eine Vision, von der ich dir abends beim Essen mit deinen Eltern, nichts erzählen konnte."

Er erzählt mir von den neuesten Informationen, die er gestern über uns erhalten hat, und ich höre ihm gespannt zu.

„Jedenfalls habe ich meine Meinung jetzt doch geändert. Es gibt da so viele Sachen, die wir noch verstehen müssen, um das alles gedanklich überhaupt eine Zeit lang beiseiteschieben zu können. Aber wenn ich nächste Woche mit der Arbeit im Krankenhaus beginne, bleibt dazu fast kaum noch Zeit.

Dann muss es noch zusätzlich zu unserem Alltag passieren. Reicht uns das wirklich, um die Dinge, die noch auf uns zukommen werden, in aller Ruhe zu verarbeiten? Gestresst zwischen Arbeit, Beziehung und organisatorischem Kram?"

Ich verstehe ihn gut und finde, dass er damit recht haben könnte. Ich gebe ihm einen Kuss. „Sag mal, du bist doch Arzt oder? Dürftest du mich eigentlich krank schreiben?", überlege ich.

„Wieso?" , „Na ja, dann könntest du das für den Rest der Woche doch machen. Dann haben wir ein bisschen mehr Zeit."

Gabriel schüttelt lächelnd den Kopf.

„Ich will dich ja wirklich nicht auf dumme Gedanken bringen Engelchen, aber die Idee ist wirklich nicht so schlecht."

„Ok. Oh Gabriel, ich fühle mich fürchterlich, ich glaube, ich habe Fieber und brauche mindestens vier Tage lang strenge Bettruhe.", sage ich und lasse mich rücklings auf die andere Hälfte des Sofas fallen.

„Bettruhe lässt sich einrichten." Er steht auf und sieht mich begehrend an, dann hebt er mich mit gekonntem Griff auf seine Arme.

„Komm mit, ich mach, das du dich besser fühlst."

Bei seinen Worten zieht sich mein Unterleib wohlig zusammen und ich beiße mit auf meine Unterlippe.

Ich halte mich an seinem Nacken fest und lasse mich von ihm die Treppe hochtragen.

Er legt mich sanft auf seinem Bett ab, dann stützt er sich über mich und küsst mich. Unser Kuss löst ein starkes Verlangen in mir aus, so etwas habe ich noch nie gefühlt. Ich halte eine Hand an seinem Hinterkopf, vergraben in seinen dunklen Haaren, gleichzeitig schiebe ich meine andere Hand unter sein T-Shirt und berühre die weiche und glatte Haut seines durchtrainierten Rückens.

Er unterbricht unseren Kuss und ich versuche, ihn wieder an mich heranzuziehen. Ohne seine Lippen auf meinem Mund, fühlt es sich nicht richtig an. Gabriel zieht mich vorsichtig hoch, um mir mein Shirt auszuziehen.

Er haucht mir einen Kuss auf meinen Mundwinkel und berührt dann mit sanften Zungenschlägen meinen Hals, während er meinen BH öffnet.

Mir entfährt ein leises Stöhnen, als er sich weiter nach unten zu meinen Brüsten arbeitet und diese mit seinem Mund zärtlich berührt. Sein heißer Atem streift über meine Brustwarzen und ohne jeden Zweifel befinden wir uns gerade im siebten Himmel.

Ich streichele über seine starke Brust, als er sich meinem Gesicht wieder nähert, um mir einen weiteren Kuss zu schenken.

„Du bist die Liebe meines Lebens.", flüstert er und berührt dadurch mein Herz.

Eine Träne des Glücks kullert aus meinem Augenwinkel, rollt kühlend an meiner Schläfe hinunter und knapp über dem Ohr in meinen Haaransatz hinein. Mit dem Daumen wischt Gabriel die Spuren meiner Träne weg.

Er setzt sich kurz auf, um sich ebenfalls sein T-Shirt auszuziehen, damit ich seinen Oberkörper endlich ganz bewundern kann. Wie ein Magnet, zieht er meine Finger an und ich versuche mir jeden Zentimeter von seiner sonnengebräunten Haut, genau einzuprägen. So, als wäre es das erste und letzte Mal, dass ich ihn berühren und sehen kann.

Jetzt streichen seine Fingerspitzen seitlich an meinem Oberkörper entlang, immer tiefer und tiefer.

An meinen Hüftknochen angekommen, lässt er sie langsam nach vorne streifen, bis zu den sensiblen Stellen unterhalb meines Bauchnabels. Sein Streicheln dort, löst ein reflexartiges Zucken meiner Haut aus. Er grinst als er es bemerkt, rutscht etwas tiefer und erkundet auch diesen Bereich mit seinen Lippen und seiner Zunge. Das fühlt sich so warm und schön an und macht eindeutig Lust auf mehr.

Als seine Finger hinter den Hosenbund meiner Jeans haken und versuchen den Knopf zu öffnen, werde ich jedoch unsicher.

„Warte kurz.", sage ich und lege meine Hand unter sein Kinn.

„Ich bin mir etwas unsicher, ich bin noch nie mit einem Mann so weit gegangen."

Verständnisvoll nickt er, scheint aber erst eine Sekunde später zu realisieren, was ich ihm gerade gesagt habe.

„Du hast noch nie mit jemandem geschlafen?"

Ich schüttele den Kopf und halte seinem Blick stand.

„Nein. Um ehrlich zu sein, hat mich noch nie ein Mann nackt gesehen oder berührt."

Bei Gabriel fällt es mir leicht, ehrlich zu sein. Ihm würde ich alles anvertrauen, es fühlt sich an, als wären wir im Grunde eins und unsere Seelen miteinander verschmolzen.

„Ok, ist es dir zu viel? Soll ich aufhören? Bitte sag mir, wenn dir etwas nicht gefällt oder was du dir von mir wünschst.", bittet er mich.

„Nein, nein du machst gar nichts falsch. Es fühlt sich alles himmlisch an und wenn ich ehrlich bin, würde ich am liebsten sofort alles mit dir erleben und ausprobieren. Aber ich habe Angst, dass mir das zu schnell geht, verstehst du?"

Er legt sich neben mich und legt seine warme Hand auf meinem Bauch, was mir direkt eine Gänsehaut beschert.

„Ich denke ich möchte einfach, dass dieses neue Gefühl noch etwas länger bleibt. Ich möchte es genießen, mich nach dieser Intimität mit dir zu sehnen. Klingt das dumm?“

„Nein. Das klingt vernünftig. Man macht alles nur ein einziges Mal, zum ersten Mal. Und die Zeit lässt sich nicht zurückdrehen. Ich finde den Gedanken, den Weg bis zu unserem ersten Sex hinauszuzögern, um jeden Moment bewusst wahrzunehmen und zu genießen, wirklich schön.“, sagt er und malt mit seinem Zeigefinger sanfte, immer größer werdende Kreise um meinen Bauchnabel.

Dankbar darüber wie gut er mich versteht, lächle ich ihn an. „Danke Gabriel.“

„Dafür musst du dich doch nicht bedanken, Engelchen. Ich danke dir, dass du so ehrlich zu mir bist. Ich finde das unglaublich wichtig in einer Beziehung.“

„Ich auch.“, stimme ich ihm zu. „Darf ich dich fragen, wie viele Beziehungen du schon hattest? Über so etwas haben wir ja nie geredet, wahrscheinlich aus Angst, verletzt zu werden.“

„Du darfst mich alles fragen, und ich werde dir immer ehrlich antworten, das schwöre ich dir.“ Er macht eine kurze Pause und sieht mich ernst an. „Richtige Beziehungen hatte ich bisher nur zwei. Mit meiner ersten Freundin war ich fast ein halbes Jahr zusammen und mit der letzten, ungefähr vier Monate.“

„Wieso habt ihr euch getrennt?“, frage ich neugierig.

„Rate mal … “, grinst er frech.

„Weil du sie nicht geliebt hast?“

„Richtig. Ich habe jede Frau in meinem Leben, immer mit dir verglichen. Du bist die Einzige, die ich jemals aus vollem Herzen geliebt habe, und das kann einfach keine andere ersetzen. Meine Gedanken haben sich ständig nur um dich gedreht. Bei jedem Kuss und jedem Sex, den ich hatte, warst du in meinem Kopf und ich hatte das Gefühl, dich zu betrügen. Dann hab ich das irgendwann nicht mehr ausgehalten und habe mich getrennt. Ich hab oft versucht, mich nach langen Partynächten mit One-night-stands abzulenken, aber eigentlich hat es mich immer nur traurig gemacht, wenn mir hinterher bewusst wurde, dass ich nicht neben dir liege, sondern neben irgendeiner Unbekannten.“

Er senkt seinen Blick und in diesem Moment tut er mir leid, obwohl es mich gleichzeitig ein bisschen stört, dass schon so viele andere Frauen mit meinem Freund geschlafen haben.

„Wie lange ist denn deine letzte Beziehung her?“

„Ungefähr drei Monate. Piper war mein letzter Versuch, über dich hinweg zu kommen. Als das nicht geklappt hat, habe ich mich von ihr getrennt und kurz darauf beschlossen, dass ich wieder zurück nach Köln muss, um wenigstens probiert zu haben, dir die Wahrheit zu sagen.“

„Hast du Piper gesagt, warum es nicht funktioniert hat zwischen euch?“

Eigentlich kenne ich die Antwort, denn dieser Mann ist der ehrlichste Mensch, den ich kenne.

„Ja, auf jeden Fall. Und es tat mir so leid, dass ich ihr das Herz brechen musste. Sie ist wirklich so lieb und sie hätte alles für mich getan.“ Gabriel presst seine Lippen aufeinander, schluckt und versucht, nicht zu weinen.

„Ich bin froh, dass du jetzt hier bei mir bist.", sage ich und streiche mit der Hand über seine Wange.

Gabriels Wecker reißt uns beide unsanft aus dem Schlaf.

„Wie kann man sich denn bitte so einen beknackten Klingelton auswählen?", stöhne ich und haue ihm mit der flachen Hand auf den Brustkorb.

„Ich werde aber sonst nicht wach.", gähnt er und greift mit dem Arm über mich, um an die „Wecker ausschalten" Taste zu kommen.

„Ja, aber so will doch niemand geweckt werden. Da ist der Tag doch schon direkt gelaufen."

„Blödsinn."

„Was ist denn jetzt eigentlich mit meiner Krankschreibung, Herr Doktor?", setze ich meinen besten Dackelblick für ihn auf.

„Die musst du dir bei deinem Hausarzt holen, Frau Patientin."

Während er das sagt, bohrt er seinen Zeigefinger in meine Seite und ich muss lachen.

„Hör auf!", kreische ich und er lacht.

Dann wird er etwas ernster. „Du, vielleicht ist das echt gar keine schlechte Idee, wenn du die Woche über frei hast. Meinst du, du könntest kurzfristig Urlaub bekommen?"

„Hm, das wird wohl eher schwierig. Ich habe ja Termine, die dann alle abgesagt werden müssten, und ich glaube nicht, dass ich den Urlaub dann als so wichtig begründen kann, dass mein Chef ihn mir kurzfristig zugestehen würde."

„Ja, das verstehe ich."

„Ich rufe gleich bei der Arbeit an und sage, dass ich mich heute nicht so wohl fühle. Dann gehe ich später zum Hausarzt, um mir eine Krankschreibung zu holen. Ich habe zwar ein schlechtes Gewissen, aber ich denke, es ist wichtig, dass wir herausfinden was da mit uns passiert."

„Ja das finde ich auch wichtig. Tut mir leid."

„Was denn?", frage ich.

„Das ich hier ankomme und so mir nichts dir nichts dein Leben auf den Kopf stelle. Ich wünschte, es wäre leichter."

„Ist wirklich okay, Gabriel. Im Grunde wussten wir beiden doch schon immer, dass wir irgendwie anders sind. Und soll ich dir was sagen? Auch wenn ich zuerst überfordert und geschockt war, als du mir diesen Wahnsinn aufgetischt hast, bin ich jetzt einfach erleichtert und habe das Gefühl, mehr ich selbst zu sein, als jemals zuvor. Es fühlt sich längst nicht mehr so fremd an, wenn ich unsere Flügel sehe."

„Das ist schön, dass du das jetzt so siehst. Ich habe es zuerst ziemlich bereut, dass ich dir sofort alles erzählt habe."

„Mach dir darüber keine Gedanken mehr.", sage ich und nehme mein Handy vom Nachttisch.

„So, dann wollen wir mal." Ich wähle die Nummer der Physiotherapie im St. Antonius Krankenhaus und warte, dass jemand dort abnimmt.

„Guten Morgen, hier ist Lina. Es tut mir wirklich sehr leid, aber ich fühle mich heute überhaupt nicht gut. Ich habe schlimme Kopfschmerzen und würde später gerne zum Arzt gehen."

Marlene, die Kollegin vom Empfang, mit der ich gerade spreche wünscht mir eine gute Besserung.

„Ich danke dir. Tschüss."

„Du hättest auch Schauspielerin werden können.", witzelt Gabriel, der ruhig neben mir liegend gewartet hat, bis ich das Telefonat beendet habe. „Hm… wer hätte das gedacht, ein Engel, der lügt. Ist das überhaupt erlaubt?", frage ich.

„Warum nicht? Du schadest damit doch niemandem." Damit hat er wohl recht.

„Ich werde mal schnell duschen gehen. Mach du dir schon mal den Termin beim Arzt, dann können wir den Tag besser planen."

„Was gibts denn da jetzt großartig zu planen?", frage ich.

„Wenn wir ausprobieren wollen, wie wir mit dem Rosenquarz- Herz zusammen in die geistige Welt reisen können, sollten wir denke ich schon ein bisschen Zeit einplanen. Ich habe keine Ahnung, wie wir ihn benutzen müssen und mir hat auch noch niemand gesagt, wie das mit der Zeit dann funktioniert."

„Du meinst, ob die Zeit weiterhin vergeht, wenn wir nicht hier sind, oder ob wir im gleichen Augenblick wieder hier ankommen, in dem wir gegangen sind?", frage ich.

„Yep, genau. Vielleicht vergeht die Zeit dort auch schneller als hier, oder langsamer … oder gar nicht. Und so lange wir das nicht wissen, müssen wir so viel Zeit wie möglich dafür einplanen."

Ich nicke.

Mein Termin beim Arzt ist schon heute Morgen um neun. Perfekt eigentlich, dann haben wir den ganzen Tag, ohne Unterbrechung für unser Vorhaben.

Gabriel steht noch immer unter der Dusche, als ich zu ihm ins Bad komme. Die Duschtür ist aus mattem Glas, sodass ich ihn dahinter leider nur als Schatten erahnen kann. Trotzdem komme ich nicht umhin, die ganze Zeit zur Dusche rüber zu sehen, während ich mir meine Zähne putze. Ich stehe also mit dem Rücken zum Waschbecken und glotze die ganze Zeit auf die Duschtür, das Wasser wird plötzlich ausgemacht und sie öffnet sich schwungvoll. Ich merke, wie mir die Röte ins Gesicht steigt, als mir mein wunderschöner Freund mit halbherzig um die Hüften geschwungenem Handtuch gegenüber steht.

Wassertropfen fallen von seinem nassen dunklen Haar herunter und rollen, wie glitzernde Perlen, über seine breiten Schultern und die trainierte Brust.

„Starrst du mich etwa an?", fragt er neckisch und ich drehe mich schnell zum Waschbecken, um die große Menge an Zahnpasta-Schaum loszuwerden, die sich während meiner Träumerei angesammelt hat.

In aller Seelenruhe spüle ich mir den Mund mit Wasser aus und antworte ihm erst, als ich mir sicher bin, dass ich es halbwegs cool rüber bringen kann.

„Nö.", sage ich und wische mir mit einem Handtuch über den Mund. „Ich begutachte nur, was jetzt mir gehört." Ich zwinkere ihm zu.

„Ach, so ist das.", schmunzelt er und kommt auf mich zu, beugt sich über mich und legt eine Hand auf meinen unteren Rücken. Ich schließe meine Augen und recke mein Kinn nach oben, warte auf die zarte Berührung seiner Lippen, um dann festzustellen, dass dieser Idiot nur nach seiner Zahnbürste hinter mir gegriffen hat. Empört reiße ich meine Augen wieder auf. Gabriel lacht und macht sich über mich lustig. Ich schiebe meine Unterlippe zu einem Schmollmund nach vorne.

„Ich finde das überhaupt nicht witzig."

„Doch, du hättest dich mal sehen sollen!", lacht er weiter.

„Du hast dich doch mit voller Absicht über mich gebeugt und so getan, als wolltest du mich küssen."

„Ja, du hast recht.", gluckst er und kommt wieder näher, um mir nun wirklich einen kleinen Knutscher zu geben.

„Sorry, nicht böse sein, ich mach nur Spaß Engelchen."

„Und ich frage erneut, darf man das, als Engel? Jemanden veräppeln?", grinse ich und hebe scherzhaft ermahnend meinen Zeigefinger.

„Schreib dir deine Fragen auf und ermittle das gleich im Himmel, Miss Marple.", nuschelt er, da er nun selbst den Mund voller Zahnpasta hat.

Da ich erst gestern Abend noch geduscht habe, spare ich mir das und gehe schon mal nach unten in die Küche, um etwas zum Frühstücken vorzubereiten.

Kurze Zeit später füllt der Kaffeeautomat zwei Tassen mit duftendem Gebräu, und der Toaster kümmert sich um das Brot, was ich gerade hineingesteckt habe.

Mit noch immer nassen Haaren kommt Gabriel dazu und wir essen zusammen an dem kleinen Küchentisch.

„Wie spät hast du den Termin bekommen?", fragt er.

„Um neun soll ich da sein. Ich mache mich dann auch gleich mal auf den Weg. Ich hoffe bloß, dass er mir auch wirklich glaubt und mich für den Rest der Woche krankschreibt."

„Ach, du machst das schon. Dein schauspielerisches Talent hast du ja oben schon unter Beweis gestellt. Sag, dass du dich momentan leicht überfordert fühlst und öfters Kopfschmerzen bekommst. Ich denke, für so etwas hat jeder Arzt Verständnis. Wenn es nicht gerade jeden Monat einmal vorkommt."

„Ich war bisher fast nie krank. Zumindest sehr selten so krank, dass ich zu Hause bleiben musste."

„Na dann, mach dir keinen Kopf. Soll ich mitkommen?"

„Nein, schon gut. Erledige du doch in der Zeit einfach auch noch ein paar Sachen."

Er nickt und nimmt noch einen Schluck von seinem Kaffee.

Beim Arzt hat zum Glück alles so geklappt, wie wir es uns erhofft hatten. Er meinte, mir täte es sicherlich gut einfach mal eine kleine Pause einzulegen und hat mir einen gelben Schein ausgefüllt.

Auf dem Rückweg in der Bahn rufe ich meine Mama kurz an, um ihr davon zu erzählen. Selbstverständlich lasse ich die übernatürlichen Details aus.

„Schätzchen, das ist völlig in Ordnung, finde ich. Ihr dürft nach einer Ewigkeit, in der ihr euch so vermisst habt, doch endlich mal Zeit füreinander haben und euch noch einmal neu kennenlernen. Da brauchst du kein schlechtes Gewissen zu haben Lina. Manchmal muss man eben auch an sich selber denken. Und an die Liebe."

Mama ist einfach die Beste. Ich verabschiede mich von ihr und sehe mich in der Bahn um, in der ich jetzt nur noch zwei Stationen fahren muss, da bemerke ich eine junge Frau, welche mich aus dem Augenwinkel zu beobachten scheint. Sie ist ungefähr zwanzig Jahre alt schätze ich und hat lange, blond gefärbte Haare. Sie ist wirklich hübsch und sieht eigentlich auch sehr nett aus. Als sie mich erblickt schaut sie schnell wieder weg, aber nur um gleich darauf wieder zu mir hinzuschielen.

Unruhig rutsche ich auf meinem Sitz hin und her, bis ich schließlich aufstehe und mich schon mal an die Ausstiegstür stelle, die etwas weiter von der Frau entfernt ist.

Von hier kann ich sie aber immer noch beobachten. Jetzt sehe ich, dass die sie ihr Handy in der Hand hält und dieses langsam höher hebt. Sie schaut ungläubig auf das Display des Gerätes und dann zu mir. Wieder ein schneller Blickwechsel vom Handy zu mir.

Filmt sie mich etwa?

Dann hält sie sich, scheinbar entgeistert, die Hand vor den Mund und atmet erschrocken ein.

Völlig entsetzt, halte ich die Luft an und sehe mich noch einmal um, ob ihre Reaktion auch wirklich mir galt. Dann setze ich mich schnell in Bewegung um eine Ausgangstür weiter hinten, hinter anderen Menschen Schutz zu finden. Endlich öffnet sich die Tür an der Haltestelle Schönhauser Straße und ich habe es supereilig hier endlich raus zu kommen. Mit schnellen Schritten laufe ich nun weiter Richtung nach Hause aber nach diesem Schrecken bin ich schon nach ein paar Metern völlig aus der Puste.

„Warte!", ruft hinter mir eine weibliche Stimme. Das Mädchen aus der Bahn kommt auf mich zu gerannt und ich überlege, einfach weiter zu laufen, bin aber gleichzeitig neugierig, was sie mir zu sagen hat.

„Was soll das?", frage ich sie empört. „Warum filmst du mich einfach? Und warum rennst du hinter mir her?"

„Was bist du?", entgegnet sie mir mit einer Gegenfrage.

„Wie bitte?", Oh nein! Bitte lass sie nicht meine Flügel gesehen haben. Bitte, bitte, bitte!

„Du, du hast Flügel.", flüstert die Fremde. „Durchsichtige Flügel."

Ich habe, glaube ich, noch nie so schnell nachgedacht, um nach einer passenden Antwort zu suchen. Was soll ich ihr denn jetzt bitteschön sagen?

„Ja, ich mag es eben mich zu verkleiden.", wage ich einen lächerlichen Versuch und zucke mit den Schultern. Wütend starre ich sie an.

„Du kannst mir nichts vormachen. Ich wollte ein Foto von dir machen, aber auf allen Fotos, die ich gemacht habe, sind diese Flügel nicht zu sehen.", sagt sie, deutet auf meine Flügel und hält mir dann eines der Fotos auf ihrem Handy vor die Nase. Herausfordernd schaut sie mich an.

„Du weißt gar nichts.", zische ich durch meine vor Wut aufeinandergepressten Zähne und wir liefern uns ein weiteres Blickduell.

Meine Angst lässt mich so ärgerlich reagieren. Normalerweise bin ich nicht der Typ, der sich vor Fremden so aufgebracht verhält. Aber ich weiß doch selbst noch nicht alle Antworten, wie soll ich mich denn dann in so einem Fall verhalten.

„Warum sagen denn die anderen Leute nichts dazu?", fragt
sie nun laut und blickt sich nach anderen Passanten in der Nähe
um, die sich daraufhin völlig verwirrt nach ihr umschauen. Sie
wirkt total unsicher und so als könne sie nicht verstehen,
warum sie die einzige hier zu sein scheint, die überhaupt
bemerkt hat, dass etwas an mir anders ist. Wahrscheinlich hat
sie Angst verrückt zu werden. Das mildert meine Wut.

„Es tut mir leid.", sage ich und lächle dem Mädchen kurz
zu, dann renne ich so schnell ich kann.

Zu Hause bei Gabriel drücke ich panisch mehrmals auf die
Klingel.

„Was ist los mit dir? Was ist passiert?" Erstaunt steht er in
der Haustür und ich quetsche mich, völlig außer Atem, an ihm
vorbei ins Haus.

„Mich hat gerade ein Mädchen auf meine Flügel
angesprochen, sie hat sogar versucht, Fotos von mir zu
machen."

Er sieht genau so erschrocken aus wie ich und rauft mit der
Hand durch seine Haare.

„Was bedeutet das Gabriel? Können manche Menschen uns
vielleicht doch als Engel erkennen? Ist dir so etwas schon mal
passiert?"

„Sie hat Fotos gemacht, sagst du?"

„Ja, aber auf dem Foto war nur ich drauf, ohne die Flügel. Sie hat es mir gezeigt und mich nach dem Grund gefragt, warum sie darauf nicht zu erkennen sind.“

„Ok, das beruhigt mich schon mal. Das heißt, sie hat keinerlei Beweise und niemand wird ihr glauben, wenn sie es erzählt.“ Langsam werden wir ruhiger.

„Ja, sieht ganz danach aus.“ Ich setzte mich in der Küche an den Tisch.

„Möchtest du Kaffee?“ Er stellt mir eine Tasse hin und reicht mir die Kaffeekanne.

„Danke.“ Ich gieße mir den Kaffee ein.

„Aber was ist, wenn noch mehr Leute das sehen können?“, frage ich, nehme einen großen Schluck aus meiner Tasse und verbrenne mir den Mund daran. „Heiß!“

„Ich wollte dich gerade warnen, ich habe den Kaffee erst vor fünf Minuten gekocht. Geht es?“

„Ja.“, winke ich ab.

„Also wenn noch mehr Leute sie sehen können, dann haben wir ein kleines Problem.“, sagt er nachdenklich.

„Klein also, ja?“ Ich ziehe die Augenbrauen hoch.

„Es gibt sicher Schlimmeres.“ Meint er das ernst?

„Ich bin jetzt nicht ganz so heiß darauf, dass man uns einsperrt, um Experimente mit uns zu machen, und seziert werden will ich auch nicht.“

Jetzt lacht er mich aus. Er lacht so sehr, dass er sich dabei den Bauch hält und seine Augen tränen. Verständnislos schaue ich ihm dabei zu.

„Lina, was denkst du denn, in welchem Film wir leben?“, fragt er, als er sich halbwegs wieder eingekriegt hat. „Wir sind doch keine Monster. Unsere Flügel sind aus Licht, was sollte man denn daran sezieren können?“

„Ich weiß es doch auch nicht.“ Ich stütze meine Ellenbogen auf dem Tisch ab und verberge mein Gesicht in meinen Händen.

Gabriel steht auf, um sich neben mich zu hocken. Beruhigend legt er eine Hand auf meinen Rücken.

„Hey, gleich sind wir bestimmt beide schlauer. Sobald wir wissen wie wir mithilfe unseres Edelsteins in die geistige Welt kommen, können wir dort alles erfragen und vielleicht auch um Hilfe bitten. Ich denke wir müssen einfach ein bisschen Vertrauen haben, dass alles schon seine Richtigkeit haben wird, dass wir gemeinsam hier sind, kann einfach kein Zufall sein.“

Ich drehe ihm mein Gesicht zu und nicke. Er hat Recht, sich jetzt zu viele Sorgen zu machen, hat einfach keinen Sinn.

„Weißt du, was ich dich die ganze Zeit schon fragen wollte?“

„Was denn?“, fragt er und streicht mir eine Haarsträhne aus dem Gesicht.

„Hast du schon probiert zu fliegen? Also so richtig? Dass es funktioniert habe ich ja gesehen, als wir im Wohnzimmer über dem Boden schwebten.“

„Nein, ich habe es tatsächlich noch gar nicht versucht. Ehrlich gesagt wüsste ich auch nicht, wo ich das testen soll. Im Haus ist zu wenig Platz, da kann ich meine Flügel ja kaum ganz ausbreiten. Draußen wäre es wohl auch keine so gute Idee, ich glaube, das könnte die Menschen ziemlich in Panik versetzten.“

„Da könntest du recht haben.“

„Was meinst du, wie das funktioniert?" Er holt das Edelsteinherz aus seiner Hosentasche und legt es vor uns auf den Tisch.

Beide starren wir nun auf den Stein und überlegen, bis mir eine lustige Idee kommt.

„Bibbidi-babbidi-busch.", singe ich und tänzele mit meinen Fingern über dem Herz.

„Dein Ernst?" Ich ernte einen Seitenblick von einem grinsenden Gabriel. „Nice try! Hat aber leider nicht funktioniert."

„Sollte ich es vielleicht mal mit einem einfachen Abrakadabra versuchen?"

„Ich glaube, du bringst da was durcheinander, Engelchen. Wir sind nicht „Die Hexe und der Zauberer" aus dem Kinderfilm."

Ich zucke mit den Schultern. „Einen Versuch war es aber wert."

Er nimmt den Stein vom Tisch und stellt sich hin, dann greift er nach meiner Hand und zieht mich zu ihm hoch.

So langsam steigt meine Nervosität, als könnte ich bereits spüren, dass uns dieser Versuch nun gelingen wird.

Meine Hand liegt auf seiner Hand, dazwischen das Herz.

Gespannt warten wir ab, ob sich irgendetwas verändert. Zwischen unseren Händen beginnt es zu wummern und eine starke Wärme breitet sich in meinem gesamten Körper aus. Ein Licht scheint aus dem Edelstein heraus und es wird immer größer und heller.

Auch unsere Flügel erscheinen wieder in voller Größe und strahlen enorm hell. Wir heben leicht vom Boden ab und rücken eng aneinander, um uns mit unseren freien Armen gegenseitig festzuhalten.

„Ist das richtig so? Es scheint zu funktionieren, oder?", frage ich leise und komme aus dem Staunen nicht mehr heraus.

Gabriels Körper wird langsam durchsichtig und es sieht aus, als würde er sich auflösen oder in Licht verwandeln. Das erschreckt mich und ich schaue hektisch an meinem eigenen Körper herunter. Auch ich werde mehr und mehr zu Energie.

Dann geht alles ganz schnell.

Ein dichter, glitzernder Nebel schwirrt um uns herum und hüllt uns ganz in sich ein. Plötzlich sind wir komplett verschwunden.

Das Einzige, was ich in diesem Augenblick noch an mir wahrnehmen kann, ist mein Bewusstsein, mein Herz und meine Seele. Alles andere kommt mir auf einmal völlig unwichtig vor. Der Glitzerrauch, der uns umgibt, dreht sich immer schneller und es herrscht völlige Stille.

Für einen Moment habe ich das Gefühl, die Bedeutung des Nichts zu kennen.

Ein Sog, der uns mit in die Höhe reißt, und schließlich ein Ruck, der uns wieder Boden unter unseren Füßen spüren lässt.

Der Nebel lichtet sich und unsere kristallinen Körper beginnen sich wieder zu materialisieren.

Noch immer eng umschlungen stehen wir in der großen Halle, die Gabriel schon oft in seinen Visionen besucht hat. Er hat mir alle Details des Ortes beschrieben daher weiß ich, wo wir uns befinden.

Unter unseren Füßen erstreckt sich das Universum. Ich bin völlig sprachlos und sehe mich mit weit geöffneten Augen und wachem Verstand um.

Auf Gabriels Gesicht breitet sich ein strahlendes Lächeln aus und seine Augen leuchten vor Freude.

„Es hat wirklich geklappt!", ruft er laut. „Wir sind hier. Du bist wirklich mit mir hier."

Den Rosenquarz lässt er wieder in die Tasche seiner Jeans gleiten, dann umarmt er mich so fest, dass ich kaum noch Luft bekomme.

Ich begreife noch immer nicht richtig, dass wir uns in diesem Moment nicht mehr auf der Erde befinden, aber es fühlt sich so anders an, so viel leichter, selbst meine Gedanken kann ich hier besser sortieren. Es ist fast so, als hätte mein Gehirn hier mehr Platz zum Denken.

„Ganz schön überwältigend hier oder?", fragt Gabriel.

Ich habe meine Sprache noch nicht wiedergefunden und nicke.

Er setzt sich auf den Boden und zieht mich an einer Hand zu ihm herunter. „Schau mal, du kannst an jeden Planeten denken und er wird dir gezeigt. Oder auch an irgendeine Person auf der Erde, dann ist es, als könnte man von hier oben mit einem wahnsinnig guten Teleskop herunterschauen und alles genau beobachten, was die Person gerade tut."

„Wow!", ist das einzige, was ich herausbringen kann.

Begeistert wie ein kleines Kind, lässt Gabriel die Erde näher kommen und zoomt sie mit seinen Gedanken so weit heran, dass man erst einzelne Länder erkennen kann. Dann lässt er Deutschland näher kommen, dann Köln und kurze Zeit später können wir von oben in Gabriels Küche schauen, in welcher wir uns nun nicht mehr befinden. Das bedeutet, wir sind tatsächlich komplett hierher teleportiert worden und keine Astralprojektion.

„Krass. Gabriel, das ist unglaublich! Ist das wirklich kein Traum?"

Lächelnd verneint er und zieht mich zu sich heran, um mich zu küssen. Das funktioniert hier also auch, schmunzele ich in mich hinein.

„Ihr habt also den Weg hierher gefunden."

Erschrocken drehe ich mich um und sehe einen dunkelblonden Engel, in Jeans und dunkelgrünem Kapuzenpulli, auf uns zu kommen.

„Janus!", ruft Gabriel und steht auf, um den jungen Mann zu begrüßen. „Lina, das ist Janus, ich habe dir von ihm erzählt. Dem Engel aus meiner Vision."

Janus scheint mir noch ein paar Jahre jünger zu sein als wir.

„Hallo Gabriel. Hallo Lina.", sagt er mit ruhiger Stimme.

„Ich freue mich, dass wir uns nun endlich richtig kennenlernen können. Wie geht es euch?"

„Gut, danke.", sage ich. Janus ist mir auf Anhieb sympathisch, so ruhig und ausgeglichen, wie er wirkt, in seiner legeren Kleidung.

„Prima, das freut mich zu hören.", lächelt der neue Engel uns zu.

„Na, dann folgt mir mal ihr zwei."

In großen Schritten schreitet er voran, immer den langen, schier unendlichen, hellen Gang entlang. Gabriel und ich werfen uns noch schnell einen kurzen Blick zu, um uns zu vergewissern, dass alles in Ordnung ist, dann nimmt er meine Hand und wir laufen hinter Janus her.

„Wohin gehen wir denn?", fragt Gabriel.

„Ihr werdet gleich ein paar der anderen Irdischen
kennenlernen. Gemeinsam werden wir euch dann in alles
einweihen, was ihr wissen müsst."

„Wenn du sagst die Irdischen, meinst du dann die anderen
Erdenengel?", möchte ich von ihm wissen.

„Richtig. Es gibt viele von uns auf Erden. Aber heute macht
ihr nur mit ein paar von ihnen Bekanntschaft."

Wir sind inzwischen an einer großen, hübsch mit Rosen
berankten, weißen Tür angekommen, die sich direkt öffnet, als
Janus seine Hand mit etwas Abstand vor sie hält. Verblüfft
schüttele ich den Kopf. „Puh, daran muss ich mich echt noch
gewöhnen. Ich fühle mich hier wie in einer Traumwelt."

„Ja, das ist völlig normal. Es kann auch gut sein, dass es dir
erst wieder ungewohnt oder sogar unangenehm vorkommt,
wenn du zurück auf der Erde bist. Mag sein, dass sich dein
Körper dann viel zu eng anfühlt oder du das Gefühl hast, der
Boden würde dich stark hinunterziehen. Aber mit der Zeit wirst
du dich immer schneller an den Wechsel gewöhnen."

Wir betreten den Raum, der sich hinter der Tür verbirgt.
Hätte man mich vorher gefragt, hätte ich niemals damit
gerechnet, dass dieses Zimmer, bis auf seine Lichtquelle, so
normal aussieht.

Wände und Boden sind in strahlendem weiß gehalten. Wenn
ich sage strahlend, dann meine ich das in diesem Fall wirklich
so, denn eine Lampe oder Fenster gibt es hier nicht und das
Licht geht einzig und allein von dem Raum an sich aus.

Acht hübsche Sessel mit dunkelblauem Blumenmuster
stehen um einen runden, dunklen Holztisch. Der Tisch ist
dekoriert mit einem Topf Lavendel, der einen herrlichen und

beruhigenden Duft verströmt, fast noch intensiver als auf der Erde.

Doch wir befinden uns nicht alleine in diesem Zimmer. Auf fünf, der acht Blumensesseln, sitzen lächelnde Erdenengel, die nun aufstehen, um uns zu begrüßen. „Darf ich euch meine Freundin Elisann vorstellen?" Janus schiebt sanft, eine hübsche und sehr dünne junge Frau mit einem kurzen schwarzen Bob vor. „Hallo ihr Lieben.", sagt sie freundlich und nimmt erst mich, dann Gabriel herzlich in den Arm.

„Ich freue mich so sehr darauf, euch kennenzulernen." Ihr dunkelroter Lippenstift unterstreicht ihr schönes Lächeln.

„Darauf freuen wir uns auch.", sagt Gabriel.

Das nächste irdische Engelspaar tritt näher und reicht uns freundlich die Hände. „Ich bin Chayim und das ist meine Frau Lilli.", sagt der hochgewachsene, breit gebaute Mann mit langen kastanienbraunen Haaren und Vollbart. Die blonde Lilli ist gegen ihren Mann eher zierlich und klein. Sie reicht Chayim gerade mal bis zur Schulter. Dieses Paar schätze ich als das älteste in diesem Raum ein.

„Hey ich bin Mara.", winkt ein Mädchen mit gefärbten roten Haaren, sehr weiblicher, schöner Figur und einem wirklich niedlichen Gesicht. Sie kommt mir mit ihrem breiten Grinsen wirklich aufgeschlossen vor.

„Ich bin Maras älterer Bruder Ben.", sagt Ben monoton. Der Junge mit den halblangen schwarzen Haaren scheint wirklich genau das Gegenteil von ihr zu sein und steht, eine Hand in der Hosentasche, schräg hinter Mara und streicht sich mit der anderen Hand sein halblanges pechschwarzes Haar, welches ihm ins Gesicht fällt, nach hinten. Er sieht aus wie ein Emo, mit seinen Ear-tunnels und den dunkel geschminkten Augen.

„Geht es bitte auch ein bisschen freundlicher?" Mara knufft ihn mit dem Ellenbogen in die Seite.

„Setzt euch doch.", schlägt Chayim uns vor.

Gabriel legt eine Hand zwischen meine Schulterblätter und sieht mich aufmunternd an, dann gehen wir rüber zu den hübschen Ohrensesseln.

Als alle einen Platz gefunden haben, ergreift Janus wieder das Wort.

„Ich weiß, es ist alles neu für euch und ihr müsst erst richtig ankommen in eurem, naja … , wie soll ich es nennen, „neuen" Leben."

Ich nicke ihm heftig zu. „Oh ja, da sagst du was."

„Keine Sorge, wir waren hier alle schon in der Situation, in der ihr euch gerade befindet. Außer Ben und Mara, die das Glück hatten, schon immer zu wissen, was in ihnen steckt und wo die Quelle ihrer Seelen ist.", sagt Elisann.

Ich muss mir ein Lachen verkneifen, da ich mir Ben einfach nicht als hochspirituelles Wesen vorstellen kann. Kaum, dass ich das denke, räuspert sich Ben. „Du musst noch viel lernen, wenn du allein durch die äußere Erscheinung eines Menschen auf sein Inneres schließt.", sagt er. Ich werde augenblicklich knallrot und sehe erschrocken zu ihm hin. Oh mein Gott, hat er etwa gerade meine Gedanken gelesen?

Fragend sieht Gabriel mich an, ich zucke nur unsicher mit den Schultern.

„Bitte halte dich etwas zurück Ben.", mahnt Chayim.

„Wie dem auch sei.", unterbricht Janus. „Um einen Anfang zu finden, euch alles zu erklären, ist es denke ich, das Beste, wenn ihr zuerst eure Fragen stellt."

Ich brenne innerlich schon darauf, mit meinen Fragen herauszuplatzen, am besten alle direkt auf einmal, aber ich lasse Gabriel den Vortritt. Mit einem Lächeln fordere ich ihn auf loszulegen.

„Soll ich ?", fragt er mich und ich nicke.

„Okay, also ich weiß ehrlich gesagt nicht mal, womit ich anfangen soll.", überlegt er. „Warum das ganze? Ich meine warum sind wir auf der Erde, obwohl wir doch Engel sind, und warum wussten wir nicht einmal, dass wir Engel sind? Das macht doch irgendwie keinen Sinn?"

„Das ist eine wundervolle Frage Gabriel. Ihr müsst euch das so vorstellen, dass ein Engel in der geistigen Welt nur das Licht kennt. Um es etwas zu vereinfachen, er dümpelt hier also vor sich hin und ihm geht es gut. Es gibt keine Zeit, es gibt keine Sorgen, sondern nur die pure Liebe, unendliche Freude und Harmonie. Und das Ganze reicht den meisten Engeln und geistigen Wesen auch völlig aus. Alles ist wunderbar, warum sollte man sich überhaupt über etwas anderes Gedanken machen? Es ist jedoch so, dass ein Wesen erst richtig zu verstehen beginnt, was das Licht und die bedingungslose Liebe ist, wenn es das Gegenteil davon kennengelernt hat. Woher soll man denn auch wissen, was das Licht überhaupt ist, wenn noch nie jemand den Schalter umgelegt hat. Man muss also erst im Dunkeln gegen eine Wand laufen, um zu wissen, wie angenehm die Helligkeit ist. Und so ist es mit allem. Jeder Engel, mit Ausnahme der meisten Erzengel, hat also mindestens eine menschliche Erfahrung gemacht. Einerseits, um die geistige Welt besser zu verstehen. Es gibt allerdings noch einen anderen Grund, der nicht ganz unerheblich für ein Dasein als Engel ist.

Durch seine Erfahrungen auf der Erde ist es einem Engel erst möglich, die Menschen von hier aus besser führen und begleiten zu können.

Wir können also mitfühlen, wie es ihnen geht, weil wir es selbst einmal erlebt haben, oder dabei waren.

Man ist somit gefühlsmäßig näher an den Menschen dran.

Gabriel, bei unserem letzten Treffen habe ich dir bereits von der Dualität auf der Erde erzählt. Alles hat also einen Gegenspieler. Für einen Engel ist es eine besondere Erfahrung, diese Gegensätzlichkeiten zu erleben, die im Himmel nicht existent sind. Es fördert unsere Entwicklung und wir wachsen an unseren Aufgaben.

Engel inkarnieren so lange als Menschen auf der Erde, bis sie alles gesehen, gefühlt und gelernt haben, was sie sich vorgenommen haben." Janus macht eine kurze Pause und sieht uns mit ruhigem Blick an.

„Ist das denn nicht auch für die Menschen so?", frage ich. „Als Mensch inkarniert man doch auch öfter in verschiedene Leben und bevor man das nächste Leben auf der Erde antritt, bespricht man doch mit seinem Schutzengel, was man in diesem Leben erfahren möchte, oder nicht?"

„Ja Lina, da hast du vollkommen recht und wir dürfen auch niemals vergessen, dass wir alle aus derselben göttlichen Quelle kommen. Jedoch gibt es einen bedeutenden Unterschied. Die Menschen inkarnieren sehr, sehr oft. Für sich, für ihr spirituelles Wachstum. Ein Engel hingegen, hat noch zusätzliche Aufgaben. Als Schutzengel bietet er nach seinen Menschenleben einem anderen Menschen Schutz und ist als ständige, weise Unterstützung bei ihm. Ein Lichtengel, wie es zum Beispiel die Erzengel sind, wacht von hier aus über die verschiedenen Planeten und ihre Bewohner. Wir als Erdenengel haben uns entschieden, weiterhin auf Erden zu inkarnieren, um dort in unserem vollen Bewusstsein zu erwachen, zu wirken und zu unterstützen, wo es notwendig ist. Ihr zwei habt sicherlich nicht durch Zufall einen Beruf gewählt, bei dem ihr den Menschen Hilfe und Heilung geben könnt." Er zwinkert uns zu.

„Wir inkarnieren nicht so oft wie die Menschen, da nicht jeder von uns alle Erfahrungen machen muss. Es reicht zum Beispiel aus, wenn es ein paar unter uns gibt die wissen, wie es ist, in einem menschlichen Leben krank zu werden. Dann tragen die anderen Engel der gleichen Engel oder Seelenfamilie, die Erinnerung daran in sich und wissen, wie es sich anfühlt. Genauso gibt es dann Engel, die lernen wie es sich anfühlt jemanden zu verlieren, jemanden zu lieben oder auch zu hassen.

Jeder von uns macht also Erfahrungen, stellvertretend für viele anderen Engel mit. Wenn wir nun all unsere ganz persönlichen Menschenleben gelebt haben, wird entschieden, welche Rolle wir weiterhin übernehmen werden. Wollen wir eher am Kollektiv der Menschheit zur Entwicklung beitragen, dann bleiben wir hier oben und geben von hier aus unser Bestes. Möchten wir lieber einen einzelnen Schützling betreuen, ihn durch all seine Leben begleiten und ihm durch sein Unterbewusstsein Hilfestellung geben, dann wirken wir als Schutzengel.

Als irdische Engel können wir direkt bei den Menschen sein und eine bestimmte Gruppe von ihnen, die uns nahesteht, in die richtige Richtung lenken, helfen und heilen. Das Besondere daran ist, dass wir unsere kompletten Engelsfähigkeiten und

Gaben mit in unsere Inkarnation nehmen. Und diese gilt es jetzt für euch wiederzuentdecken und zu schulen.“

Für einen Moment herrscht komplette Stille, Gabriel und ich müssen die vielen Informationen erst einmal etwas sacken lassen.

„Was ist mit den Erzengeln?“, fragt Gabriel, zieht seine Augenbrauen zusammen und legt den Kopf schief. „Du hast vorhin gesagt, alle Engel machen menschliche Erfahrungen, mit Ausnahme der „meisten“ Erzengel. Was meinst du damit? Sind die Erzengel nicht normalerweise die direkten Boten Gottes?“

„Normalerweise sind die Erzengel die Einzigen, die niemals auf irgendeinem Planeten oder als ein anderes Wesen inkarnieren. Sie sind eigentlich dafür zuständig, die einzelnen Engelsgruppen zu unterstützen, und jeder von ihnen hat da sein Spezialgebiet.“, antwortet diesmal Elisann. „Ich nehme mal an ihr wisst, wer die Erzengel sind?“ Wir nicken ihr zu. „Dann nenne ich euch nur ein paar von ihnen, da haben wir zum Beispiel Raphael, den Engel der Heilung; Uriel, den Wächter über das Paradies oder die geistige Welt; Jophiel, der Engel der Erleuchtung, Weisheit und Beständigkeit; Chamuel, Engel der Stärke und des Mutes; Zadkiel, Engel der Freiheit und Barmherzigkeit; Michael, Beschützer und Engel des Schicksals.“

„Und schließlich noch den dickköpfigsten aller Erzengel. Den Erzengel mit der Extrawurst.“, sagt Ben und grinst.

„Ach Ben.“, winkt Elisann ab, kann sich aber ein kleines Zucken ihrer Mundwinkel nicht verkneifen.

„Ich mach dann mal weiter.“, sagt Chayim. „Hier ist jetzt also die Rede von dem Erzengel, der unbedingt wissen wollte, wie es ist, sich als Mensch zu verlieben und deshalb ausnahmsweise die Erlaubnis bekommen hat, als Mensch zu inkarnieren. Er wollte im gleichen Zuge auch wissen, wie es sich anfühlt zu vergessen, wer er ist und wie es sich anfühlt, erst im späteren Verlauf seines Lebens zu „erwachen" und herauszufinden, wer er ist. Tja und er war so tief im Menschsein versunken, dass ein paar Engel ganz schön viel damit zu tun hatten, ihn endlich auf den richtigen Weg zu lenken. Es hat sich herausgestellt, dass er sich sehr weit von seinem Lebensplan entfernt hat und sich als harte Nuss entpuppt, was das Aufwachen und Erinnern angeht.

Wir vermuten langsam, dass er gar nicht mehr selbst herausfinden wird, wer er eigentlich ist." Die anderen Engel werfen sich belustigte Blicke zu und fangen an zu kichern.

„Und welchen Erzengel meint ihr jetzt?", langsam werde ich ungeduldig und auch Gabriel scheint keine Ahnung zu haben auf wen die anderen hinauswollen.

„Meine Güte, wir sagen es ihm jetzt. Er wird niemals von alleine dahinter kommen.", sagt Mara.

„Von wem redet ihr?" Gabriel schaut verwirrter als zuvor in die Runde.

„Vom Erzengel Gabriel!", ruft Mara aus und fixiert meinen Gabriel mit weit aufgerissenen Augen. Mir fällt die Kinnlade herunter, als ich begreife, was Mara versucht uns zu sagen.

„Achso.", sagt Gabriel und kapiert scheinbar gar nichts.

„Oh man." Mara schlägt ihre Hände vors Gesicht.

„Äh, Gabriel?" Ich streiche meinem Freund vorsichtig über den Oberarm. Er sieht mich an.

„Ich glaube sie meinen dich. Du bist einer der Erzengel."

Völlig perplex und geschockt, starrt Gabriel mit offen gerissenem Mund ins Nichts. Ich kann ihm ansehen, wie es in seinem Kopf zu arbeiten beginnt. Er schluckt schwer, als er den Mund wieder schließt. Ich stehe von meinem Sessel auf und will mich auf seinen Schoß setzen, um beruhigend meine Arme um ihn zu legen, doch im selben Moment sackt Gabriel in sich zusammen.

„Gabriel!", schreie ich erschrocken und umfasse sein Gesicht, will in seine Augen schauen, aber sie sind geschlossen. Panisch rüttele ich an seinen Schultern. „Was ist los? Was ist mit dir? Wach auf, bitte!" Tränen schießen mir in die Augen und mein Hals wird eng.

„Es ist alles in Ordnung Süße!" Mara versucht, mich vorsichtig von Gabriel wegzuziehen. „Es ist okay.", redet sie beruhigend auf mich ein, während Chayim und Janus meinen Freund auf den Boden legen. Ich habe schreckliche Angst um Gabriel.

„Was ist mit ihm?", schluchze ich.

„Er erinnert sich. Das hätte eigentlich schon viel früher passieren sollen.", sagt Elisann und streicht mit der Hand über meinen Rücken. Die beiden Frauen schieben mich langsam wieder zu meinem Sessel und ich setze mich, kann aber meinen geschockten Blick nicht von Gabriel abwenden. Er liegt regungslos am Boden, vor seinem Kopf kniet Chayim und lässt einen goldenen Lichtstrahl aus seinen Händen auf Gabriels Stirn leuchten. Janus hat eine Hand auf Gabriels Herz gelegt und lässt dort ebenfalls Licht oder Energie einfließen.

Elisann und Mara sehen mich besorgt an. „Lina, Gabriel ist ein Erzengel. Er existiert schon seit Anbeginn, er ist einer der ältesten Engel und war an Gottes Seite, als dieser alles erschuf.

In seiner Inkarnation hat er das alles natürlich vergessen und wie du dir vorstellen kannst, kann er sich daran natürlich nicht innerhalb von ein paar Sekunden erinnern. Er braucht Zeit, um auf alle seine Erinnerungen wieder zugreifen zu können.", erklärt mir Elisann ruhig.

„Gabriel befindet sich jetzt in einem Zustand, der einer tiefen Trance ziemlich nahe kommt.", sagt Mara. „Sein Körper und sein Gehirn schalten jetzt zurück, damit sein Unterbewusstsein und seine Seele in ihm wirken können. Manchmal ist dies der schnellste Weg, um wieder an sein volles Wissen zu kommen.

Bei dir läuft das momentan noch etwas anders ab. Ich vermute, bei dir wird es eher ein langsameres Erwachen sein. Nach und nach wirst du deine Fähigkeiten wiedererlangen und dich Stück für Stück, immer mehr an dich selbst erinnern. Aber vergiss nicht, dass dein Prozess ein ganz anderer ist. Du bist kein Erzengel, für dich ist es in diesem Leben auf der Erde nicht wichtig, dich an alle Dinge zu erinnern, die du in der geistigen Welt erlebt hast. Aber bei Gabriel sieht es ein bisschen anders aus. Durch sein Leben, welches er zurzeit auf Erden führt, fehlt ein Erzengel im Himmel. Aber das Wissen und die Weisheit eines jeden Erzengels wird natürlich benötigt, denn sie gehören zu den wichtigsten Engeln, durch ihren direkten Draht zu Gott."

„Was bedeutet das denn für ihn? Für uns?", frage ich und sehe beide Frauen abwechselnd an.

„Für ihn bedeutet es, dass er sich an alles erinnern kann und seine Fähigkeiten schlagartig zurückerlangen wird.", sagt Mara.

„Verändert es ihn oder seine Liebe zu mir?“ Mein ganzer Körper ist angespannt vor Angst, sein Erwachen könnte unsere Beziehung gefährden.

Mara schaut unsicher zu Elisann.

„An seiner Liebe für dich wird sich niemals etwas ändern. Eure Liebe gehört zu seinem Lebensplan in dieser Inkarnation. Außerdem bist du seine auserwählte Engel-Partnerin. Er hat dich selbst vor diesem Leben dazu erwählt.“ Elisann scheint bemerkt zu haben, dass ihre Antwort mir nicht ganz genügt, denn sie wendet ihren Blick kurz von mir ab und sieht zu Gabriel rüber, der immer noch unverändert am Boden liegt und von den anderen Engeln umsorgt wird.

„Vielleicht wird es ihn ein wenig verändern, aber sein Wesen bleibt das Gleiche. Er will schließlich diese menschliche Erfahrung machen und dabei wird ihm sein Wissen nicht im Weg stehen, das verspreche ich dir!“ Mara drückt meine Hand.

„Ben und ich, wir haben uns schon in früher Kindheit an alles erinnert. Aber das hat uns nie daran gehindert unser Leben zu leben, in welches wir hineingeboren sind. Schau uns doch an. Im Grunde sind wir trotz all unserer Weisheit normale Menschen. Oder sagen wir, normale irdische Engel.“ Sie lächelt mir aufmunternd zu und ich schöpfe etwas Hoffnung.

„Na ja, wir ecken vielleicht ein bisschen häufiger an, in unserem Umfeld.“, ergänzt sie. „Ich meine, es ist für andere Menschen in unserem Alter natürlich nicht normal, über solch ein enormes Wissen und Bewusstsein zu verfügen, und da wirken wir eventuell ein bisschen unheimlich. Aber damit komme ich gut zurecht. Sicherlich war es bei dir damals ähnlich oder? Als Engel wirkt man oft schon in der Kindheit viel erwachsener und kann sich schlecht mit Gleichaltrigen identifizieren."

„Ja, das war bei mir damals wirklich so. Gabriel war immer der Einzige in meinem Alter, der mich verstanden hat. Wir waren oft gemeinsam einsam, weil uns die anderen zu kindisch waren.", bestätige ich.

„Darf ich fragen, wie alt ihr seid?", frage ich neugierig.

„Na klar, also ich bin seit 16 Jahren auf der Erde und mein Bruder seit 18 Jahren." Sie wirkt geistig wirklich viel älter als 16.

„Die beiden sind die jüngsten in unserer kleinen Runde hier. Ich bin 19 Jahre alt und Janus ist 20.", sagt Elisann.

„Chayim ist 45 Jahre alt und seine Frau Lilli 39.", fügt sie noch hinzu.

Ich lächle Lilli an, als diese mitbekommt, dass wir über sie reden. Es scheint sie jedoch gar nicht zu stören, dass Elisann ihr Alter an mich verraten hat, denn sie lächelt freundlich zurück.

„Er kommt wieder zu sich.", flüstert Chayim und winkt mich herüber.

Bei ihm angekommen, knie ich mich an Gabriels Seite und beuge mich über ihn. Meine Hand hält sein Gesicht, als er langsam die Augen öffnet.

„Willkommen zurück.", sagt Janus.

„Geht es dir gut?", frage ich fürsorglich und streiche mit dem Daumen leicht über seine Wange.

Er antwortet mir mit dem wundervollsten Lächeln, das ich je gesehen habe und in seinen Augen liegt noch mehr Liebe als zuvor.

„Hey Engelchen.", flüstert er und beruhigt damit meine Sorge. „Mir geht es gut." Etwas mühsam und benommen richtet er sich auf.

„Hast du wieder Zugriff auf dein gesamtes Wissen?", fragt Chayim. Gabriel nickt und sieht ihn entschlossen an.

„Dann weißt du auch, dass du es nicht an die große Glocke hängen solltest, dass man dir als Erzengel ein irdisches Leben erlaubt hat."

„Allerdings, es sollte weiterhin unter uns bleiben.", sagt Gabriel.

Verwirrt sehe ich zwischen den beiden Männern hin und her. „Was meint ihr? Sind wir hier die einzigen, die darüber Bescheid wissen?"

„Ja, wie du ja bereits weißt, ist es nicht üblich, dass Erzengel auf der Erde inkarnieren. Im Grunde haben sie dort nichts zu suchen und sollten ihre Aufgaben in der geistigen Welt erledigen. Jedoch haben meine Brüder, die anderen Erzengel, gemeinsam mit Gott für mich eine sehr große Ausnahme gemacht und mich sozusagen heimlich oder „undercover" als irdischen Engel auf die Erde geschickt. Außer unserem engsten Kreis hier weiß niemand darüber Bescheid. Es würde ein großes Chaos geben wenn andere Lichtengel davon wüssten, denn dann würden auch sie auf diese Chance nicht verzichten wollen und auf eine eigene Inkarnationserfahrung beharren.", erklärt Gabriel.

„Außerdem ist es für Gabriel eine der letzten Möglichkeiten sich diesen großen Wunsch zu erfüllen.", sagt Lilli, die sich nun dicht neben Chayim stellt und nach seiner Hand greift.

„Der Aufstiegsprozess der Menschheit und der Erde ist im vollen Gange und es wird nicht mehr allzu viele Jahre möglich sein, in einen grobstofflichen Körper hineingeboren zu werden. Die Menschen bekommen auf Dauer einen eher kristallinen Körper und schwingen auf höheren Frequenzen und in einer höheren Dimension."

Gabriel stimmt ihr zu. „Lilli hat Recht, die Schwingungen der Erde erhöhen sich immer weiter und somit auch die, ihrer Bewohner. Sie öffnen sich immer mehr für ihr höheres Selbst, ihr erweitertes Bewusstsein, dass es nicht nur Dinge gibt, die man sehen kann oder die mit menschlichem Verstand zu begreifen sind. Immer mehr Menschen entdecken ihre natürlichen Fähigkeiten, sie lassen sich auf das Hellsehen ein und können die Aura ihrer Mitmenschen sehen oder ihre Energiefelder lesen. Sie können hellhören und finden dadurch einen einfacheren Zugang zu ihren Schutzengeln und Geistführern."

„Warte kurz.", stoppe ich ihn. „Schutzengel und Geistführer, ist das nicht dasselbe?"

„Nein, nicht ganz. Zwar sind beide dazu da, ihren Schützling zu leiten, aber ein Geistführer ist eine menschliche Seele, die durch ihre unzähligen Erdenleben schon so hoch entwickelt ist, dass sie als eine Art Lehrer wirken darf und eine Seele durch ein Erdenleben begleitet. Schutzengel hingegen, sind für immer an eine Seele gebunden und gehen mit ihr durch all ihre Inkarnationen."

„Ok, mir schwirrt der Kopf.", mit den Fingern kreise ich über meine Schläfen. Das ist so viel Information.

„Ja, ich denke, es wird so langsam Zeit zurückzugehen.", sagt Gabriel.

„Das wird das Beste sein. Lina benötigt noch etwas Zeit, um alle Zusammenhänge zu verstehen. Aber Gabriel, du kannst ihr alles Weitere erklären und du weißt, wie du uns findest, solltet ihr unsere Hilfe benötigen."

„Ich danke dir Janus. Ich danke euch allen."

Gabriel hält unseren Rosenquarz bereits in seiner Hand und wartet ruhig darauf, dass ich wieder meine Hände auf seine lege.

Ich verabschiede mich bei jedem mit einer kurzen Umarmung.

„Ich danke euch, dass ihr mir alles so geduldig erklärt habt."

„Ach meine Liebe, wir sind immer für euch da. Wir acht sind hier so etwas wie eine Familie.", sagt Mara und drückt mich noch einmal fest an sich.

„Erdenengel gibt es viele, aber um uns gegenseitig die beste Unterstützung geben zu können, haben wir uns in kleinere Gruppen aufgeteilt, in denen wir zusammenarbeiten." Elisann lächelt mich an. „Also sind wir eine kleine Engelfamilie."

„Das klingt wirklich schön.", grinse ich und stelle mich dann zu Gabriel, damit wir uns mit unserem Stein verbinden und nach Hause teleportieren können.

Wir sind zurück von unserem Ausflug in die geistige Welt und stehen genau an der Stelle in Gabriels Küche, an der wir vorhin verschwunden sind. Mein Blick sucht den Raum sofort nach einer Uhr ab, ich möchte unbedingt wissen, wie viel Zeit vergangen ist.

„Es ist immer noch zwanzig nach zwölf!", staune ich.

„Ja, jetzt wo ich wieder ich selbst bin, hätte ich dir diese Frage auch beantworten können."

„Weißt du jetzt wirklich alles?", frage ich skeptisch.

Der Gedanke daran verunsichert mich.

„Alles was ich als Erzengel wissen muss, ja.", antwortet er mir.

„Das macht mir ehrlich gesagt ein bisschen Angst. Denkst du, dadurch wird sich etwas zwischen uns ändern?"

Er legt sacht seine Hand unter mein Kinn, damit ich ihn ansehe.

„Du brauchst keine Angst zu haben. Ich bin hier, um ein Erdenleben zu leben, mit all seinen guten und schlechten Seiten. Ich habe dich ausgewählt, weil du perfekt zu mir passt und ich dich schon immer geliebt habe, schon bevor wir dieses Leben angetreten sind. Ich habe zwar mein höheres Bewusstsein und Wissen wiedererlangt, aber als Erzengel bin ich auch ein Profi darin, Dinge auszublenden, die ich gerade nicht zu wissen brauche. Außerdem verspreche ich dir, dass ich immer genau der sein werde, den du gerade brauchst. Das liegt in der Natur eines Engels, wir können uns prima anpassen." Er schaut mir direkt in die Augen. "Ich liebe dich.", flüstert er mir ins Ohr und schließt mich fest in seine Arme.

„Ich liebe dich auch.", sage ich und genieße den Moment in seiner Umarmung. Ich atme seinen Duft ein und küsse ihn auf die zarte Haut an seinem Hals.

„Kannten wir uns schon vor diesem Leben?", möchte ich von ihm wissen.

„Ja, wir kannten uns schon im Himmel, es war mir jedoch als Erzengel nie möglich, eine Beziehung einzugehen, daher kam auch mein sehnlichster Wunsch nach einer Inkarnation gemeinsam mit dir. Es war etwas Außergewöhnliches, dass ich mich in dich, einen wunderschönen Erdenengel, verliebt habe.

Nie zuvor, habe ich eine so große Liebe empfunden. Dadurch war ich natürlich unkonzentriert, hatte nur noch dich im Kopf und wollte dir so gerne nahe sein. Dann wurde mein Wunsch mir endlich erfüllt."

„Dürfen Engel im Himmel denn generell keine Liebesbeziehungen führen?", neugierig schaue ich zu ihm hoch.

„Doch, natürlich dürfen sie das. Ganz genau so, wie hier unten. Aber ohne Streit und Eifersucht, so etwas gibt es da oben nicht. Alles ist Liebe und Harmonie. Wenn Engel lieben, dann bedingungslos. Also würden negative Gefühle eh keinen Sinn ergeben.", sagt er.

„Und wir haben uns damals für dieses Leben aneinander gebunden?"

„Ja, genau.", nickt Gabriel.

„Wir können aber immer nur dann zusammen sein, wenn wir gemeinsam inkarnieren?"

„Im Grunde hast du das richtig verstanden, allerdings gibt es für mich nur dieses eine Leben auf Erden und deshalb bedeutet es mir so viel."

Ich sehe ihn nur an und warte, dass er seine Erklärung fortsetzt.

„Lina, ich darf und kann leider nur dieses eine Mal inkarnieren. Es war eine absolute Ausnahme, dass ich es überhaupt durfte und es muss streng geheim bleiben, um kein Ungleichgewicht auszulösen.

Und ganz davon abgesehen, ist dies sowieso meine letzte Chance. Als Erzengel kann ich nicht munter herum inkarnieren wie und wann ich will. Es müsste, selbst wenn mir weitere Erdenleben erlaubt wären, immer wieder längere Zeiten dazwischen geben, in denen ich meiner Erzengeltätigkeit im Himmel nachgehe. Wenn dann wieder etwas Zeit vergangen ist, dann ist die Erde in ihrem Aufstieg schon so weit fortgeschritten, dass eine grobstoffliche Inkarnation eh nicht mehr möglich wäre. Die Welt verändert sich, Lina. Irgendwann wird hier alles so hochschwingend sein, dass der Planet so wie wir ihn jetzt kennen, nicht mehr existiert. Es wird eine wunderschöne Veränderung geben, in der die Gesetzmäßigkeiten des Himmels gelten werden. Alles wird Licht und Liebe sein.“

„Und das bedeutet wiederum, dass ein Erzengel keine Beziehung führen darf, auch nicht auf der Erde.“, führe ich seine Erklärung zu Ende. Er zuckt mit den Schultern und nickt.

„Ja.“, sagt er leise. „Also, lass uns dieses Leben genießen ok?“

Lautlos fange ich an zu weinen, als ich begreife, dass dieses Leben tatsächlich die einzige Möglichkeit ist, um mit Gabriel zusammen zu sein.

„Was wird dann aus uns, wenn wir zurückgehen? Es wird bestimmt unerträglich, wenn ich dich nicht haben darf.“

„Ich habe dafür gesorgt, dass du weiterhin als Erdenengel auf die Erde gehen kannst. In jeder erneuten Inkarnation wirst du mich vergessen können und hast dann auch die Möglichkeit, dich hier unten neu zu verlieben, zumindest für die Dauer deines Lebens.“

„Aber das will ich nicht!“, sage ich laut und bin völlig geschockt. „Ich könnte und ich will niemals jemand anderen als dich.“

Da Gabriel, wie ich, sehr nah am Wasser gebaut ist, laufen nun auch ihm die Tränen. „Ich weiß.", sagt er verzweifelt.

„Aber noch ist es nicht so weit, wir haben unser ganzes Leben noch vor uns. Lass uns nicht schon jetzt über etwas traurig sein, was noch nicht ist. Wir sollten jeden Augenblick genießen und glücklich sein."

Mit meinem Ärmel wische ich mir die Tränen aus den Augen. „Du hast Recht.", ich gähne und spüre plötzlich eine bleierne Müdigkeit in mir aufsteigen. „Mir kommt es so vor, als wäre es schon spät am Abend, dabei ist es noch so früh."

Gabriel lacht und gähnt ebenfalls ausgiebig. „Wir waren ja auch ein paar Stunden weg, vergiss das nicht. Das ist der himmlische Jet-Lag."

Ich muss grinsen und versuche schnell zu vergessen, dass wir uns irgendwann bis in die Unendlichkeit vermissen werden.

„Wie geht es denn jetzt überhaupt weiter?", frage ich.

„Heute Nacht fliegen wir.", er blickt mich ernst an und ich ziehe meine Augenbrauen skeptisch hoch. „Wie? Wo? Wohin?"

„Einfach nur so. Ich vermisse das Fliegen und mich juckt es schon seit meinem Erinnern vorhin in den Flügelspitzen. Wir suchen uns einen ruhigen Ort, an dem man uns nicht sehen kann, und dann geht es los."

„Ok. Warum nicht.", schmunzele ich. „Aber wenn das mit meiner Müdigkeit so weiter geht, dann schaffe ich es gar nicht, bis heute Nacht wach zu bleiben. Dann muss ich mich jetzt zuerst noch ein bisschen ausruhen."

„Ich bin auch müde. Sollen wir uns einen Film anschauen?"

„Oh, ja!", freue ich mich. Endlich mal was Normales, aber was ist für uns denn eigentlich „normal" ?

Was, wenn alles was wir uns vorstellen
können, bereits existiert?
Was, wenn wir alles was wir uns
ausdenken, in Wirklichkeit schon einmal
erlebt haben?
Wenn nicht hier, dann auf einem anderen
Planeten, in einer anderen Galaxie,
in einem anderen Universum.

Lena Niewerth

Gegen 1 Uhr in der Nacht machen wir uns mit dem Auto meiner Eltern auf den Weg zum Decksteiner Weiher. Meine Eltern wissen nur, dass wir einen nächtlichen, romantischen Spaziergang machen möchten. Das habe ich meiner Mama zumindest erzählt, als ich um neun Uhr kurz zu Hause war, um nach den Autoschlüsseln zu fragen.

In der Woche ist es hier nachts meist sehr ruhig und durch die vielen Bäume sehr geschützt vor neugierigen Blicken.

Wir parken auf einem Parkplatz auf der Gleueler Straße und laufen das letzte Stückchen. Es ist sau kalt, aber dafür ist hier heute wirklich nichts los. Nur eine Gruppe Jugendlicher kommt uns mit Bierdosen in den Händen entgegen, während wir händchenhaltend weiter Richtung Weiher schlendern.

Dann zieht Gabriel mich ein Stückchen zur Seite, weg vom Gehweg und hinein in die Mitte einer Ansammlung von hohen kahlen Bäumen. „So die Dame, bereit?“, fragt er mich grinsend.

„Ich habe ehrlich gesagt nicht den geringsten Schimmer, was ich tun soll.“, antworte ich ihm und bin mir wirklich nicht sicher, ob ich das mit dem Fliegen überhaupt kann, obwohl es mir inzwischen immer leichter fällt, meine Flügel durch meine Gedanken zu kontrollieren. Wenn ich an sie denke, oder ganz in meinem Herzen und in Liebe bin, dann erscheinen sie von ganz allein. Genauso kann ich sie auch unsichtbar machen, indem ich mich einfach darauf konzentriere.

„Natürlich weißt du das. Unterschätze dich doch nicht so, das ist eine der wichtigsten Lektionen auf der Erde. Egal ob Mensch oder Engel, du kannst etwas nur wirklich schaffen, wenn du auch daran glaubst.“

Er hat recht.

Der Glaube an sich selbst ist nach dem Erkennen, wer man wirklich ist, das Bedeutsamste in diesem Leben. Man kann nichts Großes erreichen, wenn man sich selber klein hält. Ein Wesen muss über sich selbst hinauswachsen, um zu erkennen, welche Größe und Kraft längst in ihm steckt.

Er greift nach meinen Händen und küsst mich, unsere Flügel entfalten sich in ihrer vollen Größe und strahlen hell, fast so als würden sie spüren, dass sie nun endlich zum Einsatz kommen.

Gabriel lässt meine Hände los und tritt ein paar Schritte zurück, um sich Platz zu schaffen. Ich schaue in seine tiefblauen Augen, die ich trotz der Dunkelheit genau erkennen kann. Nun ist es so weit, wir werden uns in die Lüfte begeben, getragen von unser beider Schwingen.

Ohne ihn hätte ich mich niemals erinnert.

Ohne mich hätte er niemals die Wahrheit erkannt.

Gabriel macht den Anfang und seine Flügel beginnen zu schlagen. Der Wind, der dadurch erzeugt wird, wirbelt die heruntergefallenen Blätter unter seinen Füßen auf und die Äste um uns herum wiegen sich hin und her. Noch ein kräftiger Flügelschlag und er schießt Pfeilschnell in die Höhe, um dann ungefähr vier Meter über meinem Kopf, in der Luft stehen zu bleiben und mich mit einem ermutigenden Blick abwartend anzusehen.

Kaum habe ich die Absicht gesetzt, ebenfalls zu ihm aufzusteigen, so ist es auch schon passiert. Ganz automatisch und natürlich, als hätte ich nie etwas anderes getan.

„Wow, das ist ja wie Fahrrad fahren.“, lache ich. „Man verlernt es nie, wenn man es einmal konnte.“, sage ich, überrascht, mit welcher Leichtigkeit ich mich hier oben bewege.

Gabriel grinst mich an und steigt noch höher. Ich folge ihm und genieße das Gefühl der kalten Luft, die an meinem Körper vorbeizieht. Ein starkes Glücksgefühl, beinahe schon Euphorie steigt in mir auf, während wir gemeinsam über die Bäume hinweg fliegen. Näher am Wasser des Weihers angelangt, setzten wir gleichzeitig zu einem Sturzflug an und gleiten sanft über das im Mondschein glitzernde Wasser, der Wind und mein Blut rauschen in meinen Ohren und mein Herz klopft wie wild vor Freude.

Wir fliegen noch einige Runden über dem Gelände, bis ich Gabriels Stimme plötzlich in meinen Gedanken höre. Ich halte es zuerst für Einbildung und sehe überrascht in seine Richtung. Als ich aber erkenne, dass er mich ansieht, als würde er auf eine Antwort von mir warten weiß ich, dass er gerade telepathisch mit mir gesprochen hat. „Lina?", höre ich ihn wieder in meinem Kopf. „Mach dich unsichtbar.", wiederholt er.

„Wie?", versuche ich ihm über meine Gedanken zu antworten und tatsächlich hat es funktioniert, er hat mich verstanden und schüttelt belustigt grinsend den Kopf.

„Du weißt wie."

Ich schließe meine Augen und versuche meinen Fokus darauf zu lenken unsichtbar zu werden. Als ich meine Augen wieder öffne, sehe ich, dass Gabriel mir einen Daumen hoch zeigt, bevor auch er verschwindet. Wahrscheinlich komplett unsichtbar für die Menschen, allerdings kann ich ihn noch erkennen. Er hat sich für mich in leicht schimmernde, durchsichtige Energie verwandelt, die in der Luft vor mir wabert und seine Umrisse hat.

„Und jetzt?", frage ich ihn in Gedanken.

„Jetzt weißt du, wie es funktioniert, wenn es nötig ist sich schnell vor neugierigen Blicken zu verstecken."

Wir lassen uns noch eine Weile von unseren Flügeln durch die Natur tragen, bevor wir direkt am Ufer des großen Teiches landen und uns auf den vom Tau nassen Rasen setzten. „Das wahr so cool!", sage ich begeistert. „Ich hätte niemals gedacht, dass all dies so einfach funktioniert, so leicht und nur, weil ich daran denke und es möchte." Ich bin völlig aus dem Häuschen und frage mich, ob ich das auch schon vorher gekonnt hätte. Bevor ich wusste, dass ich ein Engel bin.

„Nein, hättest du nicht.", beantwortet Gabriel ohne Aufforderung die Frage in meinem Kopf. „Erst dein Erwachen hat dafür gesorgt, dass du deine Fähigkeiten nutzen kannst. Andererseits wärst du wohl auch vorher niemals wirklich ernsthaft auf den Gedanken gekommen, dich unsichtbar machen zu wollen oder zu fliegen."

„Gut möglich. Aber auch jeder Mensch hat doch besondere Fähigkeiten oder Gaben, das hast du doch heute gesagt. Vielleicht nicht gerade fliegen, dafür vielleicht auch Gedankenlesen oder so etwas.", sage ich.

„Ja, alle Menschen sind spirituelle, göttliche Wesen. Aber es ist wichtig, sich daran zu erinnern, um Kraft und Energie aus seiner höheren Wissensquelle schöpfen zu können, damit man auf seine volle Macht zugreifen kann. Und das ist es auch, was sich jetzt so langsam verändert. Die Erde steigt in eine höhere Dimension auf, erhöht ihre Schwingung und überträgt sie auf

jedes Geschöpf, das auf ihr lebt.“, er rutscht näher an mich
heran und legt einen Arm um mich. Ich kuschele mich an ihn.

„Magst du mir das mit dem Aufstieg oder Dimensionen
Wandel noch mal erklären? Ich glaube, grob habe ich es schon
verstanden, aber wie genau läuft so etwas denn ab?“ Immer
noch schwirren unendlich viele Fragen in meinem Kopf und
ich habe das starke Verlangen danach, alle Zusammenhänge zu
begreifen.

„Erkläre ich dir gerne Engelchen, aber wollen wir schon mal
zum Auto zurücklaufen? Es ist so kalt geworden.“

Also machen wir uns auf den Weg, während Gabriel erklärt.

„Der Dimensionenwandel bedeutet, dass sich die Erde
komplett neu ausrichtet. Dieser Aufstieg hat schon 2012
begonnen.

Also, momentan befindet sich die Erde noch in einer
Übergangsphase, zwischen der 3. und 4. Dimension in die 5.
Dimension.

Die 3. Dimension kennst du sehr gut, denn sie ist das, was
zurzeit noch am meisten präsent ist. Die Dualität, alles hat zwei
Seiten, negativ und positiv. Es fällt den Menschen schwer, auf
ihr Herz zu hören und außersinnliche Erfahrungen oder
Erscheinungen, als real anzusehen. Das kannst du dir
vorstellen, als wenn noch ein dicker, undurchsichtiger und
schwerer Schleier das Erdgeschehen von der tatsächlichen
Realität und der geistigen Welt trennt. Ein paar Menschen
können zwar schon immer mehr Dinge wahrnehmen oder zum
Beispiel mit Verstorbenen Kontakt aufnehmen, aber keiner
glaubt ihnen, weil der Rest der Menschheit einfach noch nicht
so weit ist. Das Leben in der dreidimensionalen Welt lässt
einfach noch keinen Raum für Unbekanntes.

In der 4. Dimension sieht das Ganze schon ein bisschen anders aus. Die Grenzen mit der geistigen Welt und spirituellen Erfahrungen verwischen so langsam und dadurch wird auch immer mehr möglich. Die Realität verändert sich also. Aber es ist wichtig, zu wissen, dass das von Mensch zu Mensch unterschiedlich ist und jeder sein ganz eigenes Tempo hat um zu erwachen und das Ganze zu durchleben.

Jede Seele die zu diesem Zeitpunkt auf der Erde inkarniert ist, ist sich bereits vor ihrer Geburt dem ganzen Prozess völlig bewusst gewesen. Jeder wusste vorher, worauf er sich einlässt und es ist ein großes Geschenk für eine Seele, diesen Wandel miterleben zu dürfen.

Trotzdem ist es aber so, dass jede Seele ihren freien Willen hat und somit auch entscheiden kann, wie lange er für seinen persönlichen Aufstieg braucht. Vieles hat jede Seele auch vorab in seinem Lebensplan festgelegt.

Das Ganze ist jedoch kein passiver Prozess. Ein Mensch muss sich verändern wollen, muss bereit sein alte Denkmuster und Realitäten loszulassen und einen Blick hinter den Vorhang werfen wollen. Ganz klar muss man sich aus eigenen Stücken heraus, aktiv für den Übergang in eine neue Dimension und eine neue Welt entscheiden. Je mehr Menschen den Anfang machen und ein anderes Denken entwickeln, desto mehr Seelen werden sich dem anschließen. Wie ein Dominoeffekt. Es braucht eine gewisse Anzahl erwachter Seelen, um überhaupt als Kollektiv eine höhere Frequenz und Dimension zu erreichen. Und hier kommen wir ins Spiel.

Als Erdenengel sind wir quasi lebendige Schutzengel für unser Umfeld. Wir haben also die Aufgabe, unsere Mitmenschen bei diesem Wandel zu unterstützen, dürfen dabei aber nicht deren Seelenplan aus den Augen verlieren. Das bedeutet, wir dürfen Denkanstöße geben oder Hilfe anbieten. Wenn jemand das allerdings nicht möchte, so dürfen wir niemals in seinen freien Willen eingreifen. Denn wenn eine Seele hier ist, um die Erfahrung zu machen, wie es zum Beispiel ist, nicht mit in eine höhere Dimension aufzusteigen, wäre es falsch von uns ihren Plan zu durchkreuzen, verstehst du? Alles verläuft immer nach dem göttlichen Plan. Immer. Und da ist es auch völlig egal ob wir diesen nun begreifen können oder nicht. Deswegen ist jeder Mensch auch gut, so wie er ist und jede Erfahrung bringt ihn genau auf den Weg, für den er sich entschieden hat.

Als Erdenengel können wir es den Menschen nur leichter machen ihren Weg zu finden, ihnen aber nicht Entscheidungen oder Erfahrungen abnehmen, das ist wirklich wichtig.

Jetzt aber zurück zum Aufstieg.

Die Erde und all ihre Bewohner sind also auf dem Weg in die 5. Dimension. Das wird sicher noch einige Zeit dauern, denn die Veränderungen die kommen werden, sind wirklich beachtlich. In der 5. Dimension wird es keinen Raum und keine Zeit mehr geben und die Menschen werden sich mehr von ihrer Intuition und ihrem höheren Selbst leiten lassen. Fähigkeiten wie Hellsichtigkeit oder Telepathie werden so normal sein wie das Atmen.

Aber eine solche Veränderung kann nicht von heute auf morgen kommen. Das wäre auch überhaupt nicht gut. Der Körper muss das Ganze langsam verarbeiten und integrieren. Man muss lernen, damit umzugehen und sich völlig neu ausrichten, seine Gedanken noch bewusster werden lassen, denn sie sind die Schöpferkraft der neuen, höher schwingenden

Erde. Menschen werden in der Lage sein, mit ihren Gedanken Materie zu erschaffen und somit neue Realitäten zu kreieren.

Alle Geschöpfe und die Natur mit eingeschlossen, werden mehr als je zuvor miteinander verbunden sein und es wird leicht sein, aus diesem neuen Kollektiv, Bewusstsein zu schöpfen.

Der grobstoffliche Körper wird kristalliner und mehr zu Energie werden. Das ist also das nächste Ziel auf der Reise in neue Dimensionen. Irgendwann geht es dann weiter in die 6. Dimension, die im Moment jedoch überhaupt noch nicht fassbar ist für die Menschen. In der sechsten Dimension ist so gut wie alles möglich, was aus dem Herzen kommt. Stell dir einen unendlich großen Raum vor, in dem nichts ist. Eine leere Leinwand also, die darauf wartet, bemalt zu werden. Die Menschen werden sich hier ihre eigene Realität und unendlich viele neue Dimensionen erschaffen können und die Möglichkeiten sind unbegrenzt."

Alles was er mir erzählt kommt mir seltsam vertraut vor, wahrscheinlich weil ich selbst unterbewusst schon immer gespürt habe, dass es früher oder später eine große Veränderung geben wird. „Ich frage mich ob das Mädchen aus der Bahn, dass mir hinterhergelaufen ist, deswegen meine Flügel sehen konnte. Weil sie sich schon sehr auf den Wandel eingelassen hat?"

„Das ist eine mögliche Antwort darauf, allerdings müsste sie dann schon eine sehr weit entwickelte Seele haben und wäre das der Fall, hätte sie nicht so schockiert reagiert. Von Menschen als Engel erkannt zu werden bedeutet oft, dass mindestens ein Engel des Engelpaares ein sehr mächtiger oder in anderen Worten ein sehr erfahrener Engel ist."

„Und das ist ja bei uns offensichtlich der Fall.", sage ich und
grinse. „Wie alt bist du denn in Engeljahren überhaupt?", frage
ich scherzend. „Das würdest du wohl gerne wissen, was?" Er
zieht an meiner Hand, die er festhält, und ich stolpere näher an
ihn heran.

„Warst du damals wirklich der Engel der Maria verkündet
hat, dass sie mit Jesus schwanger ist? Und hast du zu den
Hirten wirklich „fürchtet euch nicht" gesagt?", lache ich, weil
ich mir zeitgleich vorstelle, wie er in einer klischeehaften
Engelskutte und Heiligenschein auf dem Kopf über dem Boden
von Betlehem schwebt. Er stimmt in mein Lachen mit ein, als
ich ihm diesen kitschigen Anblick durch Gedankenkraft
zusende.

„Ja, so oder ähnlich, könnte es sich damals zugetragen
haben."

Als wir am Auto ankommen, kichern wir noch immer.

„Soll ich fahren?", fragt Gabriel.

„Ja, mach das." Ich laufe um den roten Seat Leon herum und
setze mich auf den Beifahrersitz.

„Das hat echt Spaß gemacht!", freue ich mich noch immer
über unseren nächtlichen Flug. „Ich habe mich so leicht und
frei gefühlt. Können wir das jetzt öfter machen? Und auch über
öffentlichen Plätzen? Ich würde so gerne mal um den Dom
herum fliegen oder den Rhein entlang.", schwärme ich.

„Im Prinzip schon, jetzt wissen wir ja, dass du es schon
schaffst, dich unsichtbar zu machen. Trotzdem müssen wir
etwas darauf achten, nicht doch irgendwie entdeckt zu
werden."

„Ok, wir sind ja vorsichtig.", beruhige ich ihn und setze
meinen Dackelblick auf. „Bitte!", lege ich noch hinterher.

„Schon gut, wir versuchen es mal."
Ich lächle zufrieden. „Danke!"

Es ist bereits halb vier Morgens als wir endlich im Bett
liegen. Müde bin ich allerdings überhaupt noch nicht. Im
Gegenteil, das Fliegen hat meinen Körper richtig aufgeputscht.
Und auch Gabriel ist noch immer hellwach.

Ich liege nur in meiner Unterwäsche bekleidet, beschützt in
seinen Armen und streiche mit meinen Händen über seine
nackte Brust.

Dann verhaken sich unsere Blicke ineinander und er zieht
mich zu einem besonders leidenschaftlichen Kuss an sich.
Mein Körper spürt jede seiner Berührungen besonders intensiv
und sie lassen mich erschaudern. Unser beider Atem wird
schneller und unsere Küsse immer hitziger. Ich glühe vor
Erregung und stöhne leise auf, als Gabriel mit seiner Zunge
leicht über meine Lippen fährt. Eine Sekunde später liege ich
auf dem Rücken und er beugt sich über mich. Er greift mit
einer Hand an meinen Rücken, um meinen BH zu öffnen, und
ich liebe das Gefühl, als dieser sanft über meine Haut streift
und meine Brüste entblößt. Wir erkunden uns gegenseitig mit
Händen und Lippen. Seine vom Fliegen verschwitzte Haut
schmeckt leicht salzig und sein Duft lässt mich in anderen
Sphären schweben. Seine Hand gleitet hinunter über meinen
Bauch und meine Leisten und bleibt schließlich zwischen
meinen Beinen liegen. Ich spüre die Hitze seiner Hand durch

den Stoff meiner Unterhose hindurch strömen und wölbe mich
ihr voller Verlangen entgegen.

Gabriel zieht die Hose langsam über meine Beine nach
unten und streift sie über meine Füße aus. Er wandert mit den
Fingern quälend langsam an der Innenseite meines Beines
wieder hinauf und stoppt kurz vor meiner Mitte. Ich keuche,
werde völlig wahnsinnig vor Lust. Noch nie habe ich so
intensiv empfunden.

„Ich hab es mir anders überlegt Gabriel. Ich würde gerne
jetzt mit dir schlafen.“, sage ich. Seine Augen funkeln vor
Leidenschaft, er beugt sich zu mir und küsst mich. „Bist du dir
sicher? Du wolltest damit doch noch warten. Für mich ist das
wirklich in Ordnung.“, beteuert er. „Ich bin mir absolut sicher.
Dieses Leben ist die einzige Chance. Ich will jede Minute mit
dir voll und ganz auskosten.“

Nachdenklich sieht er mich an, dann schluckt er. „Okay.
Aber sag jederzeit Bescheid wenn du es dir anders überlegst.“

Ich nicke und mache mich dann nervös an seiner
Boxershorts zu schaffen. Grinsend kommt er mir zur Hilfe.
„Langsam Engelchen, nicht so nervös.“ , „Tut mir leid.“, lache
ich und er gibt mir einen kleinen Kuss auf meine Nasenspitze.
Zum ersten Mal spüre ich das schöne, warme Gefühl von
seinem komplett nackten Körper an meinem. Meine Erregung
steigert sich immer weiter und ich kann es kaum abwarten
endlich mit ihm zu verschmelzen.

„Nimmst du die Pille? Oder sollen wir mit einem Kondom
verhüten?“, fragt Gabriel während seine Fingerspitzen
zwischen meinen Brüsten zärtlich auf und ab streichen. „Ich
nehme die Pille. Zum Glück, ich muss ehrlich sagen, ich hätte
jetzt völlig vergessen, an Verhütung zu denken.“

Er hält meine Wange und legt seine Stirn an meine. „Na, dann ist es ja gut, dass du mich hast.", lächelt er.

Wir sehen uns tief in die Augen, während er behutsam in mich eindringt. Kurz spüre ich einen kleinen stechenden Schmerz, den Gabriel mir direkt anmerkt und mich mit Küssen hinter meinem Ohr erfolgreich ablenkt.

Erst als ich mich wieder entspanne, beginnt er sich vorsichtig in mir zu bewegen. Mich erstaunt, wie schnell wir einen gemeinsamen Rhythmus finden und es fühlt sich fantastisch an, ihm so nah zu sein. „Weißt du eigentlich, wie schön du bist, Lina?" Seine Worte und meine Gefühle überwältigen mich und ich spüre eine Träne des Glücks aus meinem Augenwinkel über meine Schläfe rollen. Mit seinen warmen Lippen küsst Gabriel die kühle Spur der Träne weg. „Ich liebe dich, für alle Zeit.", flüstert er in mein Ohr. Meine Hände liegen auf seinem Rücken, ziehen ihn enger an mich und wir nähern uns gemeinsam unserem Ziel. Ich ahne, welche Gefühlsexplosion da auf mich zukommt und unser beider Atem wird schneller. Unsere Lippen liegen sachte aufeinander und ich spüre seinen heißen Atem in meinem Mund. Als er plötzlich beginnt zu stöhnen, ist es auch um mich geschehen, ich kann für einen Moment nicht mehr klar denken, kralle meine Nägel in seinen Rücken und gebe mich meinem Höhepunkt völlig hin.

„Ich liebe dich, Gabriel.", sage ich, als ich wieder zu mir komme.

Erneut küssen wir uns und lassen unsere Zungen miteinander spielen, genießen die Nähe und Vertrautheit. Jahrelang habe ich mir diesen Moment schon in Gedanken ausgemalt, davon geträumt wie es sich anfühlt ihn zu küssen, seine Hände auf meiner Haut zu spüren und mich in den Tiefen seiner blauen Augen zu verlieren. Jetzt weiß ich, die Realität ist noch um ein Tausendfaches besser.

Glücklich und erfüllt liege ich nun in den Armen meiner ersten und großen Liebe, entspanne meinen Körper, während er meinen Haaransatz im Nacken krault, und schlafe schließlich ein.

Adrik

Ich sitze mit meinem Laptop auf dem Schoß auf der Couch im Wohnzimmer meiner kleinen Wohnung in Köln und warte auf meine Freundin Charlotte.

Wir haben uns vor anderthalb Monaten in einer Kneipe in der Altstadt kennengelernt. Ich mag sie sehr gerne, aber sie ist leider nicht meine wahre Liebe, denn diese habe ich letztes Jahr bei einem Autounfall verloren.

Es ist nicht so, dass ich mit ihrem Verlust nicht zurechtkomme, denn ich weiß, wo sie jetzt ist und es geht ihr gut. Ida war meine Engelspartnerin, sie war am Tag ihres Todes 23 Jahre alt, genau wie auch ich zu diesem Zeitpunkt. Wir wussten seit unserem Erwachen, mit ungefähr fünfzehn Jahren, dass es irgendwann geschehen wird, und wir wussten auch, wie es passieren wird, nur wann, das wussten wir nicht.

Es ist wichtig, dass ich mein irdisches Leben weiterführe und eine meiner Lebenslektionen ist, mich nicht in meiner Trauer und Einsamkeit zu verlieren.

Der Verlust meiner geliebten Ida ist die eine Sache, eine andere ist es, dass ich ohne sie nicht in die geistige Welt reisen kann. Weder um sie zu besuchen, noch um direkten Kontakt mit allen anderen Erdenengeln aufzunehmen. Mein Wirken auf der Erde ist somit ziemlich abgeschieden von den anderen Wesen meinesgleichen.

In Astralreisen oder Meditationen kann ich dem Himmel und Ida zwar kurze Besuche abstatten, aber ich bin nie wirklich dort und das macht einen enormen Unterschied.

Ohne meine Partnerin ist das ovale, silberne Medaillon mit dem eingravierten Engelsflügel, welches uns als Schlüssel für die andere Welt diente wertlos. Alleine kann ich es nicht nutzen und doch trage ich es als Erinnerung jeden einzelnen Tag um meinem Hals.

Es klingelt an der Haustür und ich drücke den Summer, damit Charlotte die Tür am Eingang unten öffnen kann. Kurze Zeit später öffnet sich der Aufzug, sie steigt aus und rennt in meine Arme. Ich drücke ihr einen Kuss auf die Wange.

Sie ist so verliebt in mich, das spüre ich. Und es tut mir wirklich leid, dass ich ihre starken Gefühle nicht erwidern kann, aber ich denke ich brauche einfach noch Zeit, um mich an einen neuen Menschen an meiner Seite zu gewöhnen. Mein schlechtes Gewissen meldet sich, während ich versuche, meine Rolle als liebender Freund möglichst gut zu spielen.

Ich weiß, es ist nicht engelsgleich, dass ich ihr nicht die Wahrheit sage, aber ich bringe es nicht übers Herz, ihr vor den Kopf zu stoßen. Zumindest noch nicht jetzt, wo ich hoffe, dass aus unserer Beziehung vielleicht doch noch Liebe werden kann. Ich gebe mir die allergrößte Mühe, aber wer einmal mit seinem Seelenpartner zusammen war, weiß, dass keine andere Beziehung jemals dieses Niveau erreichen kann.

„Adrik, ich hab dich gestern so vermisst.", sagt sie mir als wir durch den kurzen Wohnungsflur in die Küche laufen. Ich biete Charly, die ihre lange blond gefärbte Mähne heute zu einem lockeren Zopf gebunden hat, etwas zu trinken an. Sie sieht sexy aus in dem engen, dunkelgrünen Kleid mit den langen Ärmeln. Das Kleid reicht nur bis kurz unter ihren Po, somit ist die Sicht auf ihre schönen Beine frei. Rein optisch geben wir ein perfektes Paar ab. Wir sind beide schlank und sehr sportlich gebaut und ich bin nur ein oder zwei Zentimeter größer als sie. Charly und ich achten beide sehr auf ein gepflegtes Äußeres und verbringen gerne Zeit im Badezimmer oder vor dem Spiegel. Mein dunkelblonder Undercut ist immer gut gestylt.

Was mir allerdings wirklich schwerfällt, ist es mit Charlys Naivität umzugehen. Mit ihren achtzehn Jahren ist sie bestimmt nicht anders als andere in ihrem Alter, aber ich als Engel besitze nun mal ein großes, inneres Wissen und habe einen anderen Blick auf die Welt. Manchmal fällt es mir schwer, die Geduld für sie aufzubringen, die sie eigentlich verdient hat.

„Ich muss dir unbedingt was erzählen.", sagt sie und setzt einen ernsten Blick auf. „Schieß los." Ich fläze mich auf meine breite, schwarze Couch und sie setzt sich dazu.

„Ich war gestern Morgen mit der Bahn unterwegs zu einer Freundin aus der Uni, wir wollten zusammen lernen. Und da ist mir eine Frau aufgefallen. Das klingt jetzt bestimmt total verrückt, aber die hatte Flügel."

Mir stockt für einen Moment der Atem. Charly weiß nicht, dass ich ein Engel bin. Dafür sind wir noch nicht lange genug zusammen, finde ich, und um so ein Geheimnis mit jemandem zu teilen, braucht es viel Vertrauen. Umso geschockter bin ich jetzt, dass sie mir von einer Frau mit Flügeln berichtet.

Ich versuche, locker zu wirken, und lache leise. „Wie, Flügel?"

„Na, so richtig riesige Dinger aus Licht. Die haben Rosa und Gold geleuchtet. Total abgefahren."

Mit weit aufgerissenen Augen starre ich sie an. Zweifelsfrei beschreibt sie mir da gerade einen irdischen Engel. Die Frage ist nur, wieso konnte sie die Flügel sehen? Meine hat sie noch

nie gesehen. Es kann nur ein gerade erwachter Engel sein, der
seine Kräfte noch nicht ganz unter Kontrolle hat. Aber selbst
dann ist es fast unmöglich für einen normalen Menschen, die
Flügel in ihrer gesamten Pracht so deutlich zu erkennen.

„Irgendwie hat sie dann gemerkt, dass ich sie so genau
angeguckt habe, und dann ist sie aufgestanden und hat sich
etwas weiter hinten in der Bahn, an einen Ausgang gestellt.",
plappert sie aufgeregt weiter. „Hier guck mal. Ich hab versucht,
Fotos zu machen, aber auf den Fotos kann man die Flügel nicht
sehen." Sie zeigt mir Fotos von einer unsicher wirkenden,
hübschen jungen Frau etwa in meinem Alter, umhüllt von einer
goldenen Engels-Aura, die für die göttliche Energie steht, und
von ihren pastellig leuchtenden Schwingen. Im Gegensatz zu
Charly kann ich das alles auf dem Foto erkennen. Ein Engel
erkennt einen anderen Engel sofort. Ich muss sie unbedingt
kennenlernen, es täte so gut endlich wieder unter
Gleichgesinnten zu sein.

„Ich bin ihr hinterhergerannt, als sie ausgestiegen ist und
habe sie zur Rede gestellt.", sagt meine Freundin und meine
Stimmung kippt. „Wie bitte? Warum machst du so etwas?
Selbst wenn sie wirklich Flügel hatte, dann geht es dich doch
überhaupt gar nichts an Charly. Du kannst doch nicht einfach
einer wildfremden Frau hinterherlaufen und sie auf so etwas
ansprechen, das ist total unsensibel.", knalle ich ihr lauter als
gewollt an den Kopf.

Beleidigt verschränkt sie ihre Arme vor der Brust. „Was ist
mit dir los? Warum motzt du mich so an? Besonders sensibel
ist das, was du gerade mit mir machst auch nicht.", meckert sie
zurück.

„Es tut mir leid. Ach, lass uns nicht mehr davon reden Süße. Du hast dir das bestimmt nur eingebildet. Vielleicht stand die Sonne auch ungünstig und es war nur eine Lichtspiegelung.", versuche ich sie umzustimmen.

„Du Idiot! Ich weiß genau, was ich gesehen habe."

„Schick mir mal das Bild per Mail rüber.", sage ich. „Vielleicht kann man auf dem Laptop ja etwas erkennen." In Wirklichkeit möchte ich das Bild haben, um den Engel heimlich zu suchen.

„Und an welcher Haltestelle ist sie ausgestiegen?", frage ich neugierig.

„In Bayenthal. Wieso?", antwortet sie immer noch genervt von mir.

„Nur so. Schau, hier kann ich das Bild vergrößern." Halbherzig tue ich so, als würde ich alles Mögliche versuchen, um eventuelle Flügel auf dem Bild sichtbar zu machen.

„Nix.". Ich klappe den Laptop zu und sehe sie an.

„Ich bin mir aber sicher." Sie lässt nicht locker und ich beschließe, sie mit einem langen Kuss abzulenken.

Lina

Völlig übermüdet aber unheimlich glücklich sitzen Gabriel und ich am Mittwochnachmittag in der Bahn, auf dem Rückweg nach Hause. Er hat sich vorhin einen gebrauchten Ford Fiesta in Schwarz angeschaut, den er im Internet gesehen hat und sich prompt dazu entschieden ihn zu kaufen. Am Freitag kann er das Auto abholen.

Die letzte Nacht war einfach wunderschön, fast magisch. Sie hat uns beide gefühlt noch näher zusammengebracht und wir werfen uns die ganze Zeit über verliebte Blicke zu.

Er nimmt meine Hand und steht auf. „Komm, wir müssen aussteigen.", sagt er und schenkt mir ein zärtliches Lächeln.

Ich schaue aus dem Fenster, tatsächlich die Bahn hält an der Schönhauser Straße, an der wir aussteigen müssen. Ich war so in meinen Gedanken an mein erstes Mal mit ihm versunken, dass ich es überhaupt nicht mitbekommen habe.

Wir stellen uns an die Tür und warten, bis die Straßenbahn zum Stehen kommt.

Langsam laufen wir die letzten zehn Minuten nach Hause.

„Freust du dich eigentlich schon aufs Arbeiten nächste Woche?", frage ich ihn.

„Ja.", grinst er. „Aber ich bin auch ein bisschen nervös, ich kenne noch niemanden und muss mich in einen völlig anderen Ablauf einarbeiten. Ich werde jetzt viele Dinge selbst entscheiden müssen und das ist teilweise eine Menge Verantwortung. Ich darf auch zum ersten Mal OPs selber durchführen und leiten. Ich habe etwas Sorge, ob ich das alles richtig machen werde."

„Na klar machst du das richtig. Du hattest schon im Studium so gute Noten und bist im OP immer super zurechtgekommen. Ich glaube an dich." Ich hüpfe vor ihn, packe sein Gesicht und gebe ihm einen schnellen Kuss.

„Das stimmt. Danke.", sagt er, aber ich spüre, dass er noch immer sehr nervös ist.

„Mach dich nicht verrückt Gabriel. Die meisten Ärzte im Antonius Krankenhaus sind richtig nett. Ich wette, du merkst direkt nach deinem ersten Arbeitstag, dass deine Sorgen umsonst waren. Außerdem bin ich ja auch noch da."

Plötzlich habe ich das Gefühl verfolgt zu werden. Ich schiele nach hinten und bemerke einen Mann, der versucht mit uns Schritt zu halten. „Gabriel?", flüstere ich meinem Freund zu.

„Ja, ich hab es auch bemerkt. Er ist vorhin aus der Alteburger Strasse abgebogen und es sah so aus, als wollte er eigentlich in Richtung Bahn Haltestelle laufen, aber als er uns gesehen hat,lief er hinter uns her.", antwortet er mir in Gedanken und dreht sich dann kurz um, um sich ein Bild von unserem Verfolger zu machen.

„Er ist ein Irdischer.", sagt er dann und ich drehe mich ebenfalls um. „Woher weißt du das?", frage ich.

„Du kannst es an seiner Aura erkennen. Das Energiefeld von Engeln ist fast immer überwiegend Gold."

Ich konzentriere mich darauf, die Aura des jungen Mannes zu lesen, der immer näher auf uns zu kommt und entdecke somit eine weitere meiner Fähigkeiten. „Wahnsinn, ich wusste nicht, dass ich das kann.", flüstere ich. Gabriel lächelt schief und schüttelt leicht den Kopf. „Immer noch kein Vertrauen in dein wahres Selbst?"

„Doch, schon, aber..", weiter komme ich nicht. „Hallo ihr Zwei!", ruft uns der Engel entgegen und stellt sich zu uns.

„Wohnt ihr hier in der Gegend?", fragt er.

„Ja, wir wohnen auf der Schillerstrasse.", antwortet Gabriel. „Was ist mit dir?"

„Ich wohne auch hier ganz in der Nähe, auf der Koblenzer Strasse. Ich habe euch hier noch nie gesehen, aber ich freue mich, endlich mal wieder andere Irdische zu treffen.", sagt er mit einer unterschwelligen Traurigkeit in seiner Stimme.

„Entschuldigt, ich heiße übrigens Adrik.", stellt er sich vor und gibt zuerst mir die Hand, „Ich bin Lina, schön dich kennenzulernen.", dann Gabriel. „Ich heiße Gabriel." In diesem Moment weichen die freundlichen Gesichtszüge aus Adriks Gesicht und ich sehe verwirrt zwischen ihm und meinem Freund hin und her. Auch Gabriels Gesicht wirkt plötzlich wie versteinert und ich erkenne an seinem vortretenden Kiefermuskel, dass er seine Zähne angespannt aufeinanderpresst.

Adrik zieht seine Hand ruckartig aus Gabriels zurück. „Gabriel?", fragt er und seine Augen funkeln. Vor Wut?

„Ein Erzengel auf der Erde? Ist das wahr?"

„Woher weiß er davon?", schicke ich Gabriel meine Gedanken zu.

„Mein Name, meine Energie, sie ist viel stärker als bei anderen Erdenengeln.", denkt Gabriel.

„Ja, du hast Recht, Adrik."

„Wer hat das entschieden? Es spricht gegen die göttlichen Gesetze. Du weißt genau, das kann schwere Folgen haben.", zischt Adrik.

„Meine Inkarnation wurde von Gott und meinen Brüdern höchstpersönlich beschlossen. Ich bitte dich, behalte es für dich. Es verläuft bisher alles nach Plan und das wird es auch weiterhin." Gabriel hält beschwichtigend seine Handflächen in Adriks Richtung.

„Nichts läuft hier nach Plan. Ein Erzengel hat auf der Erde verdammt noch mal nichts zu suchen. Du störst das kosmische Gleichgewicht und setzt damit aufs Spiel, dass alles aus dem Ruder läuft.", blafft Adrik.

„Bitte beruhige dich!", versuche ich zu schlichten, bevor hier tatsächlich etwas aus dem Ruder läuft.

„Bitte hab Vertrauen und gib mir eine Chance. Es war über eine lange Zeit hinweg mein sehnlichster Wunsch, mit der Liebe meines Daseins, ein Leben auf der Erde führen zu können. Dieser wurde mir von Gott gewährt und ich werde alles dafür tun, dass der Wandel in meinem Umfeld nicht zu schnell fortschreitet und sich nicht über meine Grenzen ausbreitet." Gabriel schaut Adrik flehend an. Dieser atmet tief ein und lässt die Luft in einem Seufzer entweichen.

„Nun gut, aber ich werde dich im Auge behalten. Wenn ich sehe, dass es nicht funktioniert, werde ich dies umgehend melden."

Sein Blick wird etwas weicher und auch Gabriel entspannt sich langsam. „Ich danke dir.", sagt er.

„Wo ist deine Engelspartnerin?", frage ich, um von dem heiklen Thema auf ein anderes Gespräch zu lenken. Doch ich merke sofort, das war keine so gute Idee. Denn in Adriks Energiefeld breitet sich eine unendliche Traurigkeit aus.

Ich warte geduldig auf eine Antwort, doch er gibt sie mir nicht. Stattdessen übernimmt Gabriel, der ihn scheinbar besser lesen kann als ich. „Sie ist nicht mehr auf der Erde.“

„Was ist passiert?“, frage ich an Adrik gerichtet.

„Ein Unfall im letzten Jahr. Wir wussten, dass es irgendwann so kommt, und ich weiß ihr geht es gut. Sie ist Zuhause. Trotzdem hinterlässt sie eine große Leere.“

Er greift nach einem Medallion, das er um den Hals trägt und hält es fest umschlossen in seiner Faust, wie einen Schatz den er schützen muss. „Hat das ihr gehört?“ Ich deute mit meinen Kopf auf den Anhänger in seiner Hand.

„Das war unser gemeinsamer Teleporter, doch alleine kann ich ihn nicht nutzen und wie ihr wisst, fehlt mir somit auch der direkte Kontakt zur geistigen Welt. Ich kann Ida also in diesem Leben nicht einmal persönlich besuchen.“

„Das tut mir wirklich sehr leid Adrik.“, sage ich voller Mitgefühl.

„Ist schon in Ordnung, das gehört zu meinem Lebensplan dazu.“

Er hat sich schnell wieder gefangen.

„Ich muss jetzt weiter. Ach eins noch. Lina, du musst lernen, deine Flügel in der Öffentlichkeit unter Kontrolle zu bekommen. Meine Freundin hat dich gestern in der Bahn gesehen.“

„Das war deine Freundin?“, frage ich überrascht.

„Ja, das war Charly. Sie weiß nichts über uns Engel, deshalb hat es mich sehr gewundert, dass sie deine Schwingen überhaupt bemerkt hat. Es tut mir leid, dass sie dir gefolgt ist und dich so frech darauf angesprochen hat. Aber wenn du einen so mächtigen Engel an deiner Seite hast, überträgt sich auch ständig ein Teil seiner Energie auf dich. Deshalb musst du deine Tarnung momentan noch umso besser aufrechterhalten."

„Das wird sie, keine Sorge.", wirft Gabriel ein. „Sie ist erst seit ein paar Tagen erwacht und muss sich an alles gewöhnen. Gib ihr Zeit."

„Seid trotzdem vorsichtig. Du weißt, was auf dem Spiel steht Gabriel."

Mit diesen Worten lässt Adrik uns stehen und läuft mit schnellen Schritten davon. Als er weit genug entfernt ist, ist Gabriel der erste von uns beiden der sich wieder bewegt. „So ein Mist.", flüstert er mit zusammen gezogenen Augenbrauen, senkt seinen Kopf und fasst mit Daumen und Zeigefinger an seine Nasenwurzel.

Ich lege meine Hand auf seinen Rücken. „Gabriel? Was ist los? Wir schaffen das schon, ich werde mich ab jetzt noch mehr bemühen, dass niemand die Wahrheit erfährt. Ich verspreche es dir."

„Darum geht es gar nicht. Es liegt an mir, wie konnte ich nur so dumm sein und denken das es einfach werden würde als Erzengel zwischen den Menschen zu leben. Bis zu meinem Erwachen war das noch ganz locker möglich, aber es wird nicht so einfach bleiben, fürchte ich. Meine Energie wird immer stärker und im Gegenteil zu dir, werde ich sie wahrscheinlich niemals ganz kontrollieren können. Und dann habe ich mir auch noch einen Beruf ausgesucht, bei dem ich die ganze Zeit mit Menschen zusammenarbeite und sehr viel im Fokus stehe. Ich habe eine verdammte Angst davor, dass ich das alles vor dieser Inkarnation nicht richtig eingeschätzt habe. Ich bin dieses Risiko eingegangen, aus purem Egoismus, ich wollte dich so sehr endlich an meiner Seite haben und habe keinen Gedanken daran verschwendet, wie zur Hölle das hier funktionieren soll. Mein Problem ist, dass ich der erste und einzige Erzengel bin, der diese Erfahrung jemals machen wird, und niemand wusste vorher, ob es überhaupt gut gehen kann. Ich meine, es ist Erzengeln nicht ohne Grund vorenthalten ein menschliches Leben zu führen."

Ich spüre die Wut auf sich selbst in ihm aufsteigen, er steckt seine Hände in die Taschen seiner schwarzen Jacke und ich sehe, wie er sie darin zu Fäusten ballt. Es tut weh, ihn so zu sehen, und ich nehme ihn fest in den Arm.

„Was hab ich mir nur dabei gedacht, Engelchen?", fragt er verzweifelt und versucht eine Träne zurückzuhalten. Seine traurigen Augen versetzen meinem Herz einen tiefen Stich.

„Wir kriegen das hin Gabriel, es wird schon alles gut gehen."

Ich lehne meinen Kopf an seine Brust und versuche, ganz ruhig zu werden, um diese Energie auch auf ihn zu übertragen.

„Danke.", flüstert er, als er es bemerkt und gibt mir einen Kuss auf den Kopf. Langsam nimmt auch er wieder tiefere Atemzüge.

„Komm.", ich ziehe leicht am Ärmel seiner Jacke und dann laufen wir weiter. Wir reden den ganzen Weg über kein Wort, halten uns nur an den Händen und jeder geht seinen eigenen Gedanken nach.

So verletzlich und unsicher habe ich ihn noch nie erlebt.

Endlich biegen wir auf unsere Straße ab. Ich sehe Mamas Auto auf der Auffahrt stehen und überlege für einen Moment, ob ich einen kurzen Abstecher nach Hause mache, verwerfe diesen Gedanken jedoch direkt wieder. Gabriel braucht mich jetzt.

„Geh ruhig, Lina. Ich brauche eh einen Moment für mich.“ Traurig schaut er mich an und lässt meine Hand los. Meine Gefühle in diesem Moment kann ich gar nicht in Worte fassen. Möchte er nicht, dass ich für ihn da bin? Habe ich etwas falsch gemacht? Bereut er das Leben mit mir zusammen etwa?

„Wieso?“, frage ich leise. „Warum darf ich nicht bei dir sein, wenn es dir schlecht geht?“

„Das hat nichts mit dir zu tun mein Engel. Ich möchte nur gerne einen Augenblick alleine über alles nachdenken und dich nicht mit meiner traurigen Stimmung runterziehen, denn das hast du nicht verdient.“

Etwas beleidigt kaue ich auf meiner Unterlippe. „Okay. Aber merke dir für die Zukunft, dass es für eine Beziehung wichtig ist, all seine Gefühle miteinander zu teilen. Und mir geht es übrigens nicht besser, wenn ich weiß, dass du alleine daheimsitzt, dich verloren fühlst und womöglich weinst wie ein Schlosshund. Ich kann schlechter damit umgehen, wenn ich nicht bei dir bin.“

„Entschuldige.“ Er gibt mir einen kurzen sachten Kuss und geht.

Ich spüre, dass er schon jetzt zu weinen beginnt, und fühle mich so hilflos wie noch nie.

„Ich liebe dich!“, rufe ich ihm hinterher, doch er antwortet nicht. Stattdessen nickt er kaum merklich und ist im Haus verschwunden. Ich wische mir mit dem Zeigefinger eine Träne aus dem Augenwinkel. Dann vibriert mein Handy in meiner Hosentasche.

Ich Liebe dich!, schreibt Gabriel. Warum fällt es ihm gerade so schwer, mir seine Gefühle offen zu zeigen?

„Lina, wieso stehst du da so lange herum?“, Mama hat uns sicher schon durch das Wohnzimmerfenster gesehen und steht jetzt in der Haustür. „Alles ok?“

Ich schiebe meine Gefühle bei Seite und versuche, möglichst normal zu klingen. „Ja, wir haben uns nur gerade verabschiedet. Ich wollte mal sehen, wie es euch geht.“, sage ich und laufe zu ihr.

„Ach und deswegen stehst du wie angewurzelt da, obwohl Gabriel längst im Haus ist?“

Gut das ich mein Handy noch in der Hand habe. Ich halte es hoch, um es ihr zu zeigen. „Emma hatte mir geschrieben und ich habe direkt noch schnell geantwortet.“, sage ich und kämpfe mir ein Lächeln ab.

„Wie geht es dir denn Schatz?“

„Gut gehts mir. Wir waren ein Auto für Gabriel anschauen.“

„Oh was denn für eins?“, fragt Papa, als wir zu ihm in die Küche kommen. „Hallo erst mal.“, sage ich grinsend. „Er hat sich für einen Ford-Fiesta entschieden. Den kann er Ende der Woche abholen.“, informiere ich ihn. Ich selber kann mit Automarken überhaupt nichts anfangen, aber ich habe schließlich kein eigenes und musste mir bisher keine Gedanken darüber machen.

„Was habt ihr zwei denn sonst noch Schönes gemacht heute?“, fragt Mama. „Heute haben wir richtig lange geschlafen. Wir waren gestern so lange am Weiher unterwegs und waren mega müde.“ In meinen Gedanken tauchen Erinnerungen der letzten Nacht zusammen mit ihm auf, wie wir uns im Wasser spiegeln während wir sanft im Flug darüber gleiten, wie er mich küsst und wie liebevoll er mich ansieht, als wir miteinander schlafen.

Und heute lässt er mich dann einfach blöd stehen.

„Bleibst du heute hier oder bist du nachher wieder drüben?“, fragt sie vorsichtig.

Meine Mutter beobachtet mich genau, das kann ich ihr ansehen. Sie hat bestimmt schon gemerkt, dass etwas nicht stimmt.

„Ich bin mir noch nicht sicher. Ich bin heute Abend mit Emma verabredet.“, lüge ich schnell. „Aber es kann sein, dass sie mir kurzfristig noch absagt, weil ihr Bruder eventuell noch zu ihr kommen wollte.“ Ich versuche mir jede Möglichkeit offen zu lassen, ohne von meinem eigentlichen Problem zu erzählen, merke aber wie ausgedacht das klingen muss.

„Kommt Emma zu uns?“, fragt Mama. „Äh. Das wissen wir auch noch nicht genau.“, verstricke ich mich weiter in mein Lügenkonstrukt.

„Ich wollte sie eh noch mal kurz anrufen. Ich gehe mir auch schnell mal etwas anderes anziehen.“ Ich stehe auf und mache mich auf den Weg in mein Zimmer. Meine Mutter ist genau wie ich, ein Genie, was Emotionen angeht. Uns macht keiner so schnell etwas vor, deshalb flüchte ich lieber, bevor die Situation zu heikel wird. Im Normalfall würde ich sicher mit ihr über meine Gefühle sprechen, aber wie soll ich ihr etwas erklären, worüber ich nicht sprechen darf?

Oben ziehe ich mir einen bequemen, weiten, pinken Pullover an und eine graue Sportleggings, die ich unsportlicher Mensch wohl noch nie zum Sport angehabt habe. Emma reagiert nicht auf meinen Anruf, also schicke ich ihr kurzerhand eine Sprachnachricht.

„Hey Emma, ich hoffe, dir geht es gut? Hast du nicht Lust, später herzukommen? Ich könnte mal wieder einen Mädelsabend gebrauchen."

Am Ende meiner Nachricht bricht meine Stimme fast weg. Sie wird sofort merken, dass es mir nicht gut geht, und ich bereue es, die Tonaufnahme abgeschickt zu haben. Andererseits brauche ich meine Freundin jetzt wirklich zum Reden, jetzt wo Gabriel mich einfach von sich stößt.

Mensch Gabriel, wieso machst du nur so einen Blödsinn? Ich schlage mit der Faust auf mein Kissen, das neben mir auf dem Bett liegt. Ich lehne mich mit dem Rücken an die Wand hinter mir und winkele meine Beine so weit an, dass ich sie mit meinen Armen umschlingen kann. Dann lasse ich meine Stirn auf meine Knie sinken.

Als Emma mich zurückruft, hebe ich nach dem ersten Klingeln ab, verändere jedoch nicht meine trübselige Sitzposition.

„Hi Emma.", sage ich monoton.

„Was ist los Lina? Gibt es den ersten Ärger im Paradies?"

„Ja, nein, ich weiß es nicht.", mehr weiß ich nicht darauf zu antworten und meine beste Freundin scheint sofort zu wissen, was jetzt zu tun ist. „Willst du darüber reden? Ich könnte mich direkt auf den Weg machen."

„Das wäre schön."

„Ok, Kopf hoch, ich bin sofort bei dir.", dann legt sie auf.

Eine halbe Stunde später höre ich die Klingel unserer Haustür und dann, wie Emma, nachdem Mama ihr geöffnet hat, in ihren hohen Schuhen unsere Treppe hinaufstöckelt. Meine naturblonde und perfekt geschminkte Freundin kommt in mein Zimmer gestürmt, streift ihre Schuhe von den Füßen ab und wirft sich zu mir aufs Bett, auf dem ich mittlerweile total verheult in immer noch genau derselben Position sitze wie vorhin. Mein Hintern ist mittlerweile schon eingeschlafen.

Emma nimmt mich in den Arm. „Was ist denn los Süße? Habt ihr euch getrennt? Ihr wart doch wie füreinander geschaffen.“, fragt sie voller Sorge.

„Nein, wir haben uns nicht getrennt. Und auch nicht gestritten.“, sage ich und ernte einen verwirrten Blick. „Wieso weinst du denn dann?“

„Weißt du, eigentlich ist gerade alles. Ich bin endlich mit Gabriel zusammen und es ist wie im Film. Gestern Nacht haben wir zum ersten Mal miteinander geschlafen ... “, mitten im Satz unterbricht Emma mich. „Ohje, und es war nicht so, wie du es dir vorgestellt hast? Mach dir doch darüber keine Gedanken Lina, das ist doch völlig normal beim ersten Mal. Glaub mir, es wird mit jedem Mal besser, versprochen!“

„Nee Emma, das ist es nicht. Es war das Schönste, was ich je erlebt habe.“

„Aber dann ist doch alles gut, oder nicht?“

„Ja, erst einmal schon, aber wir waren heute zusammen unterwegs ein Auto für ihn besorgen und auf dem Weg zurück, hat er etwas erfahren, was ihn sehr zum Nachdenken gebracht hat und dann ist er plötzlich richtig traurig geworden.“, bemühe ich mich die Situation zu umschreiben.

„Lina, komm schon, jetzt sag, was passiert ist. Was hat er erfahren?“

Ich druckse etwas herum. „Tut mir leid, das kann ich dir leider nicht sagen. Jedenfalls hat er mich dann ganz doof vor der Tür stehen gelassen, als wir zu Hause angekommen sind. Er hat gesagt, er bräuchte jetzt Zeit für sich alleine. Ich fühle mich richtig schlecht, weil ich eigentlich lieber bei ihm sein will und von ihm möchte, dass er seine Gefühle mit mir teilt. Er verlangt von mir, dass ich hier sitze, während er gerade nicht weiter weiß. So als würde er sich mir nicht anvertrauen wollen. Und es ist nicht so, dass ich mir über diese Sache, die ihm gesagt wurde, keine Gedanken machen würde. Auch mich beschäftigt es sehr und jetzt habe ich nicht einmal jemanden, mit dem ich darüber reden darf."

„Was zur Hölle ist das denn für ein Geheimnis, dass du niemandem davon erzählen darfst? Und wer verbietet dir, darüber zu sprechen? Gabriel etwa?"

„Nein, aber bitte Emma, frag mich nicht weiter darüber aus. Ich weiß, du kannst mein Problem so überhaupt nicht richtig verstehen, aber mir bedeutet es eine Menge das du jetzt trotzdem hier bei mir bist und zugehört hast."

„Das ist mir unheimlich Lina. Wir haben doch nie Geheimnisse voreinander, muss ich mir Sorgen um dich machen?"

„Ich hoffe, ich kann es dir bald erzählen.", sage ich und meine es wirklich so. Es wäre viel einfacher für mich, wenn ich meine Freundin einweihen könnte. Vielleicht werde ich Gabriel fragen, was er davon hält.

„Du brauchst dir keine Sorgen zu machen.", verspreche ich ihr und bringe ein kleines Lächeln hervor.

„Na gut, dann löchere ich dich nicht weiter mit Fragen. Obwohl es mir sehr schwerfällt.", sagt sie und legt einen Arm um meine Schultern. „Dann erzähl mir etwas, das du mir erzählen darfst. Ist dein erstes Mal auch topsecret?" Sie sieht mich mit einer hochgezogenen Augenbraue herausfordernd an und ich muss lachen.

Emma hat es geschafft, mich abzulenken, sodass ich mich wieder auf etwas Positives konzentrieren kann.

Ich erzähle ihr von meiner ansonsten perfekten Beziehung zu Gabriel. „Ich muss ihn unbedingt bald mal richtig kennenlernen.", sagt sie.

„Ja, das wäre wirklich schön.", antworte ich nickend.

„Aber erst wenn der Werte Herr mit dem Trübsal blasen fertig ist und dich wieder in seine Gefühlswelt mit einbezieht." Während sie das sagt, setzt sie einen scherzhaft, strengen Gesichtsausdruck auf und wackelt mit dem Zeigefinger, das bringt mich zum Lachen.

Sie schaut auf die Uhr und sieht mich dann entschuldigend an. „Bist du böse auf mich, wenn ich mich jetzt so langsam aus dem Staub mache?", „Nein, kein Problem. Hast du noch etwas vor?", frage ich und nehme erst jetzt bewusst wahr, wie hübsch sie sich gemacht hat. Emma trägt ein superschönes, knielanges schwarzes Kleid mit langen Ärmeln. Es ist am Halsausschnitt wie eine Kette mit weißen Perlen und Glitzersteinchen bestickt.

„Ich habe ein Date.", lässt sie mich aufgeregt wissen und grinst. „Seit einer Stunde, um genau zu sein."

„Oh Emma, warum sagst du denn nichts? Ich wollte doch nicht, dass du dein Date für mich nach hinten schiebst." Es tut mir so leid. Hätte ich das gewusst, hätte ich sie niemals darum gebeten vorbeizukommen. Ich weiß ja, dass sie für mich alles sofort stehen und liegen lässt. So, wie ich es jederzeit für sie tun würde.

„Das ist schon in Ordnung. Ich bin immer da, wenn du mich brauchst." Emma gibt mir einen Schmatzer auf die Wange und setzt sich an die Bettkante, um ihre Schuhe wieder anzuziehen.

„Danke.", sage ich. „Wer ist es denn? Kenn ich ihn?"

„Jannick, mein Arbeitskollege.", grinst sie verschmitzt. „Der, auf den ich schon so lange stehe. Ich hab ihn gestern einfach mal gefragt, ob wir zusammen etwas essen gehen wollen und siehe da, er hat scheinbar auch Interesse an mir."

„Wie cool!", freue ich mich für meine Freundin. Ich kann mich noch gut daran erinnern, wie oft sie von besagtem Kollegen geschwärmt hat. „Ich drück dir ganz fest die Daumen und wünsche euch einen richtig schönen Abend." Ich begleite sie zur Haustür und drücke sie zum Abschied.

Emma ist schon längst außer Sichtweite, aber an der Haustür umweht mich ein kühler Wind und ich bleibe noch einen Moment länger stehen. Den Blick auf Gabriels Haus gerichtet, denke ich darüber nach, was er wohl gerade macht, wie es ihm geht.

Mein Entschluss ist schnell gefasst.

„Mama? Papa?" Ich strecke meinen Kopf ins Wohnzimmer.

„Mama telefoniert gerade.", flüstert Papa mir zu. Meine Mutter sitzt auf dem Sofa mit unserem Telefon in der Hand. Als sie mich bemerkt, wirft sie mir ein Lächeln zu. „Wer ist denn dran?", formen meine Lippen lautlos in ihre Richtung.

„Annette.", antwortet Papa an ihrer Stelle. „Die beiden Quasselstrippen telefonieren jetzt schon fast anderthalb Stunden." Papa schüttelt verständnislos aber lachend den Kopf. „Ich hoffe doch sehr, dass die Grazien da bald mal zum Ende kommen. Der Film, den Mama und ich gerne gucken wollten, fängt in zehn Minuten an!", sagt er nun absichtlich laut, damit es auch Anette am anderen Ende deutlich mitbekommt. Mama verdreht genervt ihre Augen und entschuldigt sich für Papas Benehmen bei ihr.

„Bestell ihr schöne Grüße.", sage ich. „Ich bin gleich gegenüber, okay?"

Mama nickt mir zu.

„Viel Spaß Schatz.", sagt Papa. Dann laufe ich noch schnell zurück auf mein Zimmer und packe ein paar Sachen für morgen früh in einen fliederfarbenen Rucksack. In meinen lässigen Klamotten gehe ich dann rüber zu Gabriel, ob er nun möchte das ich bei ihm bin, oder nicht, ist mir völlig egal.

In der unteren Etage scheint kein Licht zu brennen. Hoffentlich ist er noch wach. Es ist zwar erst kurz nach acht, aber ich könnte es ihm nicht verdenken, wenn er sich schon früh schlafen gelegt hat. Er sah wirklich fertig aus vorhin. Und genau deshalb, muss ich jetzt auch für ihn da sein. Ich drücke auf die Klingel.

Gabriel öffnet mir mit zerzausten Haaren und einem total verweinten Gesicht, aber das ändert rein gar nichts daran, dass er für mich der schönste Mann der Welt ist. Gabriel sieht selbst mit roten Augen und tiefen Schatten darunter noch gut aus.

„Hey.", krächzt er mit heiserer Stimme.

Wortlos folge ich dem langsam vor sich hin schlurfendem Gabriel ins Haus. „Geht es dir besser?", frage ich behutsam.

„Ja.", antwortet er knapp. „Wie geht es dir?"

„Darf ich ehrlich sein?", frage ich, warte aber seine Antwort nicht ab. „Ich fand es unmöglich von dir, wie du mich vorhin hast stehenlassen. Du hast mir keine Möglichkeit gegeben, dich bei deinen Sorgen zu begleiten und für dich da zu sein. Ich dachte bis gestern, wir teilen alles miteinander, aber da habe ich mich wohl getäuscht."

Er sieht mich an, als würde er erst jetzt begreifen, was er mir damit angetan hat. In seinen Augen blitzen Schuldgefühle auf und er will gerade etwas sagen, aber ich lasse ihn noch nicht zu Wort kommen. Zuerst muss ich meine Sicht der Dinge erklären.

„Wirklich Gabriel, findest du nicht, dass du etwas übertreibst? Bis jetzt ist doch alles gut! Wieso machst du dir wegen eines dahergelaufenen Erdenengels, der unsere Situation überhaupt nicht versteht und uns nicht einmal kennt, so viele Gedanken über Dinge, die noch gar nicht passiert sind? So bist du doch normalerweise gar nicht. Du warst schon immer eher ein Optimist, niemand der sich von anderen Leuten verunsichern lässt."

„Weil ich eine scheiß Angst habe, mir meine einzige Chance mit dir zu versauen!", schreit er mich an, ich weiche automatisch einen Schritt zurück und sehe ihn erschrocken an.

„Es tut mir leid.", flüstert er darauf hin und zieht mich wieder näher heran. „Aber es geht nicht nur um mich. Sondern auch um dich. Ich weiß, wie sehr du leiden würdest, wenn ich dich hier im Stich lassen müsste. Wenn es so weit kommt, dass ich nicht mehr auf der Erde bleiben darf, dann wird einen Grund dafür geben. Leider weiß ich nicht wie viele Fehler ich mir bis dahin erlauben kann. Vielleicht reicht es schon, wenn wir von ein paar Menschen als Engel erkannt werden. Oder aber ich schaffe es nicht, meine Energie unter Kontrolle zu halten und die Menschen in unserem Umfeld erwachen abrupt, ohne das ihr Körper und ihr Verstand schon so weit sind. Ich merke bereits, wie sich die Kraft in meinem Inneren ausdehnt und krampfhaft versucht nach außen zu dringen. Meine Energie hört auf meinen Verstand und dieser ist als Mensch nur sehr schwer zu kontrollieren.

Ein Gedanke genügt und zack." Im selben Moment rast eine Flasche Wasser vom Tisch auf uns zu und landet direkt in seiner Hand. Völlig perplex halte ich den Atem an.

„Das war jetzt eine bewusste Entscheidung." Er wackelt mit der Flasche in seiner Hand. „Aber das könnte sich demnächst schlagartig ändern. Lina, was ist, wenn ich im OP stehe und darüber nachdenke um ein Skalpell zu bitten, und im gleichen Moment macht sich das Teil selbstständig auf den Weg zu mir. Ich habe nicht mehr genug Zeit, um das in den Griff zu kriegen.

Mein Körper ist so hochschwingend, dass er einfach nicht in die Frequenz passt, auf der sich die Erde momentan noch befindet."

„Was heißt das denn jetzt? Willst du uns aufgeben, bevor wir es überhaupt richtig versucht haben? Nur weil du Gegenstände fliegen lassen kannst, heißt das doch noch lange nicht, dass es sich nicht steuern lässt. Jetzt warte doch einfach mal ab. Du bist doch derjenige, der mir gesagt hat, ich soll Vertrauen in mich haben und meine Kräfte nicht unterschätzen."

„Ja Lina, genau das ist es aber doch! Ich unterschätze meine Macht nicht. Ich weiß, was ich bewirken kann und wie schnell das in die Hose geht, wenn jemand davon Wind bekommt."

„Aber du unterschätzt die Macht in dir, deinen eigenen Körper und deine Energie in Schacht halten zu können mein Lieber. Und daran solltest du vielleicht arbeiten." Mit meinem Zeigefinger piekse ich im Takt meines Satzes auf sein Brustbein.

Schweigen. Sekundenlange Stille, in der wir uns ein Blickduell liefern.

„Ja, du hast recht.", gibt er endlich klein bei.

„Ich weiß, ich habe immer recht.", kichere ich.

„Naaaaja." Er lacht und umfängt mich mit seinen Armen.

„Gabriel?", „Ja?"

„Mach so etwas nie wieder. Ich spüre, wenn es dir nicht gut geht, und das Schlimmste, was du mir dann antun kannst, ist das ich dir nicht helfen darf. Ich habe mich so abgewiesen gefühlt. Lass mich nie mehr einfach stehen, ok?"

„Ich verspreche es dir.", sagt er kaum hörbar und hält mich weiter in seinen Armen, bis mein knurrender Magen die Stille unterbricht. „Hast du Hunger?"

„Ja, riesigen Hunger.", gebe ich zu. „Sollen wir uns was zu Essen holen gehen? Die Pizzeria hier um die Ecke ist die beste.", schlage ich ihm vor.

„Gerne."

Wir erreichen das Restaurant und ich drücke die schwere Eingangstür auf. Warme Luft und der Duft von frisch gebackener Pizza weht mir entgegen und mir läuft schon das Wasser im Mund zusammen. Ich bestelle unsere Pizzen, die wir mitnehmen möchten, wenn sie fertig sind, und lasse meinen Blick verträumt durch das Lokal schweifen. Ich bin überrascht, als ich Emma und ihren Arbeitskollegen erblicke. Hätte sie mir gesagt, dass sie in diesem Restaurant verabredet ist, dann hätten wir uns sicherlich irgendwo anders etwas zu Essen geholt. Ich hoffe, dass sie mich nicht bemerkt, denn ich will ihr Date nur ungern stören. Sie würde sich sicherlich verpflichtet fühlen uns und vor allem Gabriel zu begrüßen. Ich versuche mich möglichst unauffällig zu verhalten, während wir warten.

Ein netter Herr reicht mir schließlich unsere Pizzen in viereckigen Pappschachteln und Gabriel bezahlt. Gerade als wir uns zum Gehen wenden wollen, ruft meine Freundin quer durch den Raum.

„Lina? Hey ihr zwei! Guck mal Jannick, das ist meine beste Freundin Lina mit ihrem Freund Gabriel. Kommt doch kurz zu uns rüber!"

„Hey! Ich wusste nicht, dass ihr hier seid. Wir wollen euch auch gar nicht stören, haben uns nur schnell was zum mampfen geholt.", sage ich und halte überflüssiger Weise die Kartons in die Höhe. Was sollten wir auch sonst in einer Pizzeria machen?

„Hi Jannick, ich bin Lina.", stelle ich mich dann doch kurz bei dem jungen Mann mit den schwarzen, halblangen zurück gegelten Haaren und Dreitagebart vor und gebe ihm die Hand. Gabriel tut es mir gleich und begrüßt als erstes Emma, diese springt auf und drückt ihn freundschaftlich. „Mensch Gabriel, ich hab dich zwar noch nie so richtig kennengelernt, aber äußerlich hast du dich echt total verändert.", scherzt sie.

„Das will ich aber auch stark hoffen.", lacht Gabriel.

„Du bist der Typ, der aus Amerika zurück ist, richtig?" Jannick scheint ein Licht aufgegangen zu sein. Emma hat ihm sicher schon viel über die Misere zwischen mir und Gabriel erzählt. Wenn man sich so viele Stunden auf der Arbeit sieht, dann bleiben sicherlich auch Gespräche über die besten Freunde nicht aus.

„Genau, richtig." Gabriel drückt nun auch ihm die Hand.

„Ich wünsch euch beiden viel Glück!", sagt Jannick.

„Vielen Dank! Dann macht euch mal einen schönen Abend.", sage ich fröhlich und Gabriel hebt zum Abschied noch einmal kurz die Hand.

Wir verlassen das Restaurant und lassen den beiden ihre Ruhe. Auf dem Rückweg laufen wir eine andere Strecke als vorhin und auf halbem Wege kommt mir eine Idee. „Lass uns doch zurückfliegen." Ich finde die Vorstellung verlockend, unsichtbar über die mir seit Jahren bekannten Straßen zu schweben, und schaue ihn voller Vorfreude an.

„Nein, Lina das geht auf gar keinen Fall!", zischt er. „Nicht bevor ich hundertprozentig weiß, dass es sicher ist."

Traurig senke ich meinen Blick. Ich kann seine Angst wirklich verstehen, trotzdem finde ich es schade, fliegen zu können, es aber nicht zu dürfen.

„Achte auf deine Flügel.", schickt mir Gabriel seine Gedanken.

Verwirrt drehe ich meinen Kopf nach hinten und stelle schockiert fest, dass meine Flügel in ihrer ganzen lichtvollem Schönheit zu sehen sind. Schnell fokussiere ich mich darauf sie verschwinden zu lassen und atme erleichtert auf, als es funktioniert.

„Siehst du, genau das meine ich. Meine Energie überträgt sich jetzt immer mehr auch auf dich und es fällt dir schwer, damit richtig umzugehen. Jetzt stell dir vor, du wärst beim Fliegen plötzlich wieder sichtbar geworden, dann hätten wir jetzt den Salat. Ich kann nur hoffen, das meine energetische Kraft nicht zu stark für dich ist.", flüstert er.

„So ein Blödsinn, ich kann doch lernen, damit umzugehen. Dann dauert es halt ein bisschen länger als bei anderen Engeln, aber das macht mir nichts aus.", trotzig schiebe ich mein Kinn nach vorne, seine plötzlich so pessimistische Art verwirrt mich. Auch wenn ich weiß, dass für uns sehr viel auf dem Spiel steht, vermisse ich die Leichtigkeit zwischen uns. Am liebsten würde ich dieses ganze Engelsding aufgeben, um meinen fröhlichen und spontanen Gabriel zurückzubekommen. Aber ich weiß, uns verbindet diese Sache so sehr, dass es ohne sie wahrscheinlich niemals zu einer Beziehung zwischen uns gekommen wäre.

„Es tut mir sehr leid, dass alles so schwierig geworden ist. Ich wünschte, es wäre anders." Er gibt mir einen Kuss auf die Schläfe und ich schäme mich dafür, dass ich ihn, seine Ängste und seine Gefühle momentan nicht einfach so akzeptieren kann, wie sie sind.

„Mir tut es leid, dass ich so ungeduldig mit dir bin Gabriel."

Es ist Freitagnachmittag und ich habe es mir bei Gabriel im Wohnzimmer mit einem Kaffee bequem gemacht.

Gabriel ist unterwegs um sein neues Auto abzuholen und ich nutze die Zeit, um ausgiebig am Telefon mit Emma über ihr Date zu quatschen. Sie und Jannick hatten einen sehr schönen Abend und wollen dieses Wochenende gemeinsam etwas unternehmen.

„Komm schon Lina, das wäre so cool, wenn du und Gabriel morgen Abend mit uns tanzen gehen würdet.", versucht sie mich gerade zu einem Doppeldate zu überreden.

„Ich weiß nicht, mal sehen, was Gabriel davon hält.", druckse ich herum.

„Bitte, bitte! Ich würde Gabriel gerne mehr kennenlernen und Jannick würde sich auch freuen. Er hat mir gesagt, dass er euch auf Anhieb sympathisch fand, als wir euch in der Pizzeria getroffen haben."

„Meinst du nicht, ihr solltet erst mal noch etwas Zeit zu zweit verbringen?" Ich komme mir komisch vor bei der Vorstellung, meine Freundin bei ihrem zweiten Date zu begleiten. „Ihr seid doch noch nicht mal offiziell zusammen, warum sollen wir denn dann hinter euch stehen, wenn ihr euch weiter kennenlernt?"

„Ihr sollt doch nicht hinter uns stehen. Wir wären dann zwei unabhängige Paare, die gemeinsam etwas trinken gehen und eine Menge Spaß zusammen haben."

Eigentlich haben Gabriel und ich momentan ganz andere Sorgen, aber vielleicht würde es uns guttun, mal auf andere Gedanken zu kommen.

„Ok, ich versuche Gabriel zu überreden."

„Mach das bitte Süße! Der sagt bestimmt nicht nein, wenn er zum ersten Mal so richtig in Kölns Nachtleben eintauchen kann."

„Ja, kann sein.", sage ich mit einer ordentlichen Portion Zweifel in meiner Stimme.

„Sag mal, wohnst du jetzt eigentlich schon bei Gabriel?"

„Also momentan bin ich die meiste Zeit hier bei ihm, aber ob ich das als „hier wohnen" bezeichnen würde, weiß ich nicht."

„Vermissen deine Eltern dich denn nicht? Die sind es doch gar nicht gewohnt, dich so lange nicht zu sehen.", lacht Emma.

„Wer sagt denn, dass sie mich nicht sehen? Zwischendurch bin ich immer mal wieder zu Hause um mir neue Klamotten zu holen und heute Morgen vor ihrer Schicht, habe ich noch mit Mama telefoniert."

„Alles gut, lass dich nicht ärgern.", sagt sie. „Manchmal finde ich die Vorstellung, dass du mit 25 Jahren noch nie alleine gewohnt hast ziemlich amüsant."

„Im Gegensatz zu dir, hab ich dadurch auch ne Menge Geld gespart.", entgegne ich ihr belustigt.

„Touché!"

Draußen auf der Auffahrt höre ich, wie Gabriel die Tür seiner neuen Errungenschaft zuwirft und kurze Zeit später das Haus betritt.

„Emma, ich muss jetzt auflegen, ich sag dir nachher Bescheid ob wir morgen mitkommen ok?", beende ich das Gespräch, als Gabriel völlig aufgelöst vor mir steht.

Fragend sehe ich ihn an.

„Er ist zusammengebrochen.", sagt er schließlich.

„Was? Von wem redest du?", „Der Typ, der mir das Auto verkauft hat. Wir haben erst alles Vertragliche geregelt und uns dann noch nett unterhalten. Als ich ihm zum Abschluss die Hand gegeben habe ist er plötzlich aus dem Nichts heraus, zusammengesackt und war völlig bewusstlos.

Ich habe natürlich direkt erste Hilfe geleistet und als er dann ein paar Minuten später wieder zu sich kam, hat er mich total seltsam und erschrocken angesehen und es schien mir, als wollte er mich möglichst schnell loswerden."

„Aber warum bist du jetzt so geschockt? Ich meine es ist natürlich nie schön, wenn es jemandem nicht gut geht, aber du bist doch immerhin Arzt. Sollte man solche Situationen dann nicht irgendwie besser verarbeiten können? Es war sicher nur sein Kreislauf."

„Lina, natürlich hab ich als Arzt solche Dinge unter Kontrolle. Aber was mich schockt, ist meine Vermutung, dass es mit meinem Händedruck zusammenhing. Er hat mich angesehen, als hätte er auf einmal Angst vor mir." Er setzt sich zu mir aufs Sofa, ich sehe ihn beruhigend an und lege meine Hand auf seinen Unterarm. „Ich glaube eher, dass du momentan in allem eine Gefahr für uns siehst. Wahrscheinlich war es ihm einfach nur zu dumm, dass er vor dir sein Bewusstsein verloren hat. Mir würde es genau so gehen, in solchen Momenten hat man seinen Körper schließlich nicht unter Kontrolle und ist anderen Leuten völlig ausgeliefert."

„Ich weiß nicht. In den meisten Fällen kann man schon erkennen, ob es jemandem nicht gut geht, bevor er in Ohnmacht fällt. Ich habe das blöde Gefühl, dass meine Berührung der Auslöser dafür war."

„Jetzt zerbrich dir bitte nicht schon wieder den Kopf, ja?", bitte ich ihn und versuche schnell auf ein anderes Thema zu lenken.

„Ich hab gerade mit Emma telefoniert, sie hat vorgeschlagen, morgen Abend ein bisschen feiern zu gehen. Wir beiden mit ihr und Jannick, hast du Lust? Ich glaube ein bisschen normales Leben würde uns beiden im Moment nicht schaden oder?"

Nachdenklich zieht Gabriel die Augenbrauen zusammen.

„Würdest du gerne?", fragt er. „Ja, ich fände es schön, mal einen Abend mit dir raus zu gehen. Ich will mich doch endlich auch mal mit meinem gut aussehenden Freund irgendwo zeigen.", zwinkere ich ihm zu.

„Na gut.", sagt er zögerlich. Dankend falle ich ihm um den Hals, bis unsere stürmische Umarmung in einem leidenschaftlichen Kuss endet.

„Hey, eine Sache würde ich aber gerne noch vorher machen."

„Was denn?", frage ich und merke, wie ich ihn dämlich angrinse.

„Woran denkst du denn wohl, hm?", lacht er darüber, „Das habe ich nicht gemeint."

„Achso, was denn dann?" Meine Stimme klingt fast ein bisschen enttäuscht.

„Ich denke, es würde uns aber vor allem mich ein bisschen beruhigen, wenn wir uns zuerst mit ein paar Engeln aus unserer Familie kurzschließen würden.", sagt Gabriel.

„Ja, das ist wahrscheinlich echt nicht die schlechteste Idee. Wie können wir sie denn erreichen? Wir haben total vergessen, Nummern auszutauschen." Ich schlage mir mit der flachen Hand vor die Stirn und sehe dann Gabriels belustigten Gesichtsausdruck aus dem Augenwinkel.

„Linchen? Hast du vielleicht schon mal von Telepathie gehört? Damit kann man zuverlässig Personen erreichen, die die gleiche Fähigkeit besitzen. Und stell dir mal vor, die Entfernung spielt dabei überhaupt keine Rolle."

„Ja, kommt mir bekannt vor.", lache ich. „Dann legen Sie mal los, werter Herr Erzengel."

„Machst du mit?", fragt er, setzt sich mir gegenüber in den Schneidersitz und reicht mir seine Hände. Ich tue es ihm gleich.

Wir schließen unsere Augen und ich verfolge in meinen Gedanken mit wie Gabriel versucht Janus zu kontaktieren, dieser antwortet uns unmittelbar.

„Gabriel, schön von dir zu hören. Ich habe bereits gespürt, dass dir zurzeit ein paar Dinge Schwierigkeiten bereiten."

Gabriel bringt unseren Freund kurz auf den neuesten Stand und bittet ihn um ein Treffen in unserem Raum, mit der rosenberankten Tür, in der geistigen Welt.

„Vielleicht könnt ihr uns helfen, oder Tipps geben wie wir uns jetzt verhalten sollen.", sagt Gabriel.

„Du bist dir aber bewusst, dass du als Erzengel bereits alles, was ihr wissen müsst, in dir trägst?"

Ich merke, dass Gabriel es hinauszögert auf Janus Frage zu antworten und übernehme deshalb für ihn.

„Janus? Gabriel ist so in seinen menschlichen Selbstzweifeln und Ängsten gefangen, dass es ihm aktuell überhaupt nicht richtig möglich ist, auf sein volles Bewusstsein zurückzugreifen."

Ich merke wie sich Gabriel ruckartig verkrampft. Mit einer so ehrlichen Antwort von mir hat er wohl nicht gerechnet und vielleicht ist es ihm unangenehm, als mächtiger Erzengel einen irdischen Engel um Rat zu fragen.

„Sie hat Recht Janus. Ich bin aktuell einfach nicht ich selbst.", gibt er zu.

„Ich verstehe. Du brauchst dich dafür nicht zu schämen. Schließlich machst auch du diese Erfahrung, um dich ganz und gar menschlich zu fühlen. Da wäre es doch auch eher hinderlich, als weiser und allwissender Engel auf Erden zu wandeln. Wir treffen uns in einer Stunde. Ich trommle die anderen zusammen und dann überlegen wir uns gemeinsam etwas."

„Danke.", antworten Gabriel und ich gleichzeitig, dann öffnen wir unsere Augen.

Janus, seine Freundin Elisann und Chayim mit seiner Frau Lilli, sitzen bereits in den gemütlichen Ohrensesseln, als wir eine Stunde später unseren „Engel-Besprechungsraum" betreten. „Da seid ihr ja! Setzt euch zu uns.", werden wir herzlich von Elisann begrüßt. Auch die beiden Männer nicken uns freundlich lächelnd zu.

„Wie geht es euch?", frage ich in die Runde. „Wo sind die anderen beiden?" Im selben Moment öffnet sich hinter uns die Tür und Mara und Ben kommen zankend hereingestürmt.

„Jetzt hör endlich auf damit Ben!", fährt Mara ihren Bruder an, der sich genervt auf seinen Sessel sinken lässt.

„Alles in Ordnung bei euch beiden?"

Mara sieht mich entschuldigend an, während Ben seine Augen verdreht.

„Ben glaubt nicht daran, dass ich es schaffe, mein Leben auf der Erde unerkannt und problemlos zu meistern. Er ist der Auffassung, es war von Anfang an ein großer Fehler mir diese Chance zu geben.", erklärt Gabriel, der offenbar gerade die Gedanken der Geschwister gelesen hat.

Enttäuscht sehe ich zu Ben. Es ärgert mich, dass er so über Gabriel denkt. Am liebsten würde ich ihm passende Worte zuwerfen, lasse es aber, weil ich weiß, dass Ben bereits meine Gedanken kennt.

„Es stimmt aber doch. Er ist schon jetzt nicht in der Lage mit seinen stetig wachsenden Energien umzugehen. Er ist ein Erzengel und verdammt noch mal nicht für ein Dasein auf Erden geschaffen. Und jetzt sollen wir ihm auch noch aus der Klemme helfen? Er hat dieses Schicksal selbst gewählt und wusste, worauf er sich einlässt!"

„Ben, das stimmt so nicht ganz. Niemand konnte vorher Wissen, worauf ich mich eingelassen habe, weil es so einen Fall noch nie gegeben hat.", antwortet Gabriel ruhig.

„Ben, wenn du der Meinung bist, dass es nicht zu deinem Seelenplan gehört Gabriel zu helfen, dann bitte ich dich freundlich darum, jetzt zu gehen.", sagt Janus streng.

Zu meiner Verwunderung bleibt Maras Bruder jedoch bei uns, zwar mit beleidigter Miene und vor der Brust verschränkten Armen, aber er bleibt.

„Um auf den eigentlichen Grund unseres Treffens zurückzukommen," beginnt Elisann. „Lina und Gabriel, was hat euch schon immer verbunden? Was war der Grund dafür, dass ihr langsam erwacht seid und euch an euer wahres Selbst erinnert habt? Und was hat euch hierher zu uns gebracht?" Ihre Fragen klingen wie ein weises Rätsel, doch ich weiß die Antwort und mir geht schlagartig ein Licht auf. „Edelsteine!", rufe ich lauter als gewollt in die Runde.

„Richtig.", lächelt Elisann.

„Warum bin ich denn nicht schon eher darauf gekommen?", sagt Gabriel mehr zu sich selbst, fasst sich mit beiden Händen auf den Kopf und starrt für einen kurzen Moment nach oben an die leuchtende Decke.

„Eine eurer Gaben, mit denen ihr auch den Menschen helfen könnt, den Dimensionenwandel gut zu überstehen und sich langsam zu erinnern, sind die Edelsteine. Ihr kennt euch schon seit eurer Kindheit so gut mit ihnen aus und habt euch intuitiv mit ihnen beschäftigt. Aus diesem Grund ist auch ein Rosenquarz euer Schlüssel in die geistige Welt.

Jedes Engelpaar unserer Familie hat seine ganz eigene Gabe, die es nutzen kann, um sich selbst und den Menschen in ihrem Umfeld zu helfen.

Bei mir und Janus sind es die Pflanzen und Bäume, sie verbinden uns sehr stark mit unserem Umfeld und erden uns, wann immer es nötig ist. Eine Rose zum Beispiel ist für uns sehr leicht mit positiver Energie aufzuladen, sie an Menschen zu verschenken die diese Energie gerade brauchen ein Kinderspiel, aber eine große Hilfe für unsere Mission auf der Erde.

Bei euch sind es also Kristalle. Nutzt sie, beschäftigt euch wieder damit. Ihr werdet sie brauchen, um eure Ziele zu erreichen."

Elisann schaut uns ermutigend an.

„Bei Ben und mir ist es die Musik.", sagt Mara. „Wir spielen und singen beide in einer Band. Durch die Musik erreichen unsere Energien, die einen sanften Übergang in höhere Dimensionen erleichtern, viele Menschen."

„Chayim und ich schreiben Texte und Romane mit spirituellem Hintergrund.", erzählt uns nun auch Lilli.

Jedes Paar hat also ein Hilfsmittel, welches es verbindet und den Menschen hilft, ihre Frequenzen zu erhöhen.

„Jetzt wisst ihr, was zu tun ist.", sagt Chayim.

„Ja." Gabriel nickt mit fest entschlossenem Blick. „Ich danke euch für die Hilfe."

„Dann wollen wir mal unsere alten Steinchen und Bücher wieder rauskramen, was?", frage ich Gabriel, nachdem wir uns verabschiedet haben. Er hält unseren Rosenquarz, zum Gehen bereit, in der Hand.

Versorgt mit viel Kaffee und Keksen, stöbern wir in unseren Habseligkeiten. Ich habe vorhin einen riesigen Karton mit meinen Kristallen und ein paar Sachbücher über Edelsteine von Zuhause angeschleppt und ihn zu Gabriels Kisten ins Wohnzimmer gestellt.

„Warum sind wir eigentlich nicht eher darauf gekommen? Als Kinder sind wir mit den Steinen so instinktiv umgegangen, haben ihre Wirkung gespürt und verstanden, ohne unbedingt etwas nachlesen zu müssen. Wenn wir etwas nachgeschlagen haben in den Büchern, dann doch eher, um uns eine Bestätigung zu holen, für das, was wir schon wussten.", sage ich, während ich durch eins der Bücher blättere.

„Stimmt, die Bedeutung von unserem Herz aus Rosenquarz haben wir immer einfach gekannt, ohne uns darüber Gedanken zu machen. Hier steht es gerade, Rosenquarz steht für die Liebe, Sensibilität, Harmonie und Aufgeschlossenheit. Ich meine, das war uns doch irgendwie schon immer klar oder?", sagt Gabriel und hält seinen Zeigefinger unter eine Textstelle in seinem Buch.

„Ja, so hab ich es auch immer wahrgenommen.", stimme ich ihm zu. „Auch beim Bergkristall finde kann man intuitiv aus seiner Erscheinung auf die Wirkung schließen. Guck ihn dir doch bloß mal an." Ich halte einen der wunderschönen Bergkristalle aus meiner Sammlung hoch. „Er ist durchsichtig, glänzend und so klar, zumindest als geschliffener Stein. Und siehst du die leichten, glitzernden Spuren in ihm? So rein, wie er aussieht, kann er doch nur für die Reinigung stehen und für das Licht. Das Bergkristalle auch dunkle, beziehungsweise negative Energien abwehren können, zweifle ich gar nicht erst an." Ich lasse den geschmeidigen Stein noch eine Weile in meinen Händen hin und her gleiten und bin völlig fasziniert von seiner Schönheit. Gabriel nickt mir zustimmend zu.

„Hier!", sagt er auf einmal. „Ich glaube, ich habe etwas gefunden was mir helfen könnte, meine Energien im Alltag in Schach zu halten." Er steht auf, legt sein offenes Buch umgedreht auf dem Sofa ab und kramt zwischen seinen Edelsteinen herum.

„Ich bin mir ziemlich sicher, dass ich einen von denen hatte."

„Was suchst du denn?", frage ich gespannt und beuge mich vor um in seinem Buch nachzusehen, welcher Stein ihn zu seinem scheinbaren Geistesblitz verholfen hat. „Einen schwarzen Turmalin? Genial, Gabriel!", rufe ich aufgeregt. „Aber ich habe einen schwarzen Turmalin, nicht du. Zumindest hattest du damals keinen."

„Oh, dann hab ich das verwechselt." Jetzt durchsucht er meine Sachen und ich komme ihm zur Hilfe.

„Der müsste in dieser Holzschatulle mit drin sein." Und tatsächlich habe ich ihn schnell gefunden, unseren Retter.

Der schwarze Turmalin gilt als der stärkste Schutzstein, um sich vor Energien, die einem nicht gut tun, abzuschirmen. Zudem wirkt auch er reinigend und vor allem erdend. Er harmonisiert und bringt die Energien des Menschen, der ihn trägt in Einklang, wenn diese aus dem Gleichgewicht gekommen sind.

„Wenn er das alles für seinen Träger tut und ihn gut von den vielen Energien aus seinem Umfeld abschirmt, dann funktioniert das mit Sicherheit auch andersherum. Er könnte helfen die Menschen die in direktem Kontakt mit mir sind, vor meinen starken Energien zu schützen." Er umschließt den schwarzen Stein mit seiner Faust und in seinen Augen sehe ich etwas wie Erleichterung und Hoffnung.

„Das ist so cool. Die wahrscheinliche Lösung unserer Probleme stand die ganze Zeit in der Kiste, unten in meinem Kleiderschrank.", ich freue mich wie ein kleines Kind und kann es kaum erwarten, dass wir unser Wissen über Edelsteine endlich so richtig in unseren Alltag integrieren können.

Gabriel lässt seinen Blick wieder über unsere Steinsammlung schweifen und greift mit der freien Hand nach einem blaugrünen, ungeschliffenen Stein.

„Hier Engelchen, ein Aquamarin." Er wirft mir den ungefähr fünf Zentimeter großen Stein zu. „Innere Kraft, geistiges Wachstum, aber am wichtigsten ist, er hilft dir, dich zu fokussieren.", zwinkert er.

„Und er hilft, persönliche Begabungen weiterzuentwickeln.", ergänze ich.

Es ist ein schönes Gefühl, mit ihm und den Edelsteinen hier zu sitzen, es fühlt sich einfach vertraut an und weckt so viele Erinnerungen an früher.

„Wie willst du den Turmalin denn jetzt nutzen? Wirst du ihn in der Hosentasche bei dir tragen?"

„Ja, das ist bestimmt am wirkungsvollsten. Mit ihm zu meditieren kann aber sicherlich auch nicht schaden, damit der Stein sich voll und ganz auf meine Energiefrequenz einstimmen kann.", sagt er. „Hier, nimm noch einen von den Bergkristallen dazu." Ich lege ihm einen der gläsern aussehenden Kristalle in die Hand und lege auch einen, neben meinen Aquamarin. Der Bergkristall verstärkt mit seiner Reinheit die Wirkung eines jeden Edelsteins. Er verbindet sich sozusagen energetisch mit anderen Steinen in seiner Nähe und wirkt gemeinsam mit ihnen.

„Hast du deine großen Steine auch wieder mit zurück nach Köln gebracht?", frage ich.

„Ja, die habe ich oben ins Gästezimmer gestellt. Ich wusste noch nicht genau wohin damit.", „Dann lass uns die Steine, die wir gerade ausgesucht haben, zum Aufladen in die Amethyst-Druse legen.", schlage ich vor. Als Amethyst-Druse bezeichnet man einen mit Amethyst Kristallen ausgekleideten Hohlraum.

Sie sieht aus, wie ein kleines oder größeres Stück Felsen, aus dem man einen Teil herausgeschnitten hat und im Inneren nun die kleinen, violett funkelnden Amethysten zum Vorschein kommen. In diesen Hohlraum zwischen den Amethysten kann man andere Edelsteine hineinlegen, um ihnen neue Energie zu geben. Alternativ kann man Edelsteine auch mit den silbrig glänzenden Hämatit-Steinen aufladen, oder aber sie eine Nacht bei Vollmond auf das Fensterbrett legen. Es gibt so viele Möglichkeiten, seinen Steinen neues Leben einzuhauchen und sie von alten oder negativen Energien zu befreien.

In Gabriels Schlafzimmer suchen wir einen neuen Platz für die Druse aus, und legen den Aquamarin und den schwarzen Turmalin, zusammen mit den Bergkristallen sorgfältig hinein.

„So, ruht euch schön aus, morgen habt ihr die erste Prüfung zu bestehen.", sage ich und stupse die einzelnen Steine noch einmal vorsichtig mit dem Zeigefinger an. Ich kann Gabriel ansehen, dass er nicht weiß, wovon ich rede. „Morgen, wenn wir mit Emma und Jannick feiern gehen.", erinnere ich ihn.

„Ach ja, ich hatte es schon wieder verdrängt.", lächelt er leidend.

„Sieh es doch mal so, du kannst dann wenigstens schon den ersten Testlauf mit dem Turmalin machen, bevor Montag die Arbeit für dich beginnt. Und unter so vielen betrunkenen und tanzenden Menschen wird es nicht einmal auffallen, falls unser Plan doch nicht aufgeht. Da brauchst du dir dann keine Sorgen machen das irgendjemand unsere Flügel überhaupt bemerkt und wenn doch, dann kann man es auf den Alkohol schieben.", versuche ich ihn erneut davon zu überzeugen, dass es eine gute Idee ist, morgen Abend mitzukommen.

„Ja mag sein. Wir werden sehen.", sagt er wenig begeistert.

„Darf ich jetzt ne Runde mit deinem neuen Auto fahren?"

„Ich fahre! Du darfst nur mitfahren.", grinst er frech.

„Das wollen wir doch mal sehen." Ich tue, als wollte ich ihn in den Arm nehmen, stibitze ihm aber stattdessen den Autoschlüssel aus seiner Hosentasche. Dann mache ich ein paar Schritte zurück, den Schlüssel halte ich zwischen Daumen und Zeigefinger hoch.

Er fängt an, zu lachen und versucht danach zu greifen, aber ich renne blitzschnell damit aus dem Zimmer. Wir liefern uns eine kleine Verfolgungsjagd und Gabriels Stimmung ist im Nu wieder richtig gut. Ich sehe endlich wieder Leichtigkeit in seinen blauen Augen, als er mich gegen eine Wand im Flur drückt und mit mir um den Schlüssel rangelt, was schließlich in einem feurigen Kuss endet.

„Wie lange brauchst du noch Engelchen?", fragt Gabriel
ungeduldig. Er steht in den Türrahmen des Badezimmers
gelehnt und beobachtet mich dabei, wie ich mir schon zum
dritten Mal den Lidstrich wegwische, um ihn noch mal neu zu
malen. Es will mir heute einfach nicht gelingen, eine gerade
Linie auf mein Augenlid zu zeichnen. „Ich weiß es noch nicht,
du brauchst ja nicht die ganze Zeit hinter mir zu stehen. Geh
doch solange ins Wohnzimmer oder so."

„Mach ich dich etwa nervös?", setzt er jetzt ein dämliches
Grinsen auf. „Um ehrlich zu sein ja. Ich arbeite nicht gut unter
Stress."

„Aber ich stresse dich doch gar nicht. Ich will mich einfach
nur darauf einstellen können, wie lange das da noch dauert."
Mit einem Finger in seinem Gesicht ahmt er meine
Handbewegung beim Schminken nach. Seufzend gebe ich auf
und wasche den schon wieder missglückten Lidstrich einfach
ganz ab. Ein bisschen Mascara reicht völlig aus, beschließe ich.

„Du bist so schön.", flüstert Gabriel, der immer noch in der
Tür steht und mich anhimmelt. Man kann die Liebe, die er für
mich empfindet, in seinen Augen einfach nicht übersehen. „Du
brauchst dich für mich überhaupt nicht zu schminken, das
weißt du oder?"

„Wer sagt denn auch, dass ich das für dich mache?", scherze
ich und werfe ihm dann einen Luftkuss zu.

Nun bin ich auch mit meinen Haaren, die ich zu einem
lockeren Knoten hochgesteckt habe, halbwegs zufrieden und
stolziere, einen Erzengel im Schlepptau, ins Schlafzimmer.
Dort habe ich mir vorhin mein weit und weich fallendes
schwarzes Blusenkleid und eine passende Strumpfhose

zurechtgelegt, die ich extra für heute Abend von zu Hause geholt habe.

Ich peppe meinen Look im Anschluss noch mit einer langen Silberkette auf, an die ein silberner Blumenanhänger befestigt ist, den ich zu Weihnachten von meinen Eltern geschenkt bekommen habe.

„So, ich bin so weit.", sage ich und nehme unsere Schutzsteine aus der Druse. Gabriel nimmt den schwarzen Turmalin und den Bergkristall entgegen und ich verstaue meine Steine in meiner kleinen schwarzen Umhängetasche.

„Auf gehts?", fragt er und ich nicke ihm entschlossen zu.

Er zieht mich noch einmal zu einem Kuss, dicht an sich heran. Uns an den Händen haltend, machen wir uns auf den Weg zur Straßenbahn, die uns bis zum Kölner Hauptbahnhof fährt, wo wir uns mit Emma und Jannick treffen wollen.

Den ganzen Weg über ist Gabriel sehr angespannt. Es sind wirklich viele Leute unterwegs heute Abend und sein Blick wandert in der Menschenmenge nervös hin und her, so als erwarte er, jeden Augenblick als Engel enttarnt zu werden. Ich drücke seine Hand fester und werfe ihm einen beruhigenden Blick zu.

„Mach dir keine Sorgen, wir haben doch jetzt die Steine an unserer Seite.", sende ich ihm meine Gedanken. Er erwidert meinen Blick mit einem gezwungenen Lächeln.

„Da seid ihr ja!", ruft Emma uns schon von weitem zu. Ich
ziehe an Gabriels Hand und ermuntere ihn dazu, etwas
schneller zu laufen.

„Hi!", rufe ich zurück und winke meiner Freundin und
ihrem Freund oder Date, zu. „Gabriel? Jetzt hör auf, so zu
schleichen. Das ist total furchtbar und man könnte meinen, du
hättest überhaupt keine Lust feiern zu gehen.", zische ich
Gabriel zu.

„Hab ich ja auch nicht.", erwidert er. „Ich tue das nur dir zu
liebe." Er zuckt mit den Schultern. „Natürlich hast du Lust
dazu, du lässt es nur nicht zu, weil du in deiner Angst, dass
irgendetwas Unerwartetes passiert, ertrinkst." Etwas verärgert
schüttele ich den Kopf. „Dann geb dir doch bitte wenigstens
Mühe so zu tun, als würdest du dich auf einen schönen Abend
freuen. Für mich.", füge ich hinzu.

Ich falle meiner besten Freundin sofort in die Arme, als wir
bei den beiden angekommen sind.

„Lina, ich freue mich so sehr, dass ihr mitkommt! Wir waren
echt schon lange nicht mehr zusammen in der Altstadt
unterwegs."

Sie ist total gut gelaunt und zappelt voller Vorfreude auf der
Stelle. „Wo gehen wir zuerst hin?", fragt sie. „Mir völlig egal.
Hauptsache, es geht endlich los.", strahle ich sie an.

Ich bin sehr überrascht und unglaublich erleichtert, als ich
sehe das Gabriel und Jannick schon nach kurzer Zeit in ein
angeregtes Gespräch vertieft sind, und schaue zu Emma, die
überhaupt nicht verwundert aussieht.

„Ich glaube, die beiden haben echt viel gemeinsam.", sagt
sie mit einem verträumt, verliebten Blick auf ihre Begleitung.

„Jannick ist genau so ein spirituell begeisterter Vogel wie du und Gabriel. Die zwei haben sich sicher den ganzen Abend was zu erzählen." Zufrieden lächelt sie mich an und ich grinse zurück.

„Wie läuft es denn zwischen euch beiden? Seid ihr jetzt ein Paar?", frage ich neugierig. Obwohl ich Jannick noch gar nicht richtig kenne, habe ich ein gutes Gefühl bei ihm. Ich denke, er könnte gut zu Emma passen. Sie gibt es zwar nie so offen zu, aber ihr Interesse an übernatürlichen Sachen ist ebenfalls sehr groß. Wenn sie bei mir zu Hause ist, sieht sie sich oft begeistert meine vielen Bücher über Edelsteine, Aura lesen oder Schutzengel an. Ich muss kurz darüber schmunzeln, dass ich Bücher über Engel besitze, obwohl ich doch selbst einer bin.

Ich denke jedenfalls, dass Jannick ihr während des Aufstiegs in die höheren Dimensionen sehr behilflich sein könnte. Und natürlich auch sonst.

„Es läuft super! Ich bin so verliebt in ihn und ich glaube, dass es ihm genauso geht. Aber bis jetzt haben wir es uns noch nicht gesagt. Ich bin gespannt, was der Abend heute so bringt.", schwärmt sie flüsternd.

„Macht nicht denselben Fehler wie ich und Gabriel. Lieber früher Klartext reden, als zu spät.", scherze ich, denn natürlich weiß ich das die beiden sich in einer ganz anderen Situation befinden.

„Keine Sorge, soweit würde ich es nie kommen lassen.", lacht sie.

„Wie sieht es aus Jungs? Wollen wir los?", unterbricht Emma die Männer in ihrem Gespräch über Autos. Gabriel sieht wirklich glücklich aus und mir fällt ein Stein vom Herzen. Ihm scheint es wirklich gutzutun mal rauszukommen und sich über ganz normale Männerthemen zu unterhalten. Ich hake mich bei ihm unter und Jannick greift nach Emmas Hand, welche ihn anstrahlt.

Es ist ein wunderschöner Abend, wir feiern ausgelassen und tanzen. Jannick und Emma meinen es mit dem Alkohol sehr gut und greifen immer wieder gerne zum nächsten vollen Shotglas.

Ich und Gabriel sind da heute eher zurückhaltend und bleiben bei unalkoholischen Getränken, was unserem Spaß allerdings keinen Abbruch tut. Es ist uns wichtig, dass wir es zuerst einmal schaffen unsere Energie unter Kontrolle zu haben und dies fordert schon im nüchternen Zustand unsere vollste Konzentration.

Zum ersten Mal seit ich weiß das ich ein Engel bin und bestimmte Fähigkeiten habe, befinde ich mich nun unter so vielen Menschen. Ich fühle mich, als wäre ich in einer komplett anderen Welt und finde es enorm spannend, meine Umgebung plötzlich aus einer neuen Perspektive wahrnehmen zu können. In der Diskothek in der wir gerade sind, wimmelt es nur so von Leuten und jeder trägt seine Persönlichkeit und Energie, als Farbenspiel in seiner Aura. Meine Aurasichtigkeit scheint sich hier nun schlagartig, richtig zu entfalten. Es fällt mir schwer, zu beschreiben, wie fantastisch bunt das aussieht. Es gibt kaum einen neutralen Fleck auf der Tanzfläche, da die Menschen so dicht aneinandergedrängt sind und ihre Energiefelder sich überschneiden und mischen. Als wären sie alle in einen leuchtenden farbenfrohen Nebel gehüllt.

Je näher ich mich in der Nähe einer Person befinde, desto besser kann ich ihr auch einzelne Gefühle und Gedanken zuordnen, die zwischenzeitlich in mir hochkommen. Es fühlt sich tatsächlich so an, als könnte ich ihre Gedanken lesen.

Ich kann auch genau erkennen welche Menschen sich stark zueinander hingezogen fühlen und wo es gerade Streit oder eine Meinungsverschiedenheit gibt.

Emma und Jannick sind umgeben von einer rot und pink flimmernden, ineinander überfließenden Energie, was ihre Verliebtheit und Leidenschaft perfekt zum Ausdruck bringt.

„Du?" Ich zupfe an Gabriels T-Shirt um ihn auf mich aufmerksam zu machen, denn hier ist es tierisch laut.

„Was ist los?", fragt er über seine Gedanken zurück. Das hätte mir selbst ja auch mal einfallen können, denn Gedanken kann man bei jeder Lautstärke gleich gut hören, so was Praktisches aber auch.

„Ich bin echt sprachlos. Ist das für dich immer so? Nimmst du die Aura, die Gedanken und Gefühle bei jedem, in jeder Sekunde wahr?"

„Ja, aber ich kann gut damit umgehen. Für mich kam es nicht so plötzlich wie bei dir. Ich habe mit dieser Gabe schließlich all meine Erinnerungen wieder zurückerhalten. Von daher kann ich mich an eine unendliche Zeit erinnern, in der ich das schon konnte und nie hinterfragt habe. Ist es sehr unangenehm für dich ?", fragt er. „Nicht unangenehm, eher ungewohnt." Er nickt verständnisvoll und nimmt mein Gesicht in seine warmen Hände, um mich zu küssen. Meine Arme schlingen sich um seinen Nacken und ich greife mit einer Hand an seinen Hinterkopf, in seine Haare.

Unerwartet übermannt uns unsere Leidenschaft und es fällt uns schwer, voneinander abzulassen. Mein Atem wird schneller und ich spüre sein Herz in seinem Brustkorb, dicht an meinem, heftig schlagen. Kurz lässt er von mir ab, um einen nervösen Blick hinter mich und dann auch hinter sich zu werfen. Er will sich vergewissern, ob unsere Flügel sich zu zeigen beginnen, wie es uns oft passiert, in den Momenten, in denen wir kaum noch die Kontrolle über unseren Körper haben. Er lächelt kurz und ich weiß, dass alles in Ordnung ist.

„Ich würde gerne gehen Engelchen.", haucht er mit heißem Atem an meiner Haut und küsst dann die empfindliche Stelle hinter meinem Ohr. Ich werde fast wahnsinnig und bemerke, wie trocken mein Mund inzwischen geworden ist, also trinke ich schnell den letzten Rest Wasser aus meinem Glas und mache Gabriel dann deutlich, wie gerne auch ich schnellstmöglich nach Hause möchte.

Um Jannick und Emma nicht in ihrem eng umschlungenen Tanz zu stören, schreibe ich ihr eine Nachricht, dann machen Gabriel und ich uns auf den Heimweg.

Zügig laufen wir Richtung Hauptbahnhof, um die Bahn zurück nach Bayenthal zu nehmen. Diese haben wir allerdings gerade verpasst und die nächste kommt erst in einer Viertelstunde.

Seufzend setze ich mich auf eine Bank vor der U-Bahn Haltestelle und bereite mich aufs Warten vor. Gabriel scheint allerdings andere Pläne zu haben und sieht mich mit einem schiefen Lächeln an.

„Komm mit." Er reicht mir seine Hand und ich folge ihm die Treppe wieder hinauf in die Halle des Kölner Hauptbahnhofs.

Er zieht mich weiter in den Bahnhof hinein und schließlich die Treppe zu einem Gleis hinauf.

„Was hast du vor?", frage ich verwirrt, als ich der Anzeigetafel entnehmen kann, dass hier in vierzig Minuten ein Zug hält, der Richtung Basel fährt. Gabriel grinst zur Antwort und läuft weiter. Wir laufen am Gleis entlang, bis zum letzten Abschnitt des Wartebereiches, hier bleibt mein Freund stehen.

„Bereit nach Hause zu fliegen?", fragt er.

Ich blicke mich um und stelle fest, dass es hier um diese Uhrzeit tatsächlich fast menschenleer ist und es niemand bemerken würde, wenn wir uns unsichtbar machen, um fliegend zu verschwinden.

Trotzdem schaue ich misstrauisch zu Gabriel. „Bist du sicher? Was ist denn auf einmal mit dir los? Ich dachte, wir warten mit dem Fliegen, bis wir uns sicher sind und wieder mehr Kontrolle haben?" Mich wundert sein plötzliches fast schon übermütiges Verhalten. „Ich würde es gerne austesten.", sagt er. „Der Abend heute verlief unerwartet gut und ohne Zwischenfälle. Selbst bei unserem Kuss hatten wir unsere Flügel unter Kontrolle, ich bin einfach neugierig, ob es mit dem Fliegen genau so gut klappt."

„Tja, dann ist es ja gut, dass wir keinen Alkohol getrunken haben hm?", scherze ich. „Ach auf unserer Flughöhe ist eh kaum Gegenverkehr." Er zuckt mit den Schultern und schmunzelt vor sich hin. „Vielleicht ein paar Vögel.", fügt er hinzu. „Oder Fledermäuse.", ergänze ich grinsend.

„Genau. Also dann, hopp!" Gabriel streckt einen Arm wie ein Superheld in die Luft und folgt ihm mit seinem Blick nach oben. Einen Augenblick später hat er sich vor meinen Augen dematerialiesiert.

„Du bist so ein Spinner.", lache ich leise, um bloß keine unnötige Aufmerksamkeit auf uns zu lenken. Zur Sicherheit schaue ich mich noch mal kurz um und folge Gabriel unbemerkt in die Lüfte.

Starke Glücksgefühle breiten sich in mir aus, nicht nur aufgrund der Schwerelosigkeit während dieses atemberaubenden Fluges durch die Nacht, sondern auch weil ich glaube, endlich meinen Gabriel wieder zurückzuhaben. Seine Unbeschwertheit und immer positive Einstellung habe ich die letzten Tage wirklich vermisst. Es hat sich tatsächlich zwischendurch so angefühlt, als würden wir uns schon jetzt, wo wir doch gerade erst zueinandergefunden haben, wieder voneinander entfernen. Ich habe es ihm natürlich nicht gesagt, trotzdem glaube ich, dass auch er gespürt hat, wie schmerzhaft es für mich war. Jetzt bleibt mir nur zu hoffen, dass er es schafft, sich seine Lebensfreude und Sorglosigkeit nicht noch einmal nehmen zu lassen. In diesem Moment bin ich mir sicher, wir kriegen das gemeinsam hin.

Ich spüre, wie er im Flug nach meiner Hand greift, sie sanft drückt und mir damit bestätigt, wie sehr auch er hofft, dass wir diese Krise nun überstanden haben.

Der Wind saust um meine Ohren und ich bestaune die Lichter der Stadt unter uns. Mein Körper vibriert, wie immer wenn er sich kristallisiert, vor Energie. Das scheint mit der enormen Schwingungserhöhung zusammenzuhängen, durch welche dieser Prozess des Unsichtbarwerdens erst möglich wird.

Unter uns erstrecken sich größere und kleinere bunte Aurafelder von Menschen, die in Gruppen oder alleine durch die nächtlichen Straßen Kölns streifen. In den meisten dieser Energiefelder spüre ich Freude und Ausgelassenheit, oder Liebe und ich freue mich sehr für die Leute, von denen diese Stimmungen ausgehen. Es gibt nichts Schöneres, als mit positiven und freudigen Emotionen seine Schwingung zu erhöhen. Ein tiefes Gefühl von Liebe erstrahlt in meinem Herzen. Ich meine nicht die Liebe zu Gabriel, die sowieso in jedem Moment und jeder Faser meines Körpers in mir präsent ist, sondern die Liebe zu den Menschen. Eine bedingungslose Liebe, die alles und jeden umschließt. Mir wird bewusst, dass jedes einzelne Lebewesen diese Liebe verdient hat und braucht. Mein Verstand erinnert sich immer mehr an mein Bewusstsein, dass ich als Engel vor diesem irdischen Leben hatte und ich erkenne, wie wichtig jeder Einzelne auf diesem Planeten ist. Alles ergibt einen Sinn, wenn man auf Gottes Plan vertraut, wenn man sich klar macht, dass wir alle hier sind, um unsere Erfahrungen zu machen. Ob diese gut oder schlecht sind, das hängt ganz von dem persönlichen Lebensplan ab, den wir alle vor unserem Leben gemacht haben. Es ist ebenso wichtig, zu verstehen, dass die Menschen, die uns am meisten verletzen, wohl oft die Seelen sind, die uns in der geistigen Welt am meisten lieben. So unbegreiflich wie das auch klingen mag, ergibt es doch einen Sinn, wenn man das Ganze auf seelischer Ebene betrachtet. Ein Mensch, der einen anderen Menschen in diesem Leben zutiefst verletzt, hat es in diesem Leben vielleicht aus Bosheit getan. Aber warum ist er zu diesem boshaften Menschen geworden? Sehr wahrscheinlich aus dem Grund, dass die Seelen dieser beiden Menschen, die sich auf der Erde augenscheinlich nicht ausstehen können, einen gemeinsamen Plan für einen Teil dieses Lebens gemacht haben. Vielleicht wollte eine dieser Seelen unbedingt erfahren, wie es ist, schlecht behandelt zu werden. Ich weiß, es ist aus menschlicher Sicht nicht leicht zu begreifen, da man als Mensch oft nicht auf sein höheres Selbst, auf das Bewusstsein seiner Seele zugreifen kann. Jedoch brauchte nun diese Seele jemanden, also eine andere Seele, die gemeinsam mit ihr in dieses Leben inkarniert, um ihr den Wunsch dieser Erfahrung, zu erfüllen. Diese andere Seele hat also, bestimmt schweren Herzens und aus purer Liebe heraus, beschlossen mit zu inkarnieren und somit zu helfen, den Lebensplan der Seele zu erfüllen. Natürlich steckt noch viel, viel mehr dahinter und auch diese Seele lernt somit, wie es ist jemanden zu verletzten und vielleicht sogar um Verzeihung zu bitten. Erst nach diesem Erdenleben werden die beiden Seelen wieder begreifen, was sie aus Liebe füreinander getan haben. Auch wenn wir es zu Lebzeiten nicht verstehen, aber jeder Mensch der uns in unserem Leben begegnet, macht uns zu dem, was wir sind.

Als mir diese Gedanken durch den Kopf schwirren, brauche ich selbst noch einen Moment, um sie auf mich wirken zu lassen. Ich denke, wir können und sollen als Menschen auch gar nicht alles direkt begreifen. Wüssten wir alle schon von Anfang an davon, dann könnten wir unsere Lebenspläne hier auf der Erde überhaupt nicht so ausführen, wie unsere Seele es beschlossen hat. Niemand würde dann auf die Idee kommen, jemanden zu verletzen.

Aber grundsätzlich geht es ja in der jetzigen Zeit darum, in diese Richtung zu gehen. Aufzusteigen, aufzuwachen, zu verstehen.

Mit dem Wandel der Dimensionen, wird sich all das ändern und es wird nicht mehr nötig sein, als Mensch schlechte Erfahrungen machen zu wollen. Denn das haben die Menschen seit so vielen Leben und unendlichen Jahren gemacht und es gibt für die Seelen nun bald nichts Neues mehr, was sie unbedingt erfahren möchten. Die meisten haben in ihren unzähligen Inkarnationen alles erlebt und erfahren, was sie sich zu Beginn vorgenommen haben, und nun ist es an der Zeit für andere Lernaufgaben. Die größte und bedeutendste Aufgabe besteht wohl darin, sich zu erinnern, wer man eigentlich ist.

Sanft landen wir in dem kleinen Garten hinter Gabriels Haus. Er strahlt übers ganze Gesicht darüber, dass uns niemand bemerkt hat und wir zu jeder Sekunde unseres Fluges alles im Griff hatten.

Ich breite meine Arme aus, er packt mich und wirbelt mich vor Freude einmal um sich herum. Unsere Blicke verhaken sich ineinander und uns fällt schlagartig wieder ein, warum wir die Disco überhaupt schon verlassen haben. Schon auf dem Weg um das Haus herum können wir unsere Hände nicht voneinander lassen und stolpern zwischen Hunderten von Küssen hektisch durch die Haustür.

Unsere Jacken fallen zu Boden und Gabriel beginnt die kleinen Knöpfe an der Vorderseite meines Kleides zu öffnen. Mit einer Hand stützt er meinen Nacken, während seine andere Hand sich einen Weg unter meinen BH bahnt. Abermals genieße ich seine warmen Lippen auf meinen und spüre seinen heißen Atem, während unseres stürmischen Zungenspiels.

Ich greife mir den unteren Teil seines T-Shirts an seinem Rücken und schiebe es hoch, um es ihm auszuziehen, dabei kommt er mir zur Hilfe und reißt es sich in einer gekonnten Bewegung mit einer Hand über den Kopf. Dann greift er um mich herum, lässt seine Hände bis zu meinem Hintern hinunterwandern und hebt mich dann mit einem Ruck hoch, sodass ich meine Beine um ihn schlingen kann, während er mich die Treppe hinauf ins Schlafzimmer trägt.

„Ich liebe dich Engelchen, für immer und für alle Zeit.“

Ich verabschiede mich von meinem Patienten und betätige mit dem Ellenbogen den Desinfektionsspender an der Zimmertür, bevor ich hinaus auf den Flur trete.

Gabriel hat heute seinen ersten Arbeitstag und ich bin schon die ganze Zeit kribbelig gespannt, wann ich meinem hübschen Arzt hier wohl zum ersten Mal über den Weg laufen werde. Hoffentlich läuft alles so, wie er es sich vorgestellt hat.

Er ist heute Morgen um sechs mit seiner Schicht angefangen und war schon vorher so nervös, dass er kaum etwas frühstücken konnte. Deshalb habe ich ein belegtes Brötchen vom Bäcker für ihn mitgebracht, welches jetzt in meiner Arbeitstasche im Pausenraum der Physiotherapie liegt. Ich würde es ihm gerne noch passend zu seiner Frühstückspause geben.

Mit einem Blick auf meinen Terminplan stelle ich fest, dass ich als nächstes drei Patienten auf der Chirurgischen Station betreuen muss. Dort ist die Wahrscheinlichkeit sehr viel höher, Gabriel zu sehen, der sich ja in Zukunft auf die Chirurgie spezialisieren möchte.

„Guten Morgen zusammen.“, sage ich gut gelaunt, als ich das Schwesternzimmer betrete. Meine nette Begrüßung wird leider nur von zwei der fünf anwesenden Schwestern erwidert, der Rest ist gerade in ein angeregtes Gespräch verwickelt und hat mich nicht einmal wahrgenommen. Ich suche mir die Akten meiner Patienten heraus und trage meinen Namen und die Art der Therapie in die Behandlungsliste für diesen Tag ein, dabei bekomme ich dann auch mit, worüber hier so heiß diskutiert wird. Das hätte ich mir ja denken können.

„So ein freundlicher junger Arzt, da kommt hier endlich mal frischer Wind rein.“, sagt eine ältere Schwester um die sechzig, deren Name mir gerade nicht einfällt, und ich schmunzele in mich hinein.

„Dr. Stalten kommt aus Los Angeles oder? Ich finde das merkt man ihm gar nicht an, er spricht doch fließend Deutsch.", wirft die junge zierliche Luisa in die Runde.

„Ja, aber ich meine er ist in Deutschland geboren oder so. Zumindest hat er wohl mal ein paar Jahre hier gewohnt und seine Mutter kommt ursprünglich aus Deutschland.", antwortet Sibel darauf.

Mein Grinsen wird immer breiter, aber ich sage trotzdem noch nichts, weil ich es so spannend finde, wie sie über meinen Freund reden. Darum lasse ich mir auch extrem lange Zeit damit, mir die Patientenkurven anzuschauen, in der persönliche Daten, Erkrankungen, Medikation und tägliche Vitalparameter vermerkt sind.

„Ich finde ihn total süß. Seine Augen sind der Hammer.", sagt Luisa und findet viel Zustimmung unter ihren Kolleginnen.

Just in diesem Augenblick öffnet sich die Glastür des Schwesternzimmers und besagter Arzt tritt hinein, begleitet vom Oberarzt der Chirurgie.

„So, Dr. Stalten, ich habe sie nun mit unserem Haus bekannt gemacht und hoffe auf eine gute Zusammenarbeit mit ihnen." Dr. Welling reicht Gabriel die Hand. „Sie dürfen dann jetzt mit ihrer selbstständigen Arbeit beginnen."

Dr. Welling klärt Gabriel noch über einen Patienten auf, der morgen an seinem Knie operiert werden soll, und gibt ihm dann den Auftrag, den Patienten erneut auf die OP vorzubereiten und mit ihm ein paar Dinge durchzusprechen.

Danach stürmt der Oberarzt, hektisch wie immer, aus dem Raum.

Als Gabriel mich am Schreibtisch sitzen sieht, beginnen seine Augen zu leuchten. Er kommt näher und beugt sich zu mir herunter, um mir einen zarten Kuss auf die Lippen zu drücken.

Stille. Keiner im Raum sagt auch nur einen Ton.

Langsam werfe ich einen Blick über meine Schulter und bemerke die erstaunten, sprachlosen Gesichter der Krankenpflegerinnen, die gerade über meinen Freund geschwärmt haben.

In diesem Moment fällt auch mir nichts zu sagen ein und ich drehe mich schnell wieder zu Gabriel um.

Seine Augen sind noch immer auf mich gerichtet. „Ich hab dich den ganzen Morgen vermisst.", sagt er.

„Du kennst Dr. Stalten, Lina?", fragt Sibel geplättet.

„Nein, tu ich nicht. Ich sehe ihn gerade zum ersten Mal.", witzele ich. „Sorry, ich konnte es mir nicht verkneifen Sibel.", grinse ich sie an.

„Gabriel und ich waren schon befreundet, als er noch hier in Deutschland gelebt hat.", sage ich und kläre die Damen kurz über unsere Situation auf. „Oh! Voll romantisch!", schwärmt Luisa.

Gabriel lächelt mit hochgezogenen Augenbrauen schüchtern in die Runde und bewegt sich dann in langsamen Schritten rückwärts zur Tür, so als wolle er sich möglichst unbemerkt aus dem Staub machen. Er hat scheinbar keine Ahnung wie er dieser Situation, in welcher ihn sechs Frauen erwartungsvoll anstarren, jetzt cool entkommen soll. „So Ladys, es ist Zeit für mich zu gehen. Ich bin dann mal bei meinem Patienten. Bis später Engelchen.", sagt er grinsend, wirft mir einen Luftkuss zu und rauscht davon.

Ich muss kurz lachen und folge ihm dann schnell auf den Flur.

„Gabriel?", rufe ich und er dreht sich zu mir um. „Ich hab noch ein Brötchen für dich in meiner Tasche. Du hast heute Morgen so wenig gegessen, ich hab mir Sorgen gemacht, ob dein Kreislauf das wohl durchhält. Soll ich es dir gleich bringen?"

„Danke, das ist echt lieb von dir! Aber ich schaffe es bis zum Mittag erstmal nicht, etwas zu essen. Sollen wir uns dann in der Kantine treffen?", fragt er.

„Gerne, ich habe um halb eins Mittagspause."

„Das passt mir auch super. Dann bis nachher." Er lächelt mir noch zu, bevor er an die Zimmertür seines Patienten klopft. Und auch für mich heißt es jetzt erst einmal weiterarbeiten.

Ich betreue gerade eine ältere Dame Mitte siebzig, die am Freitag eine neue Hüfte bekommen hat. Sie ist wirklich eine herzensgute und nette Frau.

Ich übe mit ihr aufzustehen, um ihren Kreislauf ein wenig in Schwung zu bringen und die Hüfte so langsam an Belastung zu gewöhnen. Das klappt wirklich gut mit ihr und sie schafft es sogar noch sich nebenbei mit mir zu unterhalten.

„Sind sie denn schon verheiratet Frau Kaster?", fragt sie mich neugierig. „Nein, das hat sich leider noch nicht ergeben.", sage ich. „Ihnen fehlt der passende Mann dazu?", mutmaßt Frau Schmitz.

„Tatsächlich seit ungefähr einer Woche nicht mehr."

„Och nä, wat schön!", sagt sie und ich muss lachen. „Frisch verliebt also!"

Ich nicke. „Ja, könnte man so sagen."

Langsam helfe ich ihr wieder in den Sitz auf die Bettkante.

Im gleichen Augenblick geht ein lautes Piepsen auf dem Stationsflur los. Frau Schmitz und ich schauen uns beide verwundert an, dann hört man auch schon aufgeregte schnelle Schritte der Stationsschwestern am Zimmer vorbei hasten.

Da die Behandlungszeit eh schon längst rum ist, helfe ich meiner Patientin noch zurück unter ihre Bettdecke und reiche ihr eine Illustrierte, die auf dem Tisch gegenüber vom Bett liegt. „Ich wünsche ihnen noch einen schönen Tag! Morgen versuchen wir dann, mal ein paar Schritte zu laufen."

Dankbar reicht sie mir ihre dünne Hand. „Vielen Dank, Frau Kaster. Ich wünsche ihnen ebenfalls einen schönen Tag."

Auf dem Flur ist es mittlerweile wieder ruhig, aber ich habe ein komisches Gefühl im Bauch und frage mich, in welchem Zimmer der Notalarm wohl ausgelöst wurde. Es war nicht das normale Geräusch, was ständig ausgelöst wird, wenn ein Patient selbst auf die Klingel drückt, sondern ein Alarm, den meist die Schwestern oder Ärzte auslösen, die gerade während eines Notfalls bei einem Patienten im Zimmer sind, um schnell Hilfe anzufordern.

Ich stecke meinen Kopf ins Schwesternzimmer. „Was war denn gerade los?", frage ich Luisa, die gerade Tabletten für die Patienten in kleine Medikamentenboxen einsortiert. Ich weiß, es geht mich als Physiotherapeutin eigentlich überhaupt nichts an, aber ich vermute, dass Luisa mir trotzdem eine Antwort geben wird.

„Fehlalarm.", meint sie genervt. „Ein junger Mann hat den Stecker vom Bett aus der Steckdose gezogen, weil er eine Steckdose für sein Handyladekabel brauchte. Wenn der Stecker gezogen wird, löst das auch den Alarm aus."

„Ach so, ich dachte schon.", sage ich erleichtert.

„Was dachtest du?", fragt Luisa. „Äh nichts. Bis dann!"

Ich schließe die Tür wieder. Ich konnte ihr ja schlecht erzählen, dass ich gehofft habe, dass es bloß nichts mit Gabriel zu tun hat. Auch wenn ich mir sicher bin, dass er sich jetzt unter Kontrolle hat, bleibt mir der Vorfall mit seinem Autoverkäufer im Hinterkopf.

„Puuh!", atme ich laut aus um die Anspannung, die sich in mir aufgebaut hat, loszuwerden. Auf zum nächsten Patienten.

„Und wie gefällt es dir bis jetzt?", frage ich Gabriel, als wir uns beim Essen in der Kantine gegenüber sitzen.

„Sehr gut! Ich hatte zu Anfang etwas Sorge, ob ich es schaffe, sicher und professionell genug aufzutreten, aber das war wirklich kein Problem." Er trinkt einen Schluck von seinem Wasser.

„Und es gab keine komischen Zwischenfälle?", hake ich weiter nach. Gabriel schüttelt den Kopf. „Nein, zum Glück."

„Super!" Wir lächeln uns an. „Siehst du? Alle Sorgen umsonst."

„Einen großen Dank an den schwarzen Turmalin." Während er das sagt, klopft er mit der Hand sanft auf die Tasche seiner Hose, in der sich der Edelstein befindet.

„Und wie läuft es so bei dir?", fragt er mich und schiebt seinen leeren Teller von sich weg. „Der alltägliche Wahnsinn. Ich habe heute Morgen stationär behandelt und nach dem Essen bin ich dann nur noch unten in der Praxis. Da habe ich ein paar ambulante Patienten und leite noch zwei Kurse. Was sieht denn dein Plan noch so vor für heute?"

„Ich habe heute schon ein paar Patienten persönlich betreuen dürfen, aber an sich laufe ich heute noch viel bei den anderen Ärzten mit. Ich muss erst mal in den Ablauf hier reinkommen. Morgen früh soll ich dann im OP assistieren."

„Oh cool! Was für eine Operation?"

„Eine Arthroskopie des Schultergelenks."

„Und was ist deine Aufgabe? Darfst du dem Chefarzt dabei Komplimente für seine gute Arbeit machen ?", frage ich frech.

Gabriel, der gerade etwas trinkt, prustet sein Wasser vor Lachen über den Tisch und macht auch mich dabei etwas nass. Wir kriegen beide kaum Luft vor Lachen.

„So ihr Turteltäubchen, jetzt muss ich euch aber mal unterbrechen.", trällert Simone, die gerade auf uns zu getänzelt kommt. „Du bist also Gabriel?", sie reicht ihm die Hand. „Oder muss ich Dr. Stalten sagen?"

„Ne, schon ok.", lacht Gabriel, der sich noch nicht ganz wieder gefangen hat. „Ich bin Simone, Linas Arbeitskollegin. Lina hat schon so viel von dir erzählt."

„Schön dich kennenzulernen Simone.", sagt Gabriel freundlich. Simone setzt sich neben mich und schaut uns erwartungsvoll an. „Geht es dir wieder besser Lina?", fragt sie zwinkernd. Sie kann sich sicher denken, dass ich letzte Woche nicht krank war, würde mich aber niemals verraten. „Ja.“, zwinkere ich zurück.

„Und du Gabriel? Bist du gut in Köln angekommen? Du wohnst jetzt in dem Haus deiner Eltern richtig?“

„Genau, das Haus gehört jetzt uns.“, sagt er und deutet mit dem Kopf auf mich.

„Wie?“, frage ich irritiert.

„Meine Eltern haben mir das Haus überschrieben, aber ich möchte dort mit Lina zusammen wohnen, wenn sie das auch will.“ Er klingt, als würde er zu Simone sprechen, aber sein Blick ist die ganze Zeit auf mich gerichtet.

Simone schaut von mir zu Gabriel und schließlich wieder zu mir, während Gabriel tatsächlich auf eine Antwort zu warten scheint.

„War das eine Frage?“, entgegne ich ihm vorsichtig, doch sein Lächeln spricht Bände. „Klar möchte ich bei dir wohnen!“, rufe ich freudig und mein Herz macht einen Satz. Ich laufe schnell um den Tisch herum und falle ihm in die Arme.

„Ich mach mich schon mal auf den Weg in die Praxis.“, sagt Simone grinsend. „Ich komme gleich nach!“, rufe ich ihr hinterher.

„Meinst du das wirklich ernst Gabriel?“

„Ja, natürlich. Du wohnst doch eh schon fast bei mir, dann könntest du doch auch gleich ganz einziehen oder?“

„Danke! Ich liebe dich so sehr.“ Ich wische mir mit dem Daumenballen eine Freudenträne aus dem Auge.

„Du bedeutest mir alles.“, antwortet er mir leise und küsst mich, dann schaut er auf eine silberne kleine Uhr, die mit einem Clip an der Tasche seines weißen Arztkittels befestigt ist.

„Ich muss jetzt leider weiter, ich schätze du auch?“ Er hat recht, ich würde am liebsten einfach hier mit ihm sitzen bleiben, aber es nützt ja nichts. Gabriel schiebt mich sanft aber bestimmt von seinem Schoß herunter und ich stehe auf.

„Wie lange hast du heute Dienst?“, frage ich ihn, als ich die Tabletts mit unseren leeren Tellern in den dafür vorgesehenen Wagen schiebe.

„Bis um vier, ich könnte dann schon mal etwas kochen.“, schlägt er vor.

„Ich weiß nicht, ob das so eine gute Idee ist.“, lache ich.

„Gib mir doch wenigstens noch eine Chance.“, sagt er beleidigt.

„Okay, ich lass mich mal überraschen. Bis später dann!“
Er hebt kurz die Hand, dann trennen sich unsere Wege.

Gabriel öffnet mir gestresst die Haustür, als ich von der Arbeit zurück bin. „Was ist denn hier passiert? Wieso riecht es hier so verbrannt?“ Gabriel muss sich ein Lachen verkneifen. „Du hattest recht, ich sollte das mit dem Kochen endlich aufgeben.“

Skeptisch hebe ich eine Augenbraue und warte auf Details. „Ich hatte mir wirklich viel Mühe gegeben, aber dann ist mir diese dämliche Gemüsepfanne angebrannt. Verbrannt, um genau zu sein.“

Verlegen schaut er nach unten und greift sich mit der rechten Hand in den Nacken.

„Schade, dabei hab ich so einen Hunger.“

„Es gibt aber trotzdem was zu essen.“, sagt er.

„Okay? Was denn?“ Ich laufe vor in die Küche und sehe die leeren Tupperdosen meiner Mama im Spülbecken stehen. „Gabriel, du machst mich fertig.“, pruste ich los. „Du hast nicht ernsthaft bei meiner Mutter nach Essen gefragt.“

„Nein, sie hat sich angeboten, als sie mich gesehen hat, wie ich die Pfanne nach draußen getragen habe. Sie kam da gerade von der Arbeit.“

„Wie? Pfanne nach draußen getragen?“, frage ich.

„Na ja, als ich gesagt habe verbrannt, da meinte ich nicht nur das Essen. Also die Pfanne ist so schwarz gewesen, dass ich sie nicht mehr retten konnte.“

„Was hast du denn bitte gemacht?“ Vor lauter Lachen muss ich mich schon am Spülbecken festhalten, um nicht aus dem Gleichgewicht zu geraten.

„Jetzt gibt es jedenfalls Tomatensuppe.“

Als wir später in einer Decke eingekuschelt auf dem Sofa sitzen und ein bisschen durch die TV-Kanäle schalten, drückt Gabriel mir etwas in die Hand.

Es ist ein Haustürschlüssel, für „unser“ Haus. Er hängt an einem Schlüsselanhänger, an dem ein wunderschöner silberner Engelsflügel festgemacht ist. Vorsichtig streiche ich mit dem Zeigefinger über ihn, als wäre er ein kostbarer Schatz. Und das ist er für mich auch.

„Der Schlüssel für unser Zuhause?“, frage ich ihn.

„Ja.“, nickt er. „Dreh ihn um.“

Ich schaue wieder runter auf den Anhänger in meiner Hand und drehe ihn langsam auf seine andere Seite.

- Bis zum letzten Flügelschlag, Gabriel.-

Diese Gravur raubt mir den Atem und treibt mir die Tränen
in die Augen. „Das ist so schön!“
„Ich freue mich sehr, wenn er dir gefällt.“ Er nimmt mich
fest in den Arm. Ich halte den Schlüssel samt Anhänger in
meiner geschlossenen Hand und bin so gerührt, wie ich es in
meinem Leben bisher nur selten war.

Seit ein paar Wochen fällt uns der Alltag mit unseren
Fähigkeiten tatsächlich etwas leichter. Ich kann bei der Arbeit
jetzt noch viel besser auf meine Patienten eingehen als vorher
und ihnen positive Energien senden, indem ich diese durch
meine Handflächen in ihren Körper fließen lasse. Das ist mir
wirklich eine große Hilfe und eine tolle Ergänzung für mein
therapeutisches Repertoire.
Auch Gabriel hat sich sehr gut im Krankenhaus
eingearbeitet und ist schon jetzt, sowohl beim Personal des
Krankenhauses als auch bei den Patienten, sehr beliebt.
Ich denke gerade darüber nach, wie perfekt gerade alles
zusammenpasst, als zwei Schwestern zu mir in den Aufzug
steigen.
„Echt? Das ist heute schon zum dritten Mal passiert?“, fragt
eine der beiden Frauen. Sie ist ziemlich abgemagert und sieht
sehr gestresst aus mit ihren blonden, strähnig liegenden Haaren
und dunklen Augenringen. „Ja, und jedes Mal war Dr. Stalten
dabei!“

In diesem Augenblick reiße ich meine Augenbrauen reflexartig nach oben und starre auf die jüngere der beiden, die sich mit der Hand durch ihre dunklen mittellangen Korkenzieherlocken fährt.

„Und die Patienten sind alle zusammengebrochen? Auf ihren Zimmern?", fragt die Blonde. „Nee, das ist in der chirurgischen Ambulanz passiert. Die Leute hatten, laut Schwester Irina, alle zuerst über Schwindel und Schweißausbrüche geklagt und ein Mann sagte, er hätte ein lautes, hohes Klingeln im Ohr. Und alle drei sind dann einfach in sich zusammengesackt, als Dr. Stalten mit der Untersuchung begonnen hat.", antwortet die Dunkelhaarige.

Mein Puls rast, ich muss unbedingt zu ihm. Der Aufzug hält an und ich schiebe mich direkt an den beiden Schwestern vorbei, hinaus in den Gang. Dort muss ich mich erst einmal orientieren, auf welcher Station ich überhaupt ausgestiegen bin, dann renne ich die Treppen herunter in die Chirurgische Ambulanz, in der Hoffnung Gabriel dort zu finden.

„Hallo, ich bin Lina Kaster von der Physiotherapie, ich suche Dr. Stalten, ist der hier zu finden?", frage ich einen älteren Herrn am Empfang.

„Der hatte heute Vormittag hier Dienst, jetzt müsste er eigentlich gerade im OP sein."

Mist. Hoffentlich geht es ihm gut. „Vielen Dank. Tschüss!"

Meine kurzen Fingernägel bohren sich in die Haut meiner Handfläche, ich werde mich also bis heute Abend gedulden müssen, um mit ihm darüber zu sprechen.

Es wird Gabriel bestimmt schwerfallen, sich jetzt noch auf das Wesentliche zu konzentrieren. Ich bete, dass das heute eine

Ausnahme war und uns dafür eine gute Erklärung einfällt, falls diese Geschichte weiterhin die Runde macht.

Mit den Gedanken noch ganz bei Gabriel, bin ich auf dem Weg zu Frau Schmitz, meiner Hüftpatientin, die aufgrund von Komplikationen, viel länger als erwartet im Krankenhaus bleiben musste. Morgen wird sie endlich entlassen, was mich allerdings auch ein bisschen traurig stimmt, denn sie ist mir sehr ans Herz gewachsen.

„Wie schön, Frau Kaster da sind sie ja!"

Wie schnell das Lachen dieser alten Dame meine Laune wieder hebt. Es ist schon unglaublich, wie man sich von den Stimmungen und Emotionen anderer anstecken lassen kann, wenn man bereit dazu ist, sich ganz darauf einzulassen. Bereits ein kleines Lächeln kann so heilsam sein.

„Wie geht es ihnen heute? Morgen geht es für sie endlich in die Reha?"

„Ach, wenn sie mich fragen, würde ich lieber hierbleiben. Hier weiß ich wenigstens, was ich an den Ärzten und Therapeuten hab.", sagt sie und drückt meine Hand. „Das ist lieb von ihnen.", nehme ich ihr Kompliment an. „Aber es muss doch weitergehen. Sie sind jetzt schon so lange hier und sie müssen doch bald wieder richtig fit werden. Dafür hat eine Rehaklinik die bessere Ausstattung und viel mehr Zeit.", versuche ich sie zu ermutigen.

„Ja ja, da haben sie schon recht. Ich bin mal gespannt, was mich da erwartet. Aber Wunderheiler so wie hier haben die dahinten bestimmt nicht."

„Wieso Wunderheiler?", frage ich nach.

„Ja haben sie das denn noch nicht mitbekommen? Meine Bettnachbarin hat mir erzählt, sie hätte ein paar Schwestern darüber reden gehört, dass dieser neue Arzt, dieser Chirurg, wie hieß er denn noch gleich ... " , "Dr. Stalten?", helfe ich ihr auf die Sprünge.

„Genau, also der soll einen jungen Mann gesund gemacht haben, sodass der gar keine OP mehr braucht. Eigentlich sollte der Mann diese Woche wegen eines Tumors an der Herzklappe operiert werden.", sie schüttelt ungläubig den Kopf. „Aber die Operation wurde jetzt abgesagt, weil der Tumor verschwunden ist. Einfach so."

Ich versuche, mir meine Nervosität nicht anmerken zu lassen, und kralle meine Zehen im Schuh so fest, dass es wehtut. „Wie soll so etwas denn funktionieren? Glauben sie nicht eher, dass das ein Zufall war? Tumore verschwinden doch nicht einfach von heute auf morgen. Was hat Dr. Stalten denn gemacht?" Mein leises Lachen klingt beinahe hysterisch und ich räuspere mich, um meine seltsame Reaktion zu überspielen.

„Das wusste die Frau Sundermann auch nicht genau." Sie nickt mit dem Kopf zum leeren Bett ihrer Zimmergenossin.

Oh je, Gabriel wo reitest du dich da bloß rein? Davon hat er mir noch gar nichts erzählt.

„Das klingt auf jeden Fall spannend, da werde ich mich nachher mal bei den Kollegen umhören." Ich versuche, das nervöse Zittern in meiner Stimme möglichst gut zu verbergen, und lenke die Aufmerksamkeit meiner Patientin schnell wieder auf die Therapie.

„Ich weiß nicht warum, aber ich habe das Gefühl, meine
Energie breitet sich immer weiter in mir und um mich herum
aus und der Turmalin kann meine Kraft einfach nicht mehr
abschirmen." Gabriel sitzt auf dem Bett und dreht den
tiefschwarzen Stein zwischen seinen Fingern, der ihm in den
letzten fünf Wochen so gute Dienste erwiesen hat. Ich laufe
nervös im Zimmer auf und ab. „Aber du hast den Stein doch
jeden Abend in dem Amethysten aufgeladen, oder ist er einfach
zu klein? Wir könnten dir einen größeren kaufen."

Gabriel schmunzelt, aber es ist eher ein trauriges
Schmunzeln, es wirkt hilflos. „Irgendwann reicht der größere
Edelstein vielleicht auch nicht mehr aus, was dann? Ich kann
doch nicht mein Leben lang einen Karren mit riesigen
schwarzen Turmalinen hinter mir herziehen."

„Dann musst du dich eben mehr bemühen und lernen, deine
Kräfte selbst besser zurückzuhalten." Ich bereue diesen Satz
sofort, als ich erkenne, wie sehr ich Gabriel damit getroffen
habe.

„Du kannst dir überhaupt nicht vorstellen, wie viel Kraft es
mich jeden Tag kostet, ein Mensch zu sein. Ich sehe noch viel
stärker als du, die Energiefelder der Menschen, ihre
Seelenpläne, wie sie sich wirklich fühlen und was sie belastet.
Und es tut mir so weh, zu wissen, ich könnte so viel mehr für
sie tun. Aber ich darf es nicht. Es ist so schwer Gottes Macht in
mir zurückzuhalten, obwohl sie doch an so vielen Stellen
benötigt wird. Dieser junge Mann mit dem Tumor in seinem
Herzen, es war nicht seine Bestimmung daran zu sterben, der
Krebs wäre mit der Zeit von selbst gegangen. Verschiedene
Ärzte haben dem Patienten aber zu dieser OP geraten und ihm
vermittelt, sie sei seine letzte Chance zu überleben.

Hätte ich nicht in seine Zukunft schauen können, hätte ich ihm aus rein ärztlicher Hinsicht sehr wahrscheinlich auch zu dieser Operation geraten. Aber ich habe gesehen und gespürt, dass er bei dem geplanten Eingriff sterben wird und plötzlich war für mich klar, dass der einzige Weg ihn zu retten darin besteht, ihn zu heilen."

„Hättest du ihn denn nicht einfach davon überzeugen können die Operation nicht machen zu lassen?", frage ich vorsichtig und nehme seine Hand. „Er war aber in dem Moment ein schwerkranker Mann, der voller Sorge und Angst um sein Leben bangt. Du kannst dir sicher vorstellen, dass er nicht einfach auf einen neuen, dahergelaufenen, jungen Arzt hört oder? Selbst wenn er auf mich gehört hätte, wäre das herausgekommen, dann hätte ich meinen Job dort vergessen können. Diese Entscheidung wäre für keine beteiligte Person nachvollziehbar gewesen."

„Ja, das stimmt. Es tut mir leid, ich wollte gerade nicht so gemein sein. Aber so langsam bekomme ich wirklich Angst davor dich zu verlieren." Ich schlucke die aufsteigenden Tränen herunter und versuche für Gabriel stark zu bleiben, denn ich weiß, welches Risiko er auf sich nimmt, um mit mir zusammen sein zu können und ich weiß, wie schuldig er sich gleichzeitig fühlt, weil er mich in diese neue Welt und somit auch in dieses Schlamassel mit reingezogen hat.

„Ich verstehe dich Lina, du versuchst nur uns zu retten, während ich bereits dabei bin, mich als Menschen aufzugeben.", sagt er leise und senkt den Kopf. Ich spüre, wie leichte Panik an meiner Wirbelsäule hochkriecht und sich in meinem Körper ausbreitet. „Du willst aufgeben?", frage ich lauter als gewollt. Glasige blaue Augen blicken hoffnungslos in meine. „Das darfst nicht, hörst du? Es hat doch gerade erst alles angefangen, du kannst mich doch jetzt nicht so einfach im Stich lassen. Sag so etwas nie wieder! Ich warne dich Gabriel, du weißt, wie sehr ich dich liebe! Ich kann und will nicht noch einmal ohne dich sein."

Ich würde ihn am liebsten schütteln und kann einfach nicht verstehen, wie er so schnell aufgeben kann.

„Ich gebe mein Bestes.", flüstert er ohne seinen Blick von mir abzuwenden.

„Das will ich hoffen.", sage ich trotzig. „Es muss doch gar nicht alles perfekt laufen. Ich dachte, alles verläuft nach Gottes Plan? Dann hat er davon gewusst, wie schwer es dir hier fallen wird. Hast du schon einmal darüber nachgedacht, ob es nicht auch ein Vorteil sein kann, wenn die Menschen wieder an Wunder glauben können? Du weißt doch, wie die Leute sind, sie erzählen sich überwiegend von den schlechten Dingen die ihnen passieren. Gib ihnen doch einen Grund, endlich auch mal etwas Schönes weiterzuerzählen." Ich warte gespannt auf eine Reaktion und bin erleichtert, als sich die tiefe Sorgenfalte auf seiner Stirn endlich glättet.

Die Sonne ist mittlerweile untergegangen und im Schlafzimmer ist es somit sehr dunkel geworden. Gabriel streckt seinen Arm aus und betätigt den Lichtschalter neben der Zimmertür, den er vom Bett aus eigentlich gar nicht erreichen kann.

Im nächsten Moment lässt er auf die gleiche Weise die Jalousien herunter, als wäre es das Normalste auf der Welt.

„Was tust du? Hast du nicht eben noch über deine Kräfte geschimpft?", frage ich skeptisch.

„Ja, aber ich habe mir jetzt etwas überlegt."

„Aha und was?", „Vielleicht bringt es ja was, wenn ich mich zu Hause nicht mehr zurückhalte. Ich könnte mich hier, in unserem geschützten Umfeld, austoben damit es mir im Alltag leichter fällt mich zu kontrollieren." Er zuckt mit den Schultern.

„Bisher hattest du doch Sorge, dass du deine Kräfte überhaupt nicht mehr unter Kontrolle bringen kannst, wenn du sie einmal aus dir heraus lässt. Aber einen Versuch ist es auf jeden Fall wert." Ich hoffe sehr, dass wir bald eine Lösung für das Problem finden werden, denn Gabriels Stimmungsschwankungen machen mich rasend.

Mir fallen die Patienten aus der Chirurgischen Ambulanz wieder ein und ich frage ihn, ob dort das gleiche passiert ist, wie mit dem Mann, von dem er das Auto gekauft hat.

„Denen geht es gut. Es war ganz genauso wie bei dem Verkäufer. Meine Energie war einfach zu viel für sie. Oh man!" Er lässt sein Gesicht in seine Hände sinken. „Ich kann nur hoffen, dass das alles nur als blöder Zufall gewertet wird."

Es sind nun knapp drei Monate vergangen und die Situation bei der Arbeit hat sich zum Glück wieder etwas entspannt.

Gabriel gibt sich allerdings auch die größte Mühe, seine Energien zu unterdrücken.

Wir verbringen gerade die beste, aber gleichzeitig auch schwierigste Zeit in unserem Leben. Gemeinsam haben wir schon so viele schöne Sachen unternommen. Wir waren schwimmen und haben uns einen Film im Kino angeschaut, wir waren shoppen in der Stadt und gerade schlendern wir durch den Kölner Zoo.

Aber all diese Dinge kosten Gabriel auch Unmengen seiner Kraft.

Er wirkt müde und in sich gekehrt in letzter Zeit.

Manchmal kommt er mir beinahe etwas kränklich vor, auch wenn er es die meiste Zeit gut überspielen kann.

Ich versuche jeden Tag aufs Neue, ihn zu motivieren und immer für ihn da zu sein.

Hoffentlich wird es irgendwann leichter für ihn, damit wir unsere Beziehung noch mehr genießen können.

„Bist du schon nervös wegen deiner ersten eigenen OP morgen?", frage ich ihn, während wir uns die Fütterung der Elefanten anschauen. Wir stehen etwas entfernt von der Menschenmenge, die sich dicht um das Gehege drängelt.

„Ja, sehr.", antwortet Gabriel und seufzt.

„Du schaffst das. Es sind bis jetzt doch alle total begeistert von dir und gut vorbereitet bist du sowieso. Aber ich kann sie trotzdem verstehen, deine Nervosität."

Er lächelt müde, ohne seinen Blick von den Elefanten abzuwenden, die gerade gierig nach ein paar Äpfeln greifen, die der Tierpfleger in einem Eimer durchs Gehege trägt.

„Ich mache drei Kreuzzeichen, wenn ich die OP hinter mich gebracht habe.", sagt er.

Ich lege meine Hand in seinen Nacken und ziehe ihn für einen Kuss zu mir heran.

Gabriel

Mit beiden Händen umklammere ich die leere Kaffeetasse in meinen Händen und konzentriere mich darauf, ruhig zu atmen. Gleich geht es los und ich darf zum ersten Mal eine Operation leiten. Ich habe mein Talent für das Operieren an inneren Organen in den letzten drei Monaten sehr gut unter Beweis stellen können, sodass man mir nun zutraut, eine Teilresektion des Darms einer sechsundsiebzigjährigen Patientin selbst durchzuführen.

Mir wurde für diese OP ein tolles Team an die Seite gestellt, die mich bei meinem Eingriff beraten und unterstützen werden. Trotzdem bin ich nervös. Ich trage die Verantwortung für jeden meiner Handgriffe und für jede Entscheidung, die ich treffe.

Ein Glück, dass Lina es immer wieder schafft, mich optimistisch zu stimmen, denn ich erkenne mich in der letzten Zeit selbst nicht mehr wieder. Mit meinem Erwachen als Erzengel hat sich einfach so vieles verändert und ich muss mit so vielen Sorgen und Ängsten jonglieren. Ich will mein menschliches Leben mit Lina genießen, aber möchte dadurch auch kein anderes Leben aufs Spiel setzen. Niemand soll von mir enttäuscht werden, weder Lina noch die Engel in der geistigen Welt. Es könnte unglaublich vieles durcheinanderbringen, wenn ich es nicht schaffen würde, meine Engelsenergien im Gleichgewicht zu halten.

Ein letzter tiefer Atemzug, dann stelle ich die Tasse in die Spülmaschine des Aufenthaltsraumes und mache mich auf den Weg in den OP. Gemeinsam mit meinen Kollegen bereite ich mich auf den Eingriff vor. Während ich meine Hände und Unterarme desinfiziere, versuche ich mich voll und ganz auf die bevorstehende Situation einzustellen. Ich gehe den Ablauf der OP mehrmals im Kopf durch und versuche, keine unwichtigen Gedanken mehr an mich heranzulassen. Eine Kollegin erwartet mich bereits am Eingang des Operationssaals, um mir sterile Handschuhe über die Hände zu stülpen, und das helle Licht der großen Deckenlampen blendet mich für einen Moment, als ich in den Saal eintrete. Ein Anästhesist hat sich bereits um die Narkose der Patientin gekümmert, die nun friedlich auf dem metallenen OP-Tisch schlummert. Ich schließe meine Hände unauffällig zu Fäusten und versuche so, das leichte Zittern in den Griff zu bekommen.

Ein letzter Blick auf die Monitore, um die Vitalwerte der Dame zu checken, für die ich gleich ein großes Stück Verantwortung tragen werde. Die Werte sind im Normalbereich und wir sind alle bereit loszulegen. Ich stelle mir die Operationsleuchte passend ein und atme möglichst bewusst und langsam durch meinen Mundschutz ein und aus. Ich bitte einen der operationstechnischen Assistenten um ein Skalpell und nehme es unbeholfen und nervös entgegen, dafür ernte ich einen ernsten Blick eines anderen Chirurgen, der heute auf meine Anweisungen hin arbeiten wird. Ich nicke ihm kurz zu, um ihm zu signalisieren, dass alles in Ordnung ist und ich mir den Eingriff noch immer zutraue.

Nachdem ich den ersten Schnitt an der Bauchdecke der Patientin gesetzt habe, verfliegt meine Aufregung sofort.

Meine Handgriffe sind geschickt und ich arbeite mich konzentriert zum betroffenen Darmabschnitt vor.

Alles verläuft wie geplant, bis sich plötzlich die Vitalparameter unserer Patientin verschlechtern. Ihr Puls rast und die Sauerstoffversorgung sinkt. Dann geht alles ziemlich schnell, wir arbeiten gemeinsam mit Hochdruck daran, Frau März wieder zu stabilisieren, indem wir ihr Flüssigkeit über eine Infusion zuführen und sie vermehrt mit Sauerstoff versorgen. Da die Operation bis zum jetzigen Zeitpunkt wie geplant verlaufen ist und es keine anderen Zwischenfälle gab, vermutet der Anästhesist, dass die Patientin allergisch auf das Narkosemittel reagiert. Die Stimmung ist angespannt, aber wir sind alle darin geschult, in solchen Momenten Ruhe zu bewahren und nicht den Fokus zu verlieren.

Leider kommt es jedoch innerhalb kürzester Zeit zu einem Herzstillstand, und der Anästhesist unterbricht direkt die Zufuhr des Narkosemittels. Ich bereite mich auf eine Reanimation vor, doch etwas hält mich zurück.

Während die Augen meiner Kollegen erwartungsvoll auf mich gerichtet sind, erblicke ich eine geisterhafte Gestalt im Raum, die sich irritiert im Operationssaal umschaut. Es ist die Seele von Frau März, die scheinbar noch nicht ganz begriffen hat, was hier passiert ist. Sie ist Tod. Ihr Blick bleibt schließlich an mir hängen, sie hat bemerkt, dass auch ich sie ansehe. In diesem Augenblick ist es, als würde die Zeit plötzlich stillstehen, außer für mich und die Seele meiner Patientin, welche sich langsam auf mich zubewegt.

Sie weitet erstaunt ihre Augen, als sie mein wahres Selbst in mir erkennt. Manchmal können sich Seelen nach ihrem menschlichen Tod erstaunlich schnell an alle Dinge erinnern, die sie während ihrer Lebenszeit vergessen haben.

„Du bist der Erzengel Gabriel.“, spricht die Seele mich ehrfürchtig an und faltet ihre Hände vor der Brust zusammen.

„Ja, das bin ich. Dein Leben muss hier noch nicht enden. Ich werde dir dabei helfen in deinen Körper zurückzukehren, wenn du das möchtest.“, sage ich behutsam.

„Nein, das möchte ich nicht. Bitte, lass mich nach Hause gehen. Ich weiß, dass mein Körper nicht mehr erwachen wird, wenn ihr ihn wiederbelebt. Ich werde in ein Koma fallen, welches meine Seele in meinem Körper gefangen halten wird. Das will ich nicht, ich habe mein Leben hier auf der Erde gelebt und meine Erfahrungen gemacht.“, antwortet sie. Ich weiß, dass sie Recht hat mit dem, was sie sagt und ich weiß, was das nun bedeutet. Ich befinde mich in einer großen Zwickmühle, denn als Arzt kann ich nicht einfach entscheiden, einen Patienten gehen zu lassen, wenn ich nicht vorher alles versucht habe um ihn zurückzuholen. Schweißperlen bilden sich auf meiner Stirn, mein Atem wird flach und schnell. Übelkeit steigt in mir auf, als ich mir bewusst mache, dass es nur zwei Möglichkeiten gibt. Entweder ich beginne mit der Reanimation, mache damit eine Seele unglücklich und handele entgegengesetzt zu ihrem freien Willen, was als Engel ein großer Verstoß gegen die göttlichen Gesetze wäre, oder ich lasse sie sterben, und riskiere meinen Job, werde vielleicht sogar wegen unterlassener Hilfeleistung angeklagt und kann nicht einmal eine vernünftige Erklärung dafür abgeben, warum ich so gehandelt habe.

Eine schwere Last drückt auf meine Brust und lässt mich kaum noch atmen. Die Seele schaut mich flehend an und ich weiß einfach nicht, was ich tun soll. Als Erzengel unterliege ich jedoch den Regeln der Geistigen Welt noch stärker als jeder andere Engel und somit ist meine Entscheidung gefallen. Auch wenn ich dadurch alles aufs Spiel setze.

„Was tun sie Dr. Stalten?", die Zeit läuft weiter und Dr. Welling reißt mich mit schroffer Stimme aus meiner Schockstarre. „Sie müssen reanimieren, sofort!"

„Ok, gehen sie! Jetzt!", zische ich der Seele meiner Patientin zu, die sich schließlich auf den Weg nach Hause macht. Ich hoffe, dass sie ganz gegangen ist, wenn gleich jemand mit der Wiederbelebung beginnt, ganz egal, ob ich es sein werde, der es tut oder jemand anderes.

„Das ist nicht der richtige Moment für Selbstgespräche!" Diesmal schreit Dr. Welling mich an und ich nähere mich langsam dem OP-Tisch, von dem ich mich scheinbar unbewusst ein paar große Schritte entfernt habe. Entsetzte Blicke bohren sich heiß durch meinen Körper und bevor ich mich gesammelt habe, um mit der Herzdruckmassage zu beginnen, stößt mich eine der OP-Schwestern grob zur Seite und nimmt dies selbst in die Hand.

In diesem Augenblick weiß ich, jetzt gibt es keine Hoffnung mehr auf einen einigermaßen glimpflichen Ausgang dieser Situation.

Wie angewurzelt stehe ich da und sehe zu, wie die anderen erfolglos versuchen, die Patientin ins Leben zurückzuholen. Nur ich weiß, ihre Seele ist bereits gegangen.

Ohne darüber nachzudenken, dass meine Reaktion die Sache nur noch schlimmer für mich machen wird, stürme ich aus dem Operationssaal, lege Handschuhe, Kittel, Haube und Mundschutz ab, desinfiziere und wasche meine Hände und haste aus dem Krankenhaus heraus. Ich brauche dringend frische Luft.

Draußen lehne ich mich gegen eine kalte Wand und sacke an ihr herunter in die Hocke. Überfordert mit dem, was gerade passiert ist, überfordert mit allem, besonders aber überfordert mit mir selbst.

Meine Gedanken kreisen und ich weiß, egal wie ich gehandelt hätte, es hätte meine Existenz hier auf der Erde gefährdet. Innerlich warte ich schon darauf, dass gleich ein gleißend heller Lichtstrahl vom Himmel auf mich herabfällt, mich in sich einhüllt und mit mir wieder verschwindet.

Und das war es dann.

Aber natürlich weiß ich, dass die geistige Welt niemals so handeln würde. Gott ist schließlich keine Dramaqueen.

Meine Augen füllen sich mit Tränen und ich lege meine Stirn auf meine Unterarme, die ich auf meinen Knien abgelegt habe.

Was soll ich nur tun? Mein erstes Leben auf der Erde, meine einzige Möglichkeit, mit Lina zusammen zu sein, und ich habe alles zerstört. Ich bin einfach nicht dafür geschaffen, ein Mensch zu sein, das habe ich jetzt begriffen.

Die schwere Seitentür des Krankenhauses öffnet sich und Dr. Welling kommt wütend auf mich zu.

„Dr. Stalten, was haben sie sich bloß dabei gedacht? Es ist sicherlich nicht unüblich, bei seiner ersten eigenen Operation nervös zu sein, aber das ist noch lange kein Grund, sich von der Patientin zu entfernen, sobald Komplikationen auftreten. Ich habe sie als kompetenten und zuverlässigen Arzt eingeschätzt und muss nun leider feststellen, wie sehr man sich in einem Menschen täuschen kann.“

Langsam stehe ich auf, um mich auf seine Augenhöhe zu begeben.

„Ich weiß, mein Verhalten war überaus unangemessen und ich möchte mich ausdrücklich dafür entschuldigen. Ich weiß nicht wie mir so etwas passieren konnte. Ich denke, ich habe meine Aufregung unterschätzt und war nicht darauf vorbereitet, dass mein Körper in dieser für die Patientin lebensbedrohlichen Situation selbst streiken würde. Ich kann und will mich in keiner Weise dafür rechtfertigen, aber mein eigener Kreislauf hat in diesem Moment völlig verrückt gespielt und ich konnte nicht mehr klar denken."

Ich hoffe, dass meine Worte ihn ein wenig milder stimmen.

„Nun gut, aber sie hätten sicherlich rechtzeitig mit uns sprechen müssen. Sie haben gewusst, dass sie nicht alleine sind, und konnten sich jederzeit an uns wenden. Hätten sie das getan, wäre alles anders verlaufen. Für den Herzstillstand der Patientin können sie nichts und bis zu diesem Zeitpunkt, war ihre Vorgehensweise und Technik während der Operation absolut perfekt, aber so etwas darf unter keinen Umständen noch einmal vorkommen.

Sie haben Glück, dass sie sich in unserem Hause schon innerhalb kurzer Zeit einen so guten Ruf erarbeitet haben und dass die Leute lächerlicherweise denken, die plötzliche Gesundung des Patienten mit dem Aortenklappenkarzinom ginge auf ihre Kappe."

Es sieht so aus, als würde Dr. Welling mir tatsächlich noch eine zweite Chance geben.

„Ich danke ihnen und ich bereue mein Verhalten im Operationssaal wirklich sehr." Ich würde gerne meinen Kopf vor Scham senken, bemühe mich aber, meinem Vorgesetzten aus Respekt direkt in die Augen zu schauen.

„Dr. Stalten, sie nehmen sich für heute frei. Ich erwarte sie hier morgen mit voller Konzentration wieder."

Dr. Welling verlässt den Innenhof des Krankenhauses und lässt mich mit klopfendem Herzen zurück.

Was soll ich davon halten? Natürlich freue ich mich wahnsinnig, dass mein Abenteuer mit Lina doch noch nicht so schnell vorbei zu sein scheint, andererseits ist mir durchaus bewusst, dass es nur eine Frage der Zeit ist, bis ich erneut an meiner Macht als Erzengel scheitern werde.

Ich gehe wieder ins Gebäude, um mich umzuziehen, und mache mich anschließend auf den Heimweg.

Unterwegs nehme ich telepathischen Kontakt zu Janus und Chayim auf, die direkt für mich da sind.

Leider kann ich mich gerade nicht mit ihnen in der geistigen Welt treffen, da ich mit dem Edelsteinherz nicht ohne Lina reisen kann und die beiden wohnen einfach zu weit von uns entfernt um für einen Kaffee bei ihnen vorbeizuschauen.

Es gibt überall sehr viele Erdenengel, aber innerhalb einer Engelfamilie ist es schon sinnvoll, dass die einzelnen Paare weiter voneinander entfernt wohnen. Nur so erhält man den Weitblick und bekommt mit, was in anderen Städten gerade passiert. Das ist gerade während eines so bedeutenden Prozesses wie dem Dimensionenwandel wichtig.

Ich klage den beiden Männern mein Leid und bin wirklich froh, dass ich mit ihnen so etwas wie Freunde gefunden habe, denn meinen Kumpels in den USA, kann ich von meinen aktuellen Problemen wohl kaum etwas erzählen.

Die beiden Engel raten mir, vorerst so weiterzumachen wie bisher und mir noch keine allzu großen Sorgen zu machen, aber das ist leichter gesagt als getan. Als Erzengel, der zum allerersten Mal in einem Körper aus Fleisch und Blut lebt, fehlt mir einfach die Lebenserfahrung, um meine Probleme ganz allein in den Griff zu bekommen. Der Kontakt zu den anderen Erzengeln, meinen himmlischen Geschwistern sozusagen, funktioniert für mich als Mensch auch nicht so einfach. Das hat den Grund, dass ich ansonsten nicht in der Lage sein würde, meine eigenen Erfahrungen und Lernaufgaben in diesem Leben alleine zu meistern.

„Ich weiß, es ist das Schwerste für dich Gabriel, aber versuche das Hier und Jetzt mit Lina so lange zu genießen wie es möglich ist. Denkt nicht zu viel über die Dinge nach, die daneben gehen könnten, sondern nutzt jede Sekunde, um euch von eurer Liebe zu nähren. Wenn es dann wirklich nicht klappen sollte, dann ist immer noch genug Zeit zu trauern.", schickt Janus mir seine Gedanken.

„Janus hat vollkommen Recht.", stimmt Chayim ihm zu. „Wenn es wirklich soweit kommen sollte, dass du die Erde verlassen musst, dann sollte Lina so viele schöne Erinnerungen an euch haben wie möglich. Und auch du solltest in der geistigen Welt an ein freudiges und erfülltes Leben zurückdenken können und dich nicht darüber ärgern müssen, deine Zeit nicht genügend genossen zu haben."

„Was passiert dann mit Lina?", frage ich, denn diese Frage löst das größte Unbehagen in mir aus. „Es wird ihr Herz in tausend Stücke reißen, wenn ich sie hier alleine lassen muss. Sie weiß, wir werden niemals wieder zusammen sein können."

„Sie wird es schaffen, da bin ich mir ganz sicher. Lina ist stark und sie wird ihren Weg auch ohne dich gehen." Chayims Gedanken klingen nicht sehr überzeugend, aber ich belasse es dabei. Mir wird ganz schlecht, wenn ich nur daran denke meine

Lina nie wieder in die Arme schließen und küssen zu können, ihren Duft nach Sommerblüten niemals mehr einatmen und ihre Haut schmecken zu können. Wenn ich mir vorstelle, wie sehr Lina leiden würde. Ich sehe ihr blasses, verweintes und kraftloses Gesicht bereits vor meinem inneren Auge. Die Enge in meinem Brustkorb hindert mich am Atmen und der Kontakt zu Janus und Chayim bricht ab. In meinem Kopf dreht sich alles und ich muss mich an eine Hauswand stützen. Der Versuch mich zu beruhigen und die schrecklichen Gedanken aus meinem Gehirn zu verbannen scheitert kläglich und ich muss mich hier, mitten auf dem Gehweg übergeben. Ein junges Mädchen, das mir gerade entgegenkommt, schaut angewidert und macht einen großen Bogen um mich herum. Ich fühle mich ohnmächtig und habe längst die Kontrolle über meinen Körper verloren. Stolpernd versuche ich mich weiter nach Hause zu schleppen, und probiere verzweifelt, mich auf den Beinen zu halten, dann sacke ich auf die Knie und werde bewusstlos.

Adrik

„Es tut mir so leid Charly! Aber ich kann das einfach nicht mehr, ich möchte dich nicht belügen, du hast etwas Besseres verdient."

Ich habe mich dazu entschieden mich von Charlotte zu trennen. Mittlerweile glaube ich nicht mehr daran, dass ich mich noch in sie verlieben werde. Die letzten Monate haben mir gezeigt, wie unterschiedlich wir zwei in Wirklichkeit sind.

„Du hast mich überhaupt nicht geliebt?", schluchzt Charly und sieht mich mit ihren großen verweinten Augen an. Ihre vom Mascara schwarz gefärbten Tränen, haben eine dunkle Spur auf ihre Wangen gezeichnet. „Ich hätte dich so gerne geliebt, das musst du mir glauben, aber ich fürchte, ich bin einfach noch nicht so weit. Es ist erst ein Jahr und ein paar Monate her, seit ich Ida verloren habe, und ich wollte es mir nicht eingestehen, aber ich bin definitiv noch nicht bereit dazu, eine neue Beziehung einzugehen, und mich ganz und gar neu zu verlieben." Sanft umfasse ich ihre Schultern und will sie tröstend umarmen, doch sie stößt mich von sich weg. „Du sagst, du willst mich nicht belügen, hast es aber die ganze Zeit getan."

Ich schüttele den Kopf. „Das stimmt nicht und das weißt du."

Ihre Trauer verwandelt sich langsam in Wut und ich trete automatisch einen kleinen Schritt zurück. „Doch, du hast mich die ganze Zeit nur benutzt! Ich war dein Experiment, mit dem du testen wolltest, ob du wieder bereit bist, mit jemandem zusammen zu sein! Weißt du was? Ich hasse dich!", schreit sie mich an und ich nehme es ihr nicht übel. Vielleicht habe ich es ja tatsächlich verdient. Möglicherweise war es ja wirklich egoistisch von mir, sie so lange hinzuhalten. „Ich wollte dir nie wehtun.", sage ich und sehe sie verständnisvoll an.

Ohne ein weiteres Wort stürmt Charlotte aus meiner Wohnung und lässt die Haustür laut ins Schloss knallen.

Erleichtert atme ich auf. Natürlich tut Charlotte mir leid, denn auch wenn ich sie nicht liebe, sie bedeutet mit trotzdem etwas. Aber es fällt eine riesig große Last von mir ab, weil ich jetzt nicht mehr versuchen muss, mich in sie zu verlieben, denn das hat mir doch mehr Energie geraubt, als ich dachte.

Einen kleinen Vorsprung gebe ich Charly noch, bevor auch ich meine Wohnung verlasse, um ein bisschen an die frische Luft zu gehen, bevor ich später losmuss zur Arbeit.

An zwei Abenden in der Woche arbeite ich, zusätzlich zu meinem Job als Eventmanager, noch für ein paar Stunden in einer Bar im Belgischen Viertel. Ich mag den Kontakt zu möglichst vielen verschiedenen Menschen und liebe es mir ihre Geschichten anzuhören, die mich oft zum Lachen bringen, aber auch mal ein offenes Ohr zu haben, wenn es jemandem nicht so gut geht. Hier bin ich mit meiner Engelsenergie genau an der richtigen Stelle und kann eine ganze Gruppe von Menschen damit erreichen.

Heute ist es echt kalt draußen, ich fröstele in meiner hellen Jeansjacke und verschränke meine Arme vor der Brust.

Ich biege um die Ecke und erkenne von Weitem, wie eine kleine Menschentraube sich um eine auf dem Gehweg liegende Person versammelt. Ich beschleunige meine Schritte, vielleicht kann ich helfen.

Als ich nah genug bin um zu erkennen, wer dort so hilflos
auf dem Boden liegt, jagt es mir einen Schauer über den
Rücken. Gabriel, der Erdenengel oder sagen wir besser
„Erdenerzengel“, dem ich vor ein paar Monaten das erste Mal
mit seiner Freundin Lina begegnet bin.

Er liegt auf dem Bauch, sein Gesicht zur Seite gedreht, seine
Flügel, die nur ich erkennen kann, liegen schlaff wie eine
schwere Decke über seinem regungslosen Körper.

„Was ist passiert?“, frage ich die Leute, die um ihn herum
stehen und sich gegenseitig ratlose Blicke zuwerfen. Ein Mann
mittleren Alters kniet neben Gabriel auf dem Boden und
ertastet den Puls an seinem Hals.

„Er ist ohnmächtig geworden glaube ich, vielleicht ist er
auch betrunken.“, antwortet mir eine Frau.

Ich knie mich ebenfalls zu Gabriel auf den Boden und
versuche, seine Energie zu erspüren. Seine Aura glüht, er muss
hohes Fieber haben. „Gabriel? Haben sie schon einen
Krankenwagen gerufen?“, frage ich in die Runde. „Nein noch
nicht, soll ich das machen?“, fragt ein weiterer Mann.

Kurz überlege ich. „Nein, warten sie noch einen Augenblick.
Er ist ein Freund von mir.“ Just in diesem Moment öffnet der
Engel langsam die Augen und hebt vorsichtig den Kopf an.
„Mir geht es gut.“, sagt er mit belegter Stimme.

„Kannst du aufstehen?“ Ich strecke ihm meine Hand
entgegen. „Ich bringe dich ins Krankenhaus, schaffst du es mit
meiner Hilfe, bis dahin zu laufen?“ Das Krankenhaus befindet
sich zum Glück in unmittelbarer Nähe.

„Nein, bloß nicht.“, stöhnt Gabriel und sieht mich flehend
an.

„Ich kümmere mich jetzt um ihn. Danke, dass sie helfen wollten.", sage ich an die anderen Leute gerichtet, die immer noch sehr besorgt beobachten, wie Gabriel sich langsam in den Sitz hochrappelt.

„Bitte, ich möchte einfach nur nach Hause.", sagt er und versucht, mit noch etwas wackeligen Knien, aufzustehen. „Lass mich dir helfen.", biete ich ihm an.

„Was ist los Gabriel? Wieso geht es dir so schlecht? Du hast Fieber.", sage ich, als der Abstand zu anderen Menschen groß genug ist.

„Es läuft alles aus dem Ruder, fürchte ich.", sagt er und sieht mich reumütig an.

„Erzähl mir, was passiert ist.", bitte ich ihn und breite eine beruhigende Energie um ihn aus.

Gabriel erzählt mir seine ganze faszinierende Geschichte von Beginn an und ich höre ihm aufmerksam und gespannt zu. Ich kann nun viel besser nachvollziehen, warum er sich dazu entschlossen hat, ein Erdenleben zu führen.

Inzwischen sind wir bei ihm zu Hause angekommen und er lässt sich völlig erschöpft auf einen Küchenstuhl sinken. Er sieht wirklich nicht gesund aus. Ich schnappe mir den Stuhl an der anderen Seite des kleinen Küchentisches. „Ich verstehe dich, Gabriel.", sage ich ehrlich. „Es war bestimmt nicht leicht für dich, Lina zu lieben und zu wissen, dass du nie mit ihr zusammen sein kannst, und ich freue mich wirklich für euch, dass ihr mit diesem Leben und der Ausnahme die für dich gemacht wurde, endlich eine Möglichkeit gefunden habt, zumindest vorübergehend ein Paar sein zu können.", „Ich danke dir Adrik. Aber ich weiß jetzt auch, dass du recht hattest mit dem, was du damals gesagt hast. Ein Erzengel hat auf der Erde nichts zu suchen." Gabriel senkt seinen Blick auf seine Hände, die er nervös knetet.

„Der Ansicht bin ich übrigens immer noch.", sage ich und bemerke, wie streng meine Stimme geklungen hat. „Alles, was du mir gerade erzählt hast, was da im Krankenhaus passiert ist, das kann auf keinen Fall so weitergehen. Du hast wirklich Glück gehabt, dass du bis jetzt so glimpflich davon gekommen bist, aber schon dein nächster „Fehler" kann einer zu viel sein." Gabriel nickt, „Ja, das ist mir mehr als bewusst."

Ich denke lange über die Wahl meiner nächsten Worte nach. Jetzt wo ich ihn besser kennengelernt habe, tut er mir wirklich leid, ich spüre den tiefen Schmerz, den er mit sich herum trägt und ich will ihn nicht noch weiter verletzen. „Mir ist es wirklich wichtig, dass du weißt, ich werde dich nicht einfach an die geistige Welt ausliefern. Ich denke, du hast es verdient, deine Chance hier unten so gut es geht zu nutzen. Aber als Erdenengel ist es nun mal auch eine meiner Aufgaben das kosmische Gleichgewicht zu wahren. Ich bitte dich darum, einfach mal darüber nachzudenken, ob deine Beziehung zu Lina es tatsächlich wert ist, sie über Gottes Pläne für den Aufstieg der Menschheit zu stellen. Solange es geht, gebe ich dir die Möglichkeit, selbst darüber zu entscheiden, welcher Weg für dich der richtige ist. Wenn es aber gar nicht mehr funktioniert, dann weißt du, mir bleibt keine andere Wahl als einzugreifen und mich an die anderen Erzengel zu wenden."

Ich hoffe, das Gabriel mir zugehört hat, denn er wirkt total kraftlos und stiert vor sich hin, ohne auch nur ein einziges Mal zu blinzeln.

„Gabriel?", versuche ich ihn aus seinen Gedanken zu holen. Er reibt sich mit den Händen über das Gesicht und sieht dann müde zu mir. „Du solltest dich ins Bett legen und dich ausruhen Kumpel." Ich stehe auf und klopfe ihm mit der Hand auf die Schulter. „Siehst echt nicht gut aus."

„Danke, dass du mir geholfen hast und für dein Verständnis." Auch Gabriel stellt sich hin und begleitet mich zur Haustür.

Kurz bevor ich gehe, krame ich eine Visitenkarte aus meinem Portemonnaie und halte sie ihm entgegen, „Hier steht meine Nummer drauf, falls du mal reden möchtest, bin ich da." Dann mache ich mich auf den Heimweg.

Lina

Abends warte ich am Ausgang des Krankenhauses auf Gabriel. Heute haben wir ausnahmsweise mal zur selben Zeit Feierabend und wollen zusammen etwas essen gehen, um auf seine erste OP anzustoßen. Ungeduldig schaue ich immer wieder auf mein Handy, wo bleibt er denn nur? Ich warte schon seit einer Viertelstunde mit einem mulmigen Gefühl in der Magengegend. Mein Inneres sagt mir, dass etwas schiefgegangen sein muss und ich entscheide mich dazu, ihn anzurufen.

„Es tut mir so leid Lina, ich habe mich nicht wohlgefühlt und bin schon zu Hause. Ich habe total vergessen, dir zu schreiben."

Gabriel hört sich wirklich nicht gut an, seine Stimme klingt total schwach.

„Oh nein, du Armer. Soll ich dir irgendetwas aus der Apotheke mitbringen? Hast du Tee zu Hause?", frage ich leicht besorgt. „Lieb von dir, aber ich habe alles da, außer dich, du fehlst mir.", antwortet er matt.

„Bin schon unterwegs." Ich beeile mich, zu ihm zu kommen und halte schon etliche Meter vor unserem Haus, den Hausschlüssel mit dem Flügelanhänger in der Hand, bereit um aufzuschließen.

Im Haus angekommen, sehe ich mich zuerst in der unteren Etage nach ihm um, doch er scheint sich ins Bett gelegt zu haben. Ich schleiche nach oben und öffne leise die Tür zum Schlafzimmer. Gabriel schläft.

Ich setze mich zu ihm an die Bettkante und stelle besorgt fest, dass er vom Fieber klatschnass geschwitzt ist. Ich berühre seine Wangen, die vor Hitze glühen und erschrecke mich, als ich spüre, dass seine Haut vibriert. Es fühlt sich an wie ein elektrisches Summen, so als wäre Gabriel statisch aufgeladen. Auch an seinen Armen spüre ich dieses seltsame Kribbeln. Er hatte öfters mal leichtes Fieber in letzter Zeit und ich habe immer vermutet, dass es vom Stress kommt oder von den vielen Keimen, denen er im Krankenhaus ausgesetzt ist, aber nie war es so schlimm wie jetzt und auch das Vibrieren ist neu.

Kurz überlege ich, ob ich ihn wecken soll, lasse ihn jedoch weiterschlafen und gehe runter in die Küche, um ihm eine Flasche Wasser zu holen. Wenn er aufwacht, wird er sicher durstig sein, so wie er schwitzt.

Plötzlich höre ich jemanden in der oberen Etage schreien und brauche eine Sekunde, um zu realisieren, dass es Gabriel ist, der meinen Namen ruft.

So schnell ich kann, hechte ich die Treppe wieder rauf und stürze ins Schlafzimmer, wo sich mein Freund im Bett hin und her wälzt. Er schläft noch immer, bestimmt träumt er schlecht. Beruhigend lege ich meine Hand auf seinen Brustkorb. „Schsch, Gabriel?", flüstere ich und versuche, ihn aus seinem Albtraum zu wecken.

Er öffnet seine Augen und schaut sich verwirrt um, dann erst nimmt er mich richtig wahr. „Lina, Gott sei Dank!", sagt er mit kratziger Stimme, sein Atem geht noch immer sehr schnell.

„Du hast nur schlecht geträumt. Ich bin bei dir, es ist alles gut.", sage ich und halte ihm die Flasche Wasser hin, die ich schon für ihn geöffnet habe. „Hier, trink mal einen Schluck."

Er nickt mir kurz dankbar zu und setzt sich im Bett auf, dann nimmt er die Flasche und trinkt gierig daraus.

„Dich hat es ja diesmal vollkommen aus der Bahn geworfen was? Hohes Fieber und dann auch noch ein Albtraum. Heute Morgen ging es dir doch noch gut, oder?" Sorgenvoll schaue ich in seine fiebrigen Augen.

„Ja, ich glaube heute ist nicht so mein Tag.", sagt er und ich spüre sofort, dass da noch mehr dahinter steckt.

„Ist deine OP nicht so gut verlaufen?", frage ich und er blickt beinahe verlegen in eine andere Richtung.

„Wenn du damit meinst, dass meine Patientin während des Eingriffs an einer Allergie gegen das Narkosemittel verstorben ist und ich sie nicht wiederbelebt habe, weil ihre Seele mir gesagt hat, dass es nicht zu ihrem Lebensplan gehört, dann ja."

„Oh nein." Mehr fällt mir im ersten Augenblick nicht dazu ein.

„Hat das jemand mitbekommen?" , „Ja, natürlich. Ich habe wirklich Glück gehabt, das man mich nicht sofort gekündigt hat."

Er erzählt mir, was passiert ist und ich spüre seine tiefe Verzweiflung darüber, wie sich die Dinge momentan entwickeln.

„Dieser Adrik war hier?", frage ich.

„Er hat mir nach Hause geholfen, da musste ich ihn doch wohl reinbitten. Außerdem wollte ich mir seine Sicht der Dinge anhören.", beschwichtigt Gabriel. Er hat sofort gemerkt, dass es Unbehagen in mir ausgelöst hat, dass er sich so lange mit Adrik unterhalten hat. Aber seitdem das erste Gespräch der beiden in einer Identitätskrise für Gabriel geendet hat, bin ich etwas vorsichtig, was fremde Erdenengel angeht. „Und was hat er gesagt? Wird er jetzt im Himmel petzen gehen?", frage ich mit einem Gefühl zwischen genervt und wütend in meinem Bauch.

„Das wird er nicht, nein. Zumindest vorerst." Er legt seine Hand auf meine Wange. „Er war eigentlich sogar überraschend verständnisvoll."

„Soll ich für dich im Krankenhaus anrufen und sagen, dass es dir nicht gut geht? Du kannst so morgen auf gar keinen Fall zu Arbeit." Ich merke selbst, dass ich mit meiner Frage eigentlich von dem ablenken will, was zwischen uns beiden gerade unausgesprochen bleibt. Wenn ich in seine Augen blicke, weiß ich alles. Ich weiß, dass er schon wieder darüber nachdenkt, sein Leben hier aufzugeben, und auch wenn ich es mir selbst nicht eingestehen möchte, tief in mir drin weiß auch ich, dass es so nicht weitergehen kann und wir keine andere Lösung finden werden. Diese Erkenntnis ist so schmerzhaft, dass ich sie am liebsten verdrängen würde.

„Engelchen?" Gabriel spricht mit ruhiger Stimme und streicht mit seiner Hand sanft über mein Ohr, dann vergräbt er sie in meinen Haaren. Ich möchte meinen Kopf wegdrehen, denn ich will auf gar keinen Fall hören, was er mir gleich sagen wird, doch er dreht meinen Kopf entschlossen wieder in seine Richtung und mir bleibt nichts anderes übrig als ihn anzusehen.

„Du machst mich glücklich mein Engel, aber weißt du was? Ich bin hier nicht glücklich. Nicht mehr. Die niedrige Frequenz hier auf der Erde macht mich krank. Ich habe so viele Selbstzweifel und Sorgen. Seitdem ich weiß wer ich bin, kann ich diese Gefühle nur noch sehr schlecht ertragen und sie ziehen mich immer tiefer hinunter. Meine hohe Schwingung kann sich in der grobstofflichen Welt nicht frei entfalten, deshalb staut sie sich in mir und lässt mich jetzt sogar schon fiebern. In mir herrscht ein enormer Druck und er lässt sich einfach nicht mehr lindern.“

Ich kann nichts dazu sagen, mein Hals ist wie zugeschnürt und lässt mich nur noch gerade so viel Luft atmen, wie nötig ist, um mich bei Bewusstsein zu halten.

„Lina, du musst mir glauben, dass mir diese Entscheidung auf keinen Fall leicht fällt. Es ist das Schwerste, was ich jemals tun musste, aber es ist das Richtige.“

Verzweifelt versuche ich, den dicken Kloß in meiner Kehle herunterzuschlucken, das Kribbeln und Brennen in meiner Nase zu ignorieren. Schlucken, noch mal schlucken. Länger kann ich meine Tränen nicht zurückhalten. „Was meinst du?“, frage ich mit zitternder Unterlippe, obwohl ich die Antwort bereits kenne.

Gabriel nimmt mich fest in seine Arme. Eine glühende Hitze geht von ihm aus, sein Fieber muss noch weiter angestiegen sein.

„Ich möchte nach Hause gehen, Lina. Ich finde mich auf der Erde einfach nicht mehr zurecht und ich kann meine Fähigkeiten nicht mehr unterdrücken. Sie machen es mir mittlerweile unmöglich einen normalen Alltag zu führen.“

„Nein.“, sage ich leise und erschöpft, versuche jedoch nicht mehr ihn umzustimmen, denn ich wüsste nicht einmal mehr womit. Ein lautes Schluchzen schüttelt meinen Körper, Gabriel hält mich fest und möchte diesmal der Stärkere von uns beiden sein, obwohl es ihm unglaublich schwer fällt.

„Ich werde dich für immer lieben.“, vorsichtig streicht er eine vom Weinen nasse Haarsträhne aus meinem Gesicht und ich sehe, dass auch er seine Trauer nicht mehr zurückhalten kann. Ich weine weiter, kann ihm nicht antworten, schaffe es nicht einmal mehr vernünftig einzuatmen und habe das Gefühl in meinen Tränen zu ertrinken, an dem Druck auf meiner Brust zu ersticken. Meine unendliche Traurigkeit lähmt mich und ich hänge schlaff in Gabriels Armen, unfähig mich zu bewegen.

Wir weinen gemeinsam und halten einander fest.

Es ist so unwirklich. Auch wenn uns ein unglaubliches Schicksal verbindet, für mich ist es einfacher daran zu glauben, dass wir beide Engel sind, als zu begreifen, dass ich schon bald ohne ihn weiterleben muss. „Was soll ich denn nur ohne dich machen?", schluchze ich. Gabriel schluckt schwer, bevor er mir antwortet. „Du musst dein Leben hier weiterleben.", „Das kann ich nicht! Ich brauche dich hier!" Meine Stimme wird lauter und ich kralle meine Finger in seine Schultermuskulatur, um nicht den Halt zu verlieren.

„Doch, du schaffst das, es ist nur ein kleines Leben von so vielen. Und ich werde dich niemals alleine lassen, das verspreche ich dir."

Die Gedanken in meinem Kopf kreisen, so viele verschiedene Gefühle auf einmal, habe ich bisher noch nie gespürt.

Die tiefe und niemals endende Liebe für meinen Gabriel, der mich doch fast mein ganzes Leben lang begleitet hat. Trauer, unendlich und unbeschreiblich tiefe Trauer und Schmerz, zu wissen, dass ich ihn für immer verloren habe. Hoffnung, dass es vielleicht doch noch etwas geben könnte, dass wir tun können, damit alles wieder so wird wie am Anfang. Wut, Wut auf Adrik, ich wünschte, wir wären diesem arroganten Kerl niemals begegnet. Er war es, der Gabriel diese Selbstzweifel ins Hirn gepflanzt hat, er manipuliert ihn, damit er aufgibt. Er ist sauer und eifersüchtig, dass er seine Engelspartnerin verloren hat, und kann es nicht ertragen, dass Gabriel und ich zusammen so glücklich sind.

Gleichzeitig fühle ich mich schuldig, denn ich weiß, dass ich Adrik mit meiner Wut unrecht tue und dass ich ihn als Ventil benutze, damit ich nicht ganz alleine für meine Gefühle verantwortlich bin.

Ich bin enttäuscht, dass Gabriel so schnell aufgibt, obwohl ich sehen kann, wie es ihn innerlich zerreißt und wie krank es ihn macht.

„Ich bin einfach nicht für die Erde geschaffen. Ich kann ja nicht einmal kochen." Gabriel ringt sich ein kleines Lächeln ab und auch ich muss bei der Erinnerung an die schwarze Pfanne kurz schmunzeln, aber die Traurigkeit ist stärker und zieht mich direkt wieder in einen Strudel der Tränen. „Ich möchte mit dir kommen.", sage ich und beiße fest auf meine Unterlippe.

„Und dann? Du weißt das wir in der geistigen Welt auch nicht zusammen sein können, dort stehen meine Aufgaben als Erzengel an erster und einziger Stelle."

„Aber ohne dich will ich nicht hier sein. Ohne dich will ich überhaupt nicht sein! Wenn man uns dort nicht zusammensein lässt, dann will ich mit dem Himmel nichts mehr zu tun haben!", sage ich böse.

„Ich verstehe dich so gut. Aber wir sind immer noch Engel. Selbstverständlich haben wir in gewisser Weise einen freien Willen, was unser Leben auf der Erde angeht und trotzdem unterliegen wir dem göttlichen Plan. Natürlich sind wir hier um uns selbst zu erfahren, wir dürfen jedoch nicht vergessen, dass diese Erfahrung auch mit der Aufgabe verknüpft ist, den Menschen eine Hilfe bei ihrem Aufstieg zu sein. Manchmal erscheint uns diese Aufgabe klein und unscheinbar und wir denken, dass es auf einen Erdenengel mehr oder weniger nicht ankommt. Aber egal wie klein dein Beitrag deiner Meinung nach auch zu sein scheint, für das Kollektiv bedeutet er alles!", liebevoll sieht er mich an und versucht mir mit seinem Lächeln Mut zu machen.

„Wir haben es versucht Lina, aber jetzt müssen wir uns eingestehen, dass es einfach nicht funktioniert. Unsere telepathische Verbindung wird immer bestehen bleiben, wenn du das möchtest und eines Tages wird es uns leichter fallen."

Er wischt mit dem Daumen die Tränen aus meinem Gesicht und legt dann seine Stirn an meine.

„Wann wirst du gehen? Und vor allem wie?" Ihn das zu fragen fällt mir besonders schwer, denn es bedeutet, dass das hier gerade wirklich passiert.

„Ich denke, wir sollten später gemeinsam in die geistige Welt reisen. Die anderen aus unserer Engelfamilie können dich dann direkt auffangen, wenn ich dortbleibe. Wir können dann auch besprechen wie es für dich weitergehen soll."

„Du willst schon heute gehen?", frage ich erschrocken, „Bitte bleib doch wenigstens noch ein paar Tage bei mir. Wenn du dich von der Arbeit abmeldest, kann doch nichts Schlimmes mehr passieren.", flehend sehe ich ihn an, doch er schüttelt entschuldigend den Kopf. „Ich kann nicht mehr Lina. Mir geht es wirklich nicht gut und mit jeder Stunde, die vergeht, wird es schlimmer. Ich habe starke Schmerzen, so als würde es mich von innen aufreißen, mein Körper möchte in seine wahre Energieform zurück." Ist das etwa auch der Auslöser für das elektrische Vibrieren seiner Haut, welches ich vorhin gespürt habe?

„Seit wann hast du diese Schmerzen?", „Schon ein paar Wochen, aber ich habe ständig versucht, sie zu verdrängen und gehofft sie würden sich mit der Zeit legen."

Ich bin geschockt, dass er nie mit mir darüber gesprochen hat.

„Warum habe ich das nicht mitbekommen?" Mein schlechtes Gewissen plagt mich, bin ich wirklich so unsensibel Gabriel gegenüber? Ich hätte doch merken müssen, dass er sich mit physischen Schmerzen quält. „Ganz einfach, weil ich nicht wollte, dass du es mitbekommst. Mein emotionales Leid hat dich schon so sehr belastet, ich wollte dir nicht noch mehr zumuten."

„Du leidest und willst mir nichts zumuten? Du spinnst ja wohl. Ich will immer für dich da sein, ich liebe dich doch!"

„Ich liebe dich auch." Er küsst mich zärtlich und ich versuche jedes Gefühl, das während dieses Kusses in mir aufsteigt, zu speichern. Ich möchte jeden einzelnen dieser letzten Momente mit ihm für immer in meiner Erinnerung wahren. Ich schaue ihn an und merke mir jedes Detail seines perfekten Gesichtes, obwohl ich es ohnehin niemals vergessen könnte.

„Was sollen wir den anderen sagen? Ich meine, wie soll ich meinen Eltern oder Emma erklären das du plötzlich nicht mehr da bist? Und was ist mit deinen Eltern?", frage ich unruhig.

Meine Eltern würden mir niemals glauben, wenn ich ihnen erzählen würde, dass Gabriel so mir nichts dir nichts wieder zurück in die USA fliegt und zwar für immer.

„Mach dir keine Sorgen. Das mit meinen Eltern regele ich, was deine Eltern und Emma angeht, wie sehr vertraust du ihnen? Können sie ein Geheimnis ganz und gar für sich behalten?"

Darüber brauche ich nicht einmal eine Sekunde nachzudenken. „Ich vertraue ihnen mein Leben an.", sage ich bestimmt.

„Sehr gut, dann wirst du ihnen alles über uns erzählen. Es ist mir wichtig, dass du jemanden hast, mit dem du reden kannst. Du sollst niemals das Gefühl haben alleine mit deiner Trauer zurechtkommen zu müssen." Ich bin unendlich erleichtert, als er das sagt. Ich kann so ein großes Geheimnis nicht ein Leben lang alleine mit mir herumtragen.

„Ich kann dich nicht besuchen kommen, habe ich recht? Das Edelsteinherz funktioniert nur, wenn wir es zusammen benutzen." Es hätte die Situation für mich um einiges leichter gemacht, wenn ich zu ihm teleportieren könnte, wann ich möchte. Aber ich vermute, dass ich ohne ihn so schnell nicht mehr physisch in die geistige Welt reisen kann.

„Dann bin ich also ab jetzt ganz auf mich allein gestellt, was meine Aufgaben als Erdenengel angeht.", füge ich bedrückt hinzu.

„Ich glaube, da lässt sich etwas machen.", erwidert er mit einem geheimnisvollen Funkeln in seinen Augen. Sind seine Lippen etwa zu einem kleinen Lächeln verzogen?

„Was meinst du?", frage ich irritiert. „Das wirst du noch früh genug erfahren." Mehr ist nicht aus ihm herauszubekommen.

Mit noch immer vom Weinen geschwollenen Gesichtern, halten wir das vor Energie wummernde Herz aus Rosenquarz in unseren Händen und begeben uns auf diese letzte gemeinsame Reise, bevor sich unsere Wege für immer trennen.

Unsere Körper lösen sich im glitzernden Nebel auf und kommen erst wieder in ihre alte Form zurück, als wir in der großen und grenzenlosen Halle angekommen sind, in der sich das ganze Universum zu unseren Füßen erstreckt.

Wir halten uns an den Händen und laufen sehr langsam und zögerlich auf den Raum zu, in dem unsere Engelfamilie auf uns wartet.

Vor der Tür bleiben wir stehen.

Gabriel sieht mich traurig an und drückt meine Hand fester. „Bitte hör auf zu weinen Linchen, ich weiß, dass du mir in diesem Moment nicht glauben wirst, dass es die richtige Entscheidung ist und es mit der Zeit leichter wird. Aber das wird es. Ich bin mir ganz sicher!"

Eine letzte Träne kullert über meine Wange und tropft in die Unendlichkeit.

Wird verschluckt vom Universum.

Ich habe das Gefühl, mein Leben endet hier.

Mein Herz werde ich hier zurücklassen, weil es an Gabriel geknüpft ist. Mir wird klar, dass es noch nie mir gehört hat. Es gehörte schon immer ihm.

„Bist du dir noch sicher Gabriel? Ich schätze, es wird zu spät sein, wenn wir jetzt durch diese Tür gehen." Meine Worte werden von Schluchzern begleitet. Gabriel umfängt mich liebevoll mit seinen Armen und legt seine Lichtflügel um uns. Meine Flügel fühlen sich einfach kraftlos an und mir ist gerade nicht danach, sie voll zu entfalten. Kummer und Schmerz sind bis in jede meiner Körperzellen vorgedrungen und machen es mir unmöglich, meinen Körper mehr zu bewegen als nötig ist. Ich schaffe es so gerade eben, mich durch flaches Atmen am Leben zu halten, und jeder einzelne Schritt, den ich gehe, ist roboterhaft und automatisiert, sodass ich nicht darüber nachdenken muss, weil ich es auch nicht kann.

Ich küsse ihn und blende alles um uns herum aus. In diesem Augenblick ist er die ganze Welt, sind er und ich alles, was je existiert hat und existieren wird.

„Bereit?", wispert er dicht an meinem Ohr. Alles in mir schreit danach den Kopf zu schütteln und zu schreien. Nein!

Ich führe einen schweren inneren Kampf aus, um endlich ein leichtes Nicken zustande zu bringen.

Er streckt seine Handfläche aus und öffnet mit seiner Energie die Tür zu dem Raum, in dem sich mein Leben ein weiteres Mal für immer verändern wird.

Die anderen Erdenengel sind bereits hier und wissen von Gabriels Entschluss. Ich trete mutlos über die Türschwelle, dicht gefolgt von Gabriel. Verschwommen blicke ich durch meine verweinten Augen in die Runde der Erdenengelpaare. Angespannt sitzen sie auf den, mir heute richtig grau erscheinenden, geblümten Sesseln und starren uns mitleidig an.

Heute fühlt es sich anders an hier zu sein. Irgendwie falsch.

Elisann bemerkt direkt, was in mir vorgeht. Sie steht auf und kommt auf mich zu, um mich zu umarmen. „Du bist nicht alleine meine Liebe! Wir alle hier stehen für immer hinter dir und werden dir helfen, es durchzustehen." Ich schaffe es nicht, ihre Umarmung zu erwidern, dafür sind meine Arme nicht in der Lage. Mein Gehirn ist mit den vielen Gefühlen und Gedanken so überfordert, dass es keine Zeit mehr hat mich motorisch zu steuern. Ich weiß nicht einmal, ob ich es in diesem Zustand schaffen würde, vor einem wilden Tier zu flüchten.

„Danke.", forme ich lautlos.

Gabriel zieht mich dicht an seine Seite, um mich zu stützen, während wir auf die Sessel in der Sitzgruppe zusteuern, auf denen wir bisher immer gesessen haben.

Mein Verstand ist zu langsam um direkt zu bemerken was, aber irgendetwas stimmt hier nicht. Es müssten sechs Sessel besetzt sein, damit noch genau zwei für uns übrig bleiben. Es ist aber nur noch einer frei und auf diesen drückt mich Gabriel, ich sehe nach links zu Gabriels Platz und spüre, wie Säure aus meinem Magen hochsteigt.

Ich bin geschockt.

Dort wo sonst mein Freund sitzt, hat sich nun ein anderer Erdenengel breitgemacht und ich werfe ihm einen missbilligenden Blick zu. „Was willst du hier?", zische ich. Und stehe ruckartig wieder auf. Gabriel hält mich an meinen Schultern fest und versucht, mich zu beruhigen, aber das Adrenalin rauscht bereits durch meine Adern und ich baue mich wütend vor Adrik auf.

„Lass es mich bitte erklären Lina ... ", sagt er und hebt beschwichtigend beide Hände vor seinen Körper. „Nein!", rufe ich und lasse ihm keine Gelegenheit seinen Satz zu Ende zu führen. „Du hast Gabriel erst dazu getrieben die Erde verlassen zu wollen und jetzt sitzt du hier auf seinem Platz, dabei hast du hier nichts verloren! Wie bist du überhaupt hier her gekommen? Ich dachte, ein Erdenengel kann nicht ohne seine zweite Hälfte zurückkehren?" Meine Hände sind zu Fäusten geballt und mein Gesicht wutverzerrt. Ich will noch einen

Schritt auf ihn zugehen und ihn von Gabriels Sessel herunterzerren, aber dieser hält mich zurück, indem er seine Arme von hinten um meinen Brustkorb schlingt.

„Lina, bitte hör uns erst zu, bevor du urteilst."

Kurze Schadenfreude flammt in mir auf. Vielleicht bekommt er jetzt Ärger dafür, dass er Gabriel den letzten Mut genommen hat.

Elisann umfasst sachte meine Handgelenke und will mich wieder auf meinen Sessel bugsieren. Dann ergreift Janus das Wort.

„Ihr zwei kennt Adrik ja bereits.", sagt er und blickt von mir zu Gabriel, um sich seine Aussage noch einmal bestätigen zu lassen. Der Ausdruck in meinem Gesicht ist Antwort genug.

„Adrik hat vor einem Jahr seine Partnerin bei einem Unfall verloren und ist seitdem komplett an die Erde gebunden. Als er davon erfahren hat, dass Gabriel sich wieder ganz seinem Amt als Erzengel zuwenden und in die geistige Welt zurückkehren wird, hat er sich angeboten dir zu helfen. Er hat vorgeschlagen, die Aufgabe als deinen neuen Engelpartner zu übernehmen, sodass es dir weiterhin möglich ist, hierher zu reisen und den persönlichen Kontakt zu uns, deiner Familie, zu halten."

Wie bitte? Ich koche vor Wut und kann meine Gedanken nicht länger für mich behalten. „Er hat sich angeboten, mir zu helfen? Das ich nicht lache! Gib es doch einfach zu, du bist eifersüchtig auf unsere Beziehung und kannst es einfach nicht ertragen, dass du alleine bist. Du wolltest diese Chance doch nur für dich ausnutzen, damit du deine Partnerin hier besuchen kannst, wann immer es dir passt. Und jetzt wagst du es, in dieser schlimmen Situation hierher zu kommen und heuchlerisch zu erzählen, du würdest das alles für mich tun?

Weißt du was? Ich will deine Hilfe nicht! Lieber bleibe ich für dieses Leben allein und nur auf der Erde."

Ich blicke in Adriks geschocktes Gesicht, in meinem Bauch hat sich ein dicker Knoten gebildet, und mein Atem geht viel zu schnell. Gabriel, der direkt neben mir auf die Knie gegangen ist, will mich beruhigen. „Engelchen, er hat deine Wut nicht verdient.", sagt er leise. „Ich habe Adrik zu dieser Entscheidung ermutigt. Ich fühle mich besser, wenn du jemanden an deiner Seite hast, der auch über alles Bescheid weiß. Und hey, du kannst weiterhin hierherkommen und mich physisch besuchen!"

„Du hast davon gewusst?" Mir zieht es nun endgültig den Boden unter den Füßen weg. Am liebsten würde ich jetzt beleidigt stampfend den Raum verlassen und die Tür hinter mir zuknallen. Ich bin enttäuscht und fühle mich belogen. Alles hat er geplant, ohne mich mit einzubeziehen. Wieso hat mich keiner gefragt, was ich will? Ich will keinen arroganten Engel an meiner Seite, der mich nur ausnutzt, um seine Freundin zu besuchen.

„Gabriel, wieso machst du so etwas hinter meinem Rücken?", frage ich.

„Weil ich gewusst habe, dass du nein sagen wirst. Aber es ist nur zu deinem Besten und früher oder später wirst auch du das verstehen können." Er legt den Kopf schief und hebt einen Mundwinkel zu einem hilflosen Lächeln.

„Natürlich hätte ich nein gesagt! Wie kann der da zu meinem Besten sein? Seit wir ihn getroffen haben, geht alles schief! Er hat mein, unser gemeinsames Leben zerstört!" Ich zeige auf Adrik. Tränen der Wut sammeln sich in meinen

Augen und ich kann Gabriel, der mittlerweile direkt vor mir kniet, dadurch nur noch verschwommen sehen.

„Das stimmt nicht, und im Grunde weißt du das auch. Ich weiß genau wie du dich fühlst und das es nichts gibt, was ich jetzt tun kann, damit es dir besser geht."

„Doch! Du kannst mit mir zurück nach Hause kommen. Wir fangen einfach noch mal neu an, bis jetzt ist doch noch nichts Schlimmes passiert."

Mit leidendem Gesichtsausdruck schüttelt Gabriel langsam den Kopf.

„Das funktioniert nicht Lina, kapierst du es denn nicht? Gabriel ist eine tickende Zeitbombe! Ich habe es ja schon die ganze Zeit gesagt, aber auf mich hört ja keiner!", mischt Ben sich auf einmal ein.

„Was ist überhaupt dein Problem?", schreie ich ihn an, „Schon seit ich dich kenne, bist du uns gegenüber total unfreundlich, dabei haben wir dir nichts getan!"

Ben bringt mich in Rage, ich hasse es hier zu sein und will am liebsten einfach nur weg. Von wegen im Himmel ist alles immer nur Friede, Freude, Eierkuchen, auch unter Engeln kann es scheinbar ein richtiges Donnerwetter geben.

Ich habe eigentlich fest damit gerechnet, dass Ben jetzt völlig die Fassung verliert, so wie ich ihn gerade aus der Reserve gelockt habe, aber erstaunlicherweise bleibt er völlig ruhig. Sein Blick wirkt jetzt sogar eher sanft und entschuldigend.

„Es war nie meine Absicht, unfreundlich zu euch zu sein. Ich weiß, dass es schwierig ist mit meiner direkten und impulsiven Art klarzukommen, aber was ich sage meine ich niemals böse. Von Anfang an war ich einfach nur besorgt um

euch beide. Wir alle hier haben geahnt, dass Gabriel früher oder
später in die geistige Welt zurückkommen wird, aber ich bin
der einzige, der es offen ausgesprochen hat." Ben schaut direkt
in meine Augen und ich bemühe mich, seinem Blick stand zu
halten. Ich weiß nicht, wie ich jetzt reagieren soll. Einerseits ist
noch so viel Wut in mir, die einfach aus mir herausbrechen
will, doch andererseits verliere ich langsam die Kraft und weiß,
dass es zwecklos ist, denn niemand hat wirklich Schuld an
dieser Situation.

„Es ist ok Lina, du darfst wütend sein. Ich denke ich spreche
für uns alle, wenn ich sage, dass wir dich verstehen können und
wir deinen Zorn nicht persönlich nehmen.", sagt Ben.

„Er hat recht, wir halten das schon aus.", zwinkert Mara mir
zu und auch die anderen stimmen nickend und lächelnd zu.

Gabriel hebt eine Hand an meine Wange und ich komme
langsam zu Besinnung. Mir ist es peinlich, die Kontrolle über
meine Gefühle verloren zu haben, denn so kenne ich mich
nicht. Ich blicke zu Boden. „Es tut mir leid.", flüstere ich
beschämt.

„Du brauchst dich nicht zu entschuldigen, es ist sehr
wichtig, seine Gefühle zuzulassen, um Dinge verarbeiten zu
können. Auch Engel dürfen Wut empfinden, ohne sich deshalb
schämen zu müssen.", sagt Elisann freundlich.

Vorsichtig sehe ich zu Adrik rüber, ich glaube, ich habe
wirklich etwas überreagiert. Obwohl ich noch immer damit
hadere ihm zu glauben, er hätte völlig selbstlos seine Hilfe
angeboten.

„Wenn du möchtest, dass ich gehe, dann tue ich das." Adrik
wartet geduldig meine Antwort ab. Ich sehe zu Gabriel, der mir

aufmunternd zunickt, und beschließe dann, ihm eine Chance zu geben.

„Nein, ich denke, wir könnten es ja mal versuchen."

Adrik strahlt mich erleichtert an und auch auf meine Lippen schleicht sich ein kleines, ehrliches Lächeln. Vielleicht ist es ja doch keine so schlechte Idee.

Kurze Zeit verspüre ich einen leichten Anflug von Hoffnung, dass alles gut so ist, wie es ist, doch was jetzt passiert versetzt mir erneut einen harten Schlag in die Magengrube. Die Tür öffnet sich, und drei der vier höchsten Erzengel Gottes, treten in den Raum. Ich habe keine Ahnung woher ich weiß, wer sie sind, ich spüre es einfach. Wahrscheinlich eine Erinnerung an die Zeit, zu der ich hier gelebt habe, bevor ich auf die Erde gegangen bin.

Gabriels Brüder Uriel, Michael und Raphael erscheinen uns als zwei Meter große, strahlend helle Gestalten und sie erhellen den Raum, als würde die Sonne höchstpersönlich von der Decke baumeln. Ihre Flügel sind enorm groß und wirken unglaublich kräftig. Ihre Auren strahlen in einer so klaren goldenen Farbe, wie ich sie auf der Erde noch nie gesehen habe und sie sind umhüllt von einer Energie, die mich vor Ehrfurcht erstarren lässt.

„Bist du bereit Bruder?", fragt Michael mit tiefer Stimme.

„Gebt mir noch einen Augenblick, bitte.", antwortet Gabriel, „Ich brauche noch eine Minute mit Lina allein."

„Nun gut, nehmt euch die Zeit, die ihr braucht, um euch zu verabschieden.", willigt Michael ein.

Gabriel nimmt das Edelsteinherz aus seiner Hosentasche und fordert mich auf, mich zu ihm zu stellen. „Komm, wir gehen dafür an einen anderen Ort. Ich möchte noch kurz mit dir alleine sein."

Ich lege meine Hände über das Herz, welches er mir entgegenhält und ehe ich fragen kann, an welchen Ort es uns bringen wird, tut unser Rosenquarz seinen Dienst und setzt uns, in den gewohnten Glitzernebel gehüllt, sanft auf weichem Boden ab.

Wir stehen in einem märchenhaft schönen Garten, sind umgeben von sommerlich warmen Temperaturen und Blumen die so farbenfroh blühen, dass die buntesten Gärten auf der Erde niemals mithalten könnten. In der Ferne hört man das sanfte und beruhigende Plätschern eines Wasserlaufs.

Ich drehe mich einmal um mich selbst und kann mich einfach nicht sattsehen. Nie habe ich so etwas Schönes gesehen. Große Schmetterlinge schwirren tanzend durch die Luft und bei genauerem Hinsehen erkennt man, das einige von ihnen eigentlich Feen sind, deren Flügel denen der Schmetterlinge ähneln. Dieser Ort macht mich glücklich und lässt mich für ein paar Sekunden meine ganzen Sorgen vergessen. Am liebsten würde ich einfach für immer hierbleiben und alles andere hinter mir lassen.

„Das ist unglaublich!", rufe ich euphorisch. „Wo sind wir?"

„In einer Realität, die ich gerade für uns erschaffen habe.", antwortet Gabriel. Überrascht schaue ich ihn an. „Erinnerst du dich noch, als ich dir die verschiedenen Dimensionen erklärt habe? Daran, dass die Erde momentan in einem Übergang von der dritten Dimension in eine höhere ist? In der geistigen Welt gibt es diese niedrig schwingenden Dimensionen, aus denen ein Aufstieg erfolgen kann, nicht. Hier schwingt schon immer, alles auf höchster Frequenz. Ähnlich wie die 6. Dimension, die höchste Dimension, die auf Erden erreicht werden kann.

Das Leben hier, ist wie ein Kunstwerk, das erschaffen werden will. Allein aus unserer Vorstellung heraus, können wir alles entstehen lassen, was wir wollen. Denn Gott ist unser aller Quelle, somit sind wir alle Schöpfer.", erklärt er.

„Hier im Himmel sind wir Schöpfer?", versuche ich zu verstehen.

„Nein, das sind wir immer. Als Mensch können wir uns daran nicht erinnern, aber jeder Einzelne besteht aus Energie. Wenn die Menschen dies während ihres Erwachens begreifen, dann werden sie auch verstehen, dass sich nicht nur ihr Körper bewegen lässt, sondern auch ihre Energie. Der Körper an sich ist so winzig klein im Gegensatz zu seinem Energiefeld oder sagen wir zur Aura eines Menschen. Du kannst die Auren erkennen und siehst, wie weit sie sich streckt." Er stoppt kurz und gibt mir Zeit zu verstehen, ich nicke.

„Auch als Mensch kann man lernen, sein Energiefeld zu bündeln, um daraus Kraft entstehen zu lassen, denk zum Beispiel an Telekinese. Alles ist möglich! Durch Gedanken erschaffen auch die Menschen ihre eigene Realität. Ein Mensch der stets optimistisch in seine Zukunft blickt und alles dafür tut diese positive Energie zu fühlen, wird auch ein erfülltes Leben haben, weil er eben dieses mit seinen Gedanken anzieht.

Jemandem, der immer nur negativ eingestellt ist und nicht daran glaubt, ihm könnte etwas Gutes widerfahren, ist es kaum möglich positive Dinge in sein Leben zu ziehen. Erst muss er seine Gedanken umzulenken, auf etwas Gutes, etwas Glückliches und Schwingungserhöhendes. Er muss lernen, dankbar zu sein, für das, was er hat. Die Gedanken funktionieren wie ein Magnet und wenn man das erkannt hat, ist man der Schöpfer seiner eigenen Realität." Seine Augen leuchten, die Menschheit hat so viel Potenzial.

„Und wir können den Menschen lehren, sich endlich selbst für etwas Besonderes und Göttliches zu halten, und ihre begrenzten Gefühle und Wahrnehmungen endlich auf das nächste Energielevel anzuheben.", sage ich.

„Genau.", stimmt Gabriel mir zu. Langsam verschwindet das Lächeln aus seinem Gesicht. „Es wird Zeit Lina."

Fast hätte ich vergessen, warum wir hier sind und seine Worte treffen mich mit voller Wucht, obwohl ich doch wusste, dass sich der Moment des Abschieds nicht mehr lange hinauszögern lässt. Warum können wir nicht einfach für immer hierbleiben?

Er legt seine Stirn an meine und ich weiß, er wird mich für immer lieben, genauso wie ich ihn für immer lieben werde.

Ein zärtlicher Kuss, den er auf meine rechte Schläfe haucht, seine Hand, die behutsam meine linke Wange berührt und runter in meinen Nacken wandert, seine Nase, die leicht die meine streift und seine Lippen, die sich nur noch dieses eine Mal intensiv und leidenschaftlich mit meinen verbinden.

Die Umgebung um mich herum beginnt sich zu drehen und ich kann sie nicht mehr klar erkennen. Ich weiß was nach diesem Kuss, passieren wird, also klammere ich mich an Gabriel, als könnte ich ihn so für immer an mich binden. Vorsichtig, schiebt er mich etwas von sich weg und ich versuche, fast krampfhaft, den Kuss zwischen uns für keine Sekunde zu unterbrechen, sodass er hoffentlich niemals endet.

„Engelchen, du machst es dir selbst so schwer." Eine Träne rollt seine Wange hinunter.

„Ich weiß.", meine Stimme klingt rau, denn der Kummer schnürt mir die Kehle zu. Mein Atem geht flach, um tiefer einzuatmen, fehlt mir mental die Kraft.

Kalter Schweiß bildet sich auf meiner Stirn, als Gabriel das Edelsteinherz hervorholt, jetzt ist es soweit und ich kann rein gar nichts mehr dagegen tun. Ich muss mich dem fügen was jetzt auf mich zukommt.

Eng umschlungen verschmelzen unsere Körper mit dem Nebel um uns herum und erscheinen wieder in dem hellen Raum, wo man bereits auf uns wartet.

Mitfühlende Blicke von allen Seiten.

Es fühlt sich so falsch an, dass Gabriel jetzt für immer hierbleibt.

Mit seiner tiefen und durchdringend klaren Stimme meldet sich Erzengel Raphael zu Wort.

„Nun ist es so weit, willkommen zurück Bruder Gabriel. Dir wurde eine besondere Erlaubnis zuteil und ich wünsche dir, dass du von dieser Erfahrung zehren wirst. Dir Lina danke ich, dass du diesen Weg gemeinsam mit Gabriel gegangen bist. Wir wissen, du bringst ein großes Opfer, indem du ihn nun gehen lässt.

Dein Leben wird nun mächtig auf die Probe gestellt und es wird dunkle Stunden geben. Niemals wird es aber einsame Stunden geben, denn du bist nie allein. Niemand ist jemals allein. Gib nicht auf und vertraue darauf, dass deine Wunden heilen werden.

Sei dir gewiss, dass du glücklich sein wirst." Es liegt so viel Liebe in seinen Worten, dass es mir abermals die Tränen in die Augen treibt und mich wissen lässt, dass ich das nicht alleine durchstehen muss.

Ich zucke kurz zusammen, als ein helles goldenes Licht aus Gabriels Brust herausbricht und sich dann um ihn herum in seiner Aura verteilt. Sein ohnehin schon goldenes Energiefeld ist jetzt noch deutlicher sichtbar und ich kann es nun sogar ganz deutlich spüren. Es ist dasselbe Gefühl, das ich vorhin an seinem Arm gespürt habe, als er fiebernd im Bett lag. Aber jetzt kann ich die summende Schwingung fühlen, ohne ihn zu berühren. Zaghaft greife ich nach seiner Hand, aber er zieht sie zurück und sieht mich entschuldigend an. Im gleichen Moment verändert sich sein Äußeres und gleicht von Sekunde zu Sekunde mehr den anderen Erzengeln. Im Grunde bleibt er noch er selbst, aber sein Körper wird durchscheinender und sein Leuchten stärker. Seine Alltagskleidung ist einem langen cremeweißen Gewand gewichen und seine Flügel haben sich um ein Vielfaches vergrößert.

Mit seiner neuen mächtigen Ausstrahlung tritt Gabriel nun vor mich. Mir wird leicht schwindelig, als er näher kommt und mir nun doch seine Hand entgegen streckt. Die Energie, die ihn jetzt umgibt, ist wirklich bemerkenswert und ich kann jetzt besser verstehen, wie viel Kraft es ihn gekostet haben muss, diese so lange zurückzuhalten. Mein Körper vibriert als er in Gabriels Aurafeld eintritt, dass sich um ihn herum erstreckt wie eine strahlende Ellipse und in meinen Ohren ertönt ein sehr hochfrequentes Surren. Elektrische Impulse durchströmen mich, als ich seine Hand nehme.

„Ich werde mein Versprechen halten und auf ewig für dich da sein.", sagt er und holt dann unser Rosenquarzherz hervor.

„Das gehört ab jetzt dir allein. Ich habe seine Eigenschaften umgekehrt, es trägt jetzt einen Teil meiner Energie und wann immer du mir nah sein möchtest, kannst du es nutzen."

Behutsam nehme ich das Herz in meine Obhut und drücke
es wie einen Schatz gegen meine Brust, in der sich daraufhin
direkt eine beruhigende Wärme breitmacht.

„Danke." Ich falle ihm in die Arme und muss mich sehr
konzentrieren, nicht das Bewusstsein zu verlieren, denn seine
Erzengel Ausstrahlung wirft meinen irdischen Körper völlig
aus der Bahn.

Mara und Elisann treten sofort an meine Seite, als Gabriel
sich neben die anderen Erzengel stellt und sie alle, infolge
eines hellen Lichtblitzes, plötzlich vor unseren Augen
verschwinden.

Augenblicklich werde ich von einer schmerzhaften Leere in
meinem Herzen übermannt, die mich in die Knie zwingt, nicht
einmal die beiden Frauen neben mir schaffen es mich zu halten.

Ein lauter, markerschütternder Schrei durchbricht die Stille
und mir wird erst Sekunden später klar, dass ich es war, die
geschrien hat. Mir kommt es vor, als hätte es mich in zwei
Hälften gerissen. Die eine Hälfte ist mein Körper, ihn kann ich
nur beobachten und nicht kontrollieren, er schreit kläglich und
wird vor Weinen geschüttelt, ist verzweifelt und weiß vor
Kummer nicht wohin mit sich. Ein anderer Teil von mir, ist der
in meinem Kopf, den kann ich in diesem Moment bewusst
spüren, er ist in einem vollkommenen Schockzustand und
abgeschottet von der Außenwelt.

Dumpf nehme ich wahr, wie eine Hand über meinen Rücken
streicht, ich höre Worte die mich trösten sollen, aber sie klingen
für mich, als wären sie viel zu weit entfernt, als das ich sie
verstehen könnte.

Kühle Hände umfassen mein tränenüberströmtes Gesicht,
holen mich zurück in das Hier und Jetzt, fügen meinen Körper

und meine Gefühle wieder zusammen. Es tut verdammt weh, denn jetzt bin ich gezwungen, den Schmerz bei vollem Bewusstsein zu durchleben und ich habe das Gefühl sterben zu müssen. Eine so derart mächtige Verzweiflung habe ich noch nie gespürt.

„Ich bringe sie besser nach Hause.", höre ich Adrik sagen, während er nach meiner Hand greift, in der ich das Edelsteinherz noch immer fest umklammert halte. Mit seiner freien Hand löst er das Medaillon, das damals sein und Idas Teleporter war, von seinem Hals und hält es dicht an den Rosenquarz. In Sekundenschnelle bringt uns ein schimmernder Nebel zurück auf die Erde, direkt vor das Haus meiner Eltern.

Gabriel

In der geistigen Welt

Noch Tage nach meinem Abschied von Lina, ertappe ich mich dabei, wie ich öfter als nötig beobachte, was sie auf der Erde gerade tut. Man sollte meinen, ich könnte mich als Erzengel schnell von meinen romantischen Gefühlen für eine Frau lösen, doch meine ganze Geschichte zeigt bereits, dass dies wahrscheinlich nie der Fall sein wird, denn unsere Geschichte, ist eine ganz besondere. Ich werde Lina niemals aus meinem Kopf, geschweige denn aus meinem Herzen herausbekommen.

Ich kann meine Augen einfach nicht von ihr abwenden und habe das Gefühl sie im Stich zu lassen, wenn ich nicht ständig über sie wache.

Es ist schrecklich, mit anzusehen, wie schlecht es meinem Mädchen geht. Sie ist nicht mehr sie selbst, ihre Lebensfreude wie ausgelöscht und niemand kann sie trösten.

Ich habe schon so oft versucht sie telepathisch zu erreichen, aber sie ist so sehr mit ihrem Schmerz beschäftigt, dass ich es einfach nicht schaffe, zu ihr durchzudringen.

Es beruhigt mich jedoch ein kleines bisschen, dass sie meinem Rat gefolgt ist, ihren Eltern und Emma alles zu erzählen. So hat sie wenigstens Menschen an ihrer Seite, die verstehen können, was sie gerade durchmacht. Sie haben es genau so aufgefasst, wie ich es von ihnen erwartet habe und

Lina kann sich glücklich schätzen, so tolle Menschen um sich herum zu haben.

Ich sitze in dem von mir erschaffenen Garten und gebe mich dem Paradoxon meiner Gefühle hin. Durch ein kristallines Fenster, das ich im Boden kreiert habe, sehe ich herab auf Lina, die sich gerade in den Schlaf geweint hat und in ihrem Traum zum hundertsten Mal den Abschied von mir durchleben muss, um danach schreiend aufzuwachen.

Es ist wie ein unendlich schmerzhafter Stich in mein Herz, dass ich nicht bei ihr sein kann, um sie in den Arm zu nehmen.

Im selben Moment scheint hinter mir die Sonne und wärmt meinen Rücken und meine Flügel, die ich nicht länger verstecken muss.

Es verschafft mir Glücksgefühle, endlich zu Hause und wieder mehr ich selbst zu sein.

Ich würde am liebsten in Linas Traum eingreifen und ihn in eine andere Richtung lenken, aber niemand hat das Recht, ohne Erlaubnis in die Privatsphäre eines Menschen einzugreifen. Erst wenn sie mich darum bittet, kann ich ihr helfen.

„Wie geht es ihr?" Uriel betritt meine kleine Gartenwelt und setzt sich zu mir auf den saftig grünen Rasen. „Nicht gut, sie hat seit Tagen nicht richtig gegessen und wird von Albträumen verfolgt." Ich seufze und schließe mit einer Handbewegung das Fenster zur Erde. Sofort tut die Natur ihren Dienst und der Rasen wächst, über der eben noch freie Stelle, zusammen.

„Sie braucht Zeit, hat sie doch in den letzten Wochen so viel erlebt, dass es eigentlich ein komplettes Erdenleben hätte füllen können. Das Mädchen weiß nicht, wo ihr der Kopf steht.", sagt Uriel mit einer sanften und ruhigen Stimme. Es wird noch etwas dauern, bis ich wieder so weit bin wie er. Erst muss ich das Leben verarbeiten, dass ich gerade hinter mir gelassen habe und lernen, meine Schlüsse daraus zu ziehen.

„Ich wünschte, ich könnte ihr da durch helfen, aber sie hört mir nicht zu.", sage ich und presse meine Kiefer aufeinander, leicht wütend auf die Situation, nichts tun zu können.

„Gabriel, du vergisst, dass sie lernen muss ohne dich zu leben. Wenn du für sie ständig zugegen bist, wie soll sie es dann schaffen, ihr Leben alleine weiterzuführen? Lina muss ihren eigenen Weg finden und das wird sie auch schaffen. Jedem Menschen, ausnahmslos, wird die unermessliche Liebe und Hilfe der geistigen Welt zuteil, aber ihr Vorteil ist es, das zu wissen." Uriels Lippen formen ein weises Lächeln. „Du musst lernen sie loszulassen, damit auch sie dich loslassen kann."

Jemanden loszulassen bedeutet niemals,
jemanden zu verlieren.
Es bedeutet viel mehr die Freiheit zu
schenken, um auch selbst neue Wege gehen zu
können.

Lena Niewerth

Lina 

Schweißgebadet wache ich auf.

Nacht für Nacht zwingt mich mein Unterbewusstsein dazu, die Trennung von Gabriel immer wieder aufs Neue zu erleben, um sie zu verarbeiten. Schnell atmend liege ich auf dem Rücken in meinem Bett, zu Hause bei meinen Eltern und starre an die Decke.

Ich habe es mir bis jetzt noch nicht zugetraut alleine in Gabriels Haus zu gehen, ich hatte bisher das Gefühl, noch nicht bereit zu sein, der Realität ins Auge zu blicken.

Gabriels Sachen, die er zurückgelassen hat, liegen dort seit Tagen unberührt und wissen nicht, dass er niemals wiederkommen wird.

Ich werde es jetzt nicht mehr schaffen, wieder einzuschlafen, also ziehe ich mir dicke Socken über meine Füße und gehe nach unten, um mir einen Tee zu machen.

Mit der heißen Tasse zwischen meinen Händen sitze ich am Küchentisch und starre vor mich hin.

Seit er weg ist, habe ich auch mich selbst verloren. Mein Leben fühlt sich zurzeit so monoton und anstrengend an, es fällt mir schwer, zu lachen, und ich schaffe es gerade eben, wichtige Dinge des Alltags zu erledigen. Ob ich jemals wieder glücklich sein werde? Er fehlt mir so sehr. Meine Augen brennen, weil sie sich schon wieder mit Tränen füllen. Ich habe noch nie in meinem Leben so viel geweint wie in den letzten zwei Wochen und es wundert mich, dass überhaupt noch Tränen übrig sind.

Nie wieder wird er mich „Engelchen" nennen, mir entfährt ein Schluchzen.

Nie mehr werde ich ihn umarmen können, ich weine laut.

„Hey Lina, was ist denn los?", meine Mutter kommt im Morgenmantel in die Küche und setzt sich zu mir, zieht mich in ihren Arm. Wie damals, als ich noch ein Kind war, heule ich mich dicht an sie gekuschelt bei ihr aus, spüre ihre Wärme und Geborgenheit in meinem Herzen und fühle mich sicher, zumindest für den Augenblick.

Ich bin froh, dass ich meinen Eltern und Emma alles erzählen konnte. Das macht es mir leichter, zu verarbeiten was passiert ist, und ich kann ihnen nicht genug danken, dass sie mir glauben und mich ernst nehmen, denn für sie muss das alles erst vollkommen verrückt geklungen haben.

„Ach mein Schatz, es ist furchtbar dich so leiden zu sehen. Ich wünschte, ich könnte irgendetwas tun, damit es dir besser geht."

Mama ist den Tränen nahe. „Ich finde es auch ganz schrecklich, dass Gabriel nicht mehr da ist. Als er damals in die USA gegangen ist, fand ich es schon so schlimm, weil er in all den Jahren doch fast wie ein Sohn für mich geworden ist. Aber jetzt zu wissen, dass er ein Erzengel ist und ich ihn wirklich nie mehr wieder sehen werde, ist wirklich schwer zu begreifen. Ich mag mir gar nicht vorstellen, wie schmerzhaft es erst für dich sein muss. Ihr wart doch gerade erst frisch verliebt und dann prasseln auf einmal so viele Dinge und ein immenses Wissen auf euch ein. Wahnsinn wie ihr zwei das überhaupt so lange für euch behalten konntet.", ungläubig schüttelt sie den Kopf.

„Wir hatten ja viel Unterstützung von den anderen Erdenengeln.", erwidere ich und löse mich langsam aus ihrer Umarmung.

„Trotzdem Lina, ihr seid doch beide noch so jung.“

Ich muss schmunzeln, ich glaube Mama hat noch nicht ganz begriffen, dass es bei erwachten Engeln nicht auf das Alter eines Erdenlebens ankommt. Aber man kann es ihr nicht verdenken. Ich glaube, das wäre für jede Mutter schwer zu verstehen.

„Was ist denn eigentlich mit diesem Erdenengel, der dich damals nach Hause gebracht hat, als Gabriel gegangen ist? Wie heißt der noch gleich? Arthur?“, fragt sie.

„Adrik heißt er und ich glaube, er wohnt auch gar nicht so weit von uns entfernt. Er wurde mir als neuer Engelspartner an die Seite gestellt, damit wir beide weiterhin in den Himmel teleportieren können.“

„Hast du dich schon bei ihm gemeldet?“

„Habe ich tatsächlich noch nicht. Ich weiß auch nicht, ob ich das überhaupt möchte. Irgendwie hat der ganze Schlamassel ja erst angefangen, als wir ihn damals kennengelernt haben. Mittlerweile weiß ich zwar, dass er nichts damit zu tun hat und uns eigentlich nicht schaden wollte, aber es fühlt sich falsch an Gabriel durch ihn zu ersetzen.“, antworte ich ehrlich, denn das ist das Gefühl, das in mir hochkommt, wenn ich an Adrik denke. Er soll ein Ersatz für Gabriel sein.

„Aber das ist doch Blödsinn, Lina.“

„Ich weiß es ja, aber ich kriege diesen Gedanken einfach nicht aus dem Kopf.“ Traurig blicke ich zu Boden.

„Ruf ihn doch einfach mal an. Vielleicht könnt ihr Gabriel besuchen und noch mal in Ruhe über alles reden. Du kannst nicht ewig hier sitzen und keine Ahnung haben, wie es weitergeht.“

„Danke, Mama.“, sage ich leise, „Danke, dass du immer für mich da bist, sogar noch nachdem ich dir diese ganzen verrückten Dinge erzählt habe. Ich finde es immer noch unfassbar, wie gut und schnell ihr das alles einfach so hingenommen habt.“

„Du bist unsere Tochter und wir kennen dich schon unser ganzes Leben lang. Wahrscheinlich hat unser Unterbewusstsein immer schon gespürt, dass du irgendwie mehr bist als wir. Egal was passiert, wir stehen immer hinter dir. Auch wenn du uns gleich erzählst das du ab Morgen einen Drachen, als Haustier hältst.“

Ich sehe sie amüsiert an und fange an zu kichern. „Was denn? Nachdem was du alles erzählt hast, ist das doch gar nicht mehr so abwegig oder?“, sagt meine Mutter grinsend.

„Ach doch, ich glaube ein Drache wäre selbst mir zu krass.“, lache ich und stecke sie damit an. Es tut gut, endlich mal wieder so etwas wie Glück zu spüren.

„So und jetzt ab ins Bett mit uns, wir müssen morgen früh arbeiten.“, zwinkert Mama mir zu.

Leise steigen wir die Treppe zu unseren Schlafzimmern wieder hinauf, um Papa nicht aufzuwecken. Ich kuschele mich unter meine Decke und falle wider Erwarten, schnell in einen diesmal zum Glück traumlosen tiefen Schlaf.

Ein anstrengender Arbeitstag geht zu Ende, an dem ich erneut unzählige Male an Gabriel erinnert worden bin. Alle reden darüber, dass er so plötzlich einfach verschwunden ist, und jeder hat eine andere verrückte Theorie. Manche sagen Dr. Stalten sei aufgrund seines Verhaltens im OP rausgeschmissen worden, andere vermuten einen Krankheitsfall in seiner Familie, weswegen er wieder zurück in die USA geflogen ist. Ich habe sogar schon wilde Storys über einen tragischen Unfall gehört, den er gehabt haben soll.

Nur ich kenne die Wahrheit.

Wenn mich jemand auf ihn anspricht, dann bestätige ich die Geschichte, dass er zurück in seine Heimat musste, weil sein Vater schwer erkrankt ist, denn das ist die einzige Erklärung, die tatsächlich Sinn machen würde.

Im Aufenthaltsraum der Physiotherapie schlüpfe ich in meine Alltagskleidung und stelle meine weißen Turnschuhe zurück in meinen Spint. Simone, die sich neben mir umzieht, beobachtet mich besorgt. „Lina, ist alles in Ordnung? Hast du schon etwas von Gabriel gehört? Wie geht es seinem Vater?"

Ich habe ein schlechtes Gewissen, dass ich erzählt habe sein Vater hätte einen Schlaganfall erlitten, aber ich brauchte schnell eine gute Ausrede, die ich für eine lange Zeit aufrechterhalten kann. Schließlich weiß ich, dass mein Freund nicht zurückkommen wird.

„Ich bin sehr traurig, um ehrlich zu sein. Ich vermisse ihn sehr und es tut mir schrecklich leid für seinen Vater. Ihm geht es immer noch sehr schlecht und ich glaube nicht, dass Gabriel so schnell wieder hier sein wird."

„Och Mensch, das ist wirklich schlimm. Bestell ihm liebe Grüße von mir, wenn du mit ihm sprichst, ja?" Simone nimmt mich tröstend in den Arm.

„Danke.", sage ich mit brüchiger Stimme, denn ich kämpfe schon wieder einmal mit den Tränen.

Auf der entsetzlich beschwerlichen Rückfahrt mit dem Fahrrad gegen den Wind überlege ich mir nun doch, endlich in Gabriels Haus zu gehen und dort nach dem Rechten zu sehen. Ich habe schließlich auch noch einige meiner Klamotten dort.

Mit zittriger Hand schließe ich die Tür auf und betrete zögerlich den Hauseingang. Als erstes gehe ich in die Küche, um dort ein bisschen Ordnung zu schaffen, denn alles ist natürlich noch genauso, wie wir es vor zwei Wochen zurückgelassen haben.

Unser benutztes Geschirr steht in der Spüle und ich weiß noch genau, welches Wasserglas Gabriel zuletzt benutzt hat.

Wenn mich jemand sehen könnte, wie ich das Glas mit dem Abdruck seiner Unterlippe an meinen Mund drücke, man würde mich für vollkommen verrückt erklären. Ich wische mir mit der Hand durch meine feuchten Augen und versuche, meine Gefühle zurückzudrängen, während ich die Spülmaschine einräume und anstelle.

Dann schlurfe ich die Treppe hoch in die obere Etage, meine Beine sind so schwer und ich komme nur langsam, Stufe für Stufe voran. Die Stille im Haus legt sich wie ein schwerer dunkler Vorhang über meinen Körper und zieht mich tief in die dunkelste Ecke meiner Seele, unfähig irgendetwas Positives zu erkennen. Ich kann, nein, ich will noch immer nicht verstehen, warum gerade uns so etwas passieren musste. Ich wünschte, wir wären einfach noch wir, so wie wir früher waren. Unwissend, frei, leicht.

Schwer atmend, nicht nur vor Anstrengung, sondern weil mein Hals durch meinen Seelenschmerz wie zugedrückt ist, betrete ich das Badezimmer. Schnell stecke ich meine Kosmetikartikel in meinen Kulturbeutel, der offen am

Waschbecken steht, und klemme ihn unter den Arm. Bevor ich das Badezimmer wieder verlasse, fällt mein Blick auf Gabriels Parfumflasche, die in dem Regal neben der Tür steht. Ich greife danach und hülle mich in seinen Duft ein, dann stopfe ich die Flasche ebenfalls mit in meinen Beutel.

Vor dem Schlafzimmer bleibe ich stehen, ich wünsche mir so sehr, das Gabriel im Bett liegt und schläft, wenn ich die Tür öffne. Ich würde ihn mit einem Kuss wecken und mich in seine Arme kuscheln.

Langsam drücke ich die Türklinke herunter.

Nichts.

Er ist nicht da, natürlich nicht.

Wie konnte ich auch nur eine Sekunde wirklich damit rechnen, dass er hier ist?

Heulend schnappe ich mir meine Tasche, die ich damals über den Stuhl gehangen habe und sammle meine alten Klamotten im Zimmer auf.

Als ich auf dem Boden ein getragenes T-Shirt von Gabriel finde, stelle ich schnell meine Sachen ab und hebe es auf.

Ich inhaliere seinen Duft, drücke es so fest an mich, wie ich kann, dann setze mich damit aufs Bett, die Knie dicht an meinen Brustkorb gezogen.

Ich bin schrecklich erschöpft, völlig ausgelaugt. Alles kostet mich entsetzlich viel Kraft. „Wie soll ich denn nur weitermachen ohne dich? Gabriel!", wimmere ich, sage immer wieder seinen Namen, wie ein Mantra, oder eine Beschwörung.

Irgendwann lasse ich mich auf die Seite fallen. Ich schließe meine Augen und will einfach nur noch schlafen. Ich will schlafen und dann aufwachen, als wäre nie etwas gewesen.

Wenn ich meine Augen wieder öffne, will ich feststellen,
dass das alles nur ein Traum war. Dann schaue ich in seine
Augen, sein perfektes Gesicht, auf seine geschwungenen
Lippen und küsse ihn, halte ihn in meinen Armen und lasse ihn
nie mehr los.

„Lina? Was machst du denn hier?"

Eine erschrockene Frauenstimme reißt mich aus dem Schlaf.
Gabriels Mutter sitzt neben mir auf dem Bett. Sie ist älter
geworden. Irgendwie habe ich sie immer so in Erinnerung
behalten, wie ich sie hier in Köln das letzte Mal gesehen habe.
Sie trägt ihre dunklen Haare jetzt kurz und es blitzen ein paar
grau-silbrige Strähnen durch. Eine flippige, magentafarbene
Brille mit kleinen Glitzersteinchen auf den Bügeln, verziert ihr
sonniges Gesicht. Diese Frau hat schon damals sehr viel
Energie ausgestrahlt.

„Heidi?", frage ich verdutzt und bin mir unsicher, wie viel
sie weiß. Gabriel hat gesagt, er würde sich selbst um seine
Eltern kümmern, aber was oder wie viel hat er ihnen erzählt?
Und wie? Er hatte schließlich keine Möglichkeit mehr, sie
anzurufen, bevor er gegangen ist.

Heidi scheint die Verunsicherung in meinen Augen gesehen
zu haben. „Mach dir keine Gedanken Liebes, wir wissen alles.
Es war ein ganz schön harter Brocken, den wir da zu
verarbeiten hatten.

Jonathan ist beinahe ohnmächtig geworden, als Gabriels geisterhafte Engelsgestalt auf einmal bei uns im Wohnzimmer stand.

So richtig glauben, will mein Kopf das alles immer noch nicht."

Erleichtert puste ich meinen Atem aus, ich brauche mir also keine weiteren Ausreden einfallen lassen.

„Aber jetzt lass dich mal ansehen!", sagt Heidi freundlich und streicht mir mütterlich eine Haarsträhne hinter mein Ohr.

„Du bist wirklich eine hübsche junge Frau geworden, aber du warst schon immer so schön, so nett und klug. Kein Wunder das Gabriel immer nur dich wollte. Ich habe eigentlich schon damals fest damit gerechnet, dass ihr uns irgendwann verkündet, dass ihr ein Paar seid."

Ich schlucke schwer bei ihren Worten.

„Es tut mir leid Lina. Es ist schrecklich, dass er weg ist. Ich weiß, ihm geht es gut. Trotzdem habe ich meinen einzigen Sohn verloren. Wir haben die schwersten Tage unseres Lebens hinter uns." Verlegen wischt sie sich eine Träne aus dem Augenwinkel, setzt dann ein zartes, trauriges Lächeln auf.

„Jonathan und ich sind hier, um Annette alles zu erklären. Wir werden das Haus wieder als Ferienhaus zur Verfügung stellen, bis wir uns überlegt haben, ob wir es verkaufen wollen. Magst du uns beiden unten in der Küche Gesellschaft leisten und einen Kaffee mit uns trinken? Es war ein langer Flug und wir brauchen dringend etwas zur Stärkung."

„Sehr gerne. Ich glaube, es sind noch ein paar Kekse im Schrank.", sage ich.

„Das klingt gut."

Unten werde ich von Gabriels Vater herzlich begrüßt. Ich freue mich wirklich sehr, dass die beiden hier sind. Mit ihnen fühle ich mich Gabriel eine kleines bisschen näher.

Während wir uns mit dem Kaffee an den kleinen Tisch setzten und die Kekse dazu essen, überhäufen mich die Staltens mit Fragen. Gabriel hat nicht viel Zeit gehabt, als er bei ihnen aufgetaucht ist und hat die Lage leider nur grob schildern können. Selbstverständlich haben seine Eltern jetzt noch riesige Fragezeichen im Kopf.

Ich erkläre den beiden alles bis ins kleinste Detail, beschreibe sogar die geistige Welt, so gut ich es kann, auch wenn es wirklich schwierig ist, denn Worte reichen nicht aus um dieser atemberaubenden anderen Welt auch nur ansatzweise gerecht zu werden.

„Das klingt ja, wie ein spannender Film was du da erzählst Lina. Wenn wir Gabriel mit seinen riesigen Flügeln nicht mit eigenen Augen gesehen hätten, dann hätten wir dich wahrscheinlich für verrückt gehalten.", sagt Jonathan grinsend. „Das ist unvorstellbar. Hättet ihr uns irgendwann davon erzählt?"

„Ich weiß es nicht.", gebe ich zu. „Wir hatten ehrlich gesagt auch noch keine Zeit, um über solche Dinge nachzudenken. Es ging alles furchtbar schnell und jeder Tag war ein neues Abenteuer. Am Anfang war es spannend, dass wir uns so ein besonderes Geheimnis teilen, und ich war neugierig, was alles auf uns zukommt, aber das ist dann beinahe direkt ins Gegenteil umgeschlagen. Für Gabriel war es eine große Herausforderung, seine Energie in sich zu behalten, es hat ihn sehr belastet und er hat mir erst an dem Tag, als er gegangen ist gesagt, dass es ihm sogar Schmerzen bereitet hat. Wir haben jeden Tag aufs Neue gehofft, dass niemand unsere Flügel sieht, und Gabriel musste sich sehr zusammenreißen seine Kräfte nicht zu benutzen."

Ich beiße mir auf die Lippe und senke meinen Blick nach unten.

„Ich glaube, das hattet ihr beiden euch anders vorgestellt, hm?" Heidi streicht über meinen Oberarm. „Das habt ihr nicht verdient. Ihr hättet glücklich sein sollen. Er hat es mir zwar nie direkt gesagt, aber er hat dich immer geliebt, das weiß ich. Er konnte nie jemand anderen lieben als dich." Ich bin dankbar für ihre liebevollen Worte und lächle sie an.

„Danke Heidi. Ich weiß genau, was du meinst, mir ging es genauso mit ihm, all die Jahre." Ich seufze.

„Sag mal Lina, du hast etwas von einem Herz aus Rosenquarz gesagt, mit dem ihr in den Himmel gereist seid. War es dasselbe Herz, dass Gabriel ständig mit sich herumgetragen hat? Ihr zwei hattet ja schon immer einen Faible für diese Steine.", fragt Jonathan und ich nicke. „Ja, es war sein Herz."

Ich hole das Herz aus meiner Hosentasche und lege es vor mir auf den Tisch. „Er hat es mir geschenkt."

Vorsichtig nimmt Heidi das Herz in ihre Hände und erschrickt leicht als sie die pulsierende Energie spürt, die aus ihm heraus strahlt. „Es trägt jetzt Gabriels Energie. Er hat sie darin für mich gespeichert.", sage ich. Heidis Augen weiten sich erstaunt, dann reicht sie den Rosenquarz an ihren Mann weiter, welcher ebenso überrascht ist von dem, was er durch den Stein zu spüren bekommt. Ungläubig dreht er den Stein in seinen Händen hin und her, als würde er nach einem Knopf suchen, an dem man es ein und ausschalten kann.

„Faszinierend.", bringt er schließlich flüsternd hervor.

Noch eine ganze Weile nehme ich mir Zeit, Gabriels Eltern alles zu erklären, bevor ich merke, wie spät es geworden ist.

„Seid ihr mir böse, wenn ich jetzt gehe?", frage ich.

„Aber nein, Liebes! Wir sollten uns auch so langsam hinlegen. Du darfst jederzeit wieder herkommen, wir sind ja noch ein paar Tage hier.", sagt Heidi und drückt mich herzlich an sich.

„Ach, bevor ich es vergesse. Gabriel hat mir einen Schlüssel für das Haus geschenkt, den werde ich jetzt ja nicht mehr brauchen." Ich friemele den Schlüssel von meinem wunderschönen Flügelanhänger ab und gebe ihn in ihre Hand.

Ich habe noch nicht einmal die Zeit gehabt, mich zusammen mit Gabriel, hier richtig einzurichten.

„Ich danke dir! Es hätte mich so gefreut, wenn ihr zwei hier weiterhin hättet wohnen können."

Ich nicke und verdränge den Schmerz, der wieder in mir aufkeimt und mir mein Herz in Stücke reißen will.

Als ich später in meinem Bett liege, Gabriels T-Shirt und das Edelsteinherz fest an mich gedrückt, versuche ich telepathisch Kontakt zu ihm aufzunehmen.

„Gabriel? Hörst du mich?" Ich konzentriere mich voll und ganz auf diese Gedanken und stelle mir vor, wie sie ihn im selben Moment erreichen.

„Lina! Natürlich, ich höre dich immer. Ich bin so froh, dass du dich meldest. Ich versuche schon die ganze Zeit, Kontakt zu dir aufzunehmen, aber du hast mich nie gehört. Deine Trauer hat dich so im Griff, dass du nichts anderes an dich heranlässt."

Ein starkes Glücksgefühl breitet sich in meinem Körper aus, es ist so schön, seine Stimme zu hören, wenn auch nur in meinem Kopf.

„Ich vermisse dich Gabriel."

„Ich weiß, ich vermisse dich auch. Aber das darf keine Kontrolle über dein Leben haben. Trauer ist nicht der Grund, für den du lebst. Du musst langsam beginnen nach vorne zu blicken.", höre ich ihn denken.

„Aber es ist so schwer.", schicke ich zurück und vergrabe meine Nase tief in das T-Shirt mit seinem Duft.

„Das verstehe ich. Aber es bleibt so lange schwer, bis du den nächsten Schritt gewagt hast. Während eines Stillstandes hat es noch nie eine Veränderung gegeben. Natürlich kostet jede Veränderung Energie, aber ohne sie geht es nicht weiter. Ohne sie wäre alles sinnlos."

Ich schweige, während seine Worte in mir nachhallen. Er hat recht und eigentlich kenne ich den nächsten Schritt.

„Du musst dich unbedingt bei Adrik melden. Er macht sich Sorgen um dich und hat ein schlechtes Gewissen, weil er denkt, du würdest ihn noch immer dafür verantwortlich machen, dass ich gegangen bin."

„Ich werde mich morgen bei ihm melden, versprochen.", gebe ich zurück.

„Sehr gut.", denkt er zufrieden. „Ach Engelchen? Kannst du mir einen Gefallen tun?"

„Natürlich."

„Könntest du meine Eltern von mir grüßen und ihnen noch einmal sagen, wie sehr ich sie liebe? Ich bin wirklich dankbar, dass ich die Möglichkeit hatte mich ihnen kurz zu zeigen, um ihnen alles zu erklären, ansonsten hätte das alles in einem riesigen Chaos geendet, aber leider darf ich das ab jetzt nicht mehr.", bittet er mich und ich verspreche ihm, es den beiden zu sagen.

„Und noch eine Sache.", fügt er hinzu, „Bitte nimm alle meine Edelsteine zu dir. Du weißt sie zu nutzen und ich möchte sie dir schenken. Gefühlsmäßig haben sie schon immer uns beiden gehört."

„Wirklich? Bist du sicher? Danke, das bedeutet mir wirklich viel." Ich freue mich sehr über dieses große Geschenk, das er mir damit macht. Mir war klar, dass er die Steine nicht mehr selbst nutzen kann, aber, dass er mir diesen wertvollen Schatz schenken will und sie nicht seinen Eltern überlässt, ist eine Ehre für mich.

„Ich liebe dich Gabriel."

„Schlaf gut Lina." Nach diesem Satz bricht unsere Verbindung ab und er lässt mich perplex zurück.

Darf er mir etwa nicht mehr sagen, dass er mich liebt? Oder liebt er mich schon jetzt nicht mehr?

Diese Frage lässt mir keine Ruhe und ich wälze mich die ganze Nacht in meinem Bett hin und her. Irgendwann versuche ich ihn erneut mit meinen Gedanken zu erreichen, aber ich dringe nicht mehr zu ihm durch.

Gegen vier Uhr morgens halte ich es nicht mehr aus nur dazuliegen und mich mit dieser Unwissenheit zu quälen, also stehe ich auf, ziehe mir warme Klamotten an und gehe raus an die frische Luft. Ohne ein Ziel zu haben, laufe ich los und hänge meinen trübseligen Gedanken nach. Werde ich wirklich nie wieder von ihm hören, dass er mich liebt? Ich vergesse ständig, dass wir kein Paar mehr sein können und jedesmal, wenn es mir wieder einfällt, ist es wie ein Fausthieb in meinen Magen.

Es ist einfach schwer, zu begreifen, dass auf der einen Seite alles möglich sein soll, es aber gleichzeitig für unsere Liebe eine Grenze gibt. Ich fühle mich vom Universum benachteiligt und schlecht behandelt.

Warum lässt Gott zu, dass seine Engel einen solchen Verlust erleiden müssen?

An diesem frühen Samstagmorgen sind die Straßen selbst für Köln, fast wie leer gefegt.

Meine Umgebung verschwimmt um mich herum und mir fällt gar nicht auf, wie meine Gedanken mich immer weiter ziehen, bis ich irgendwann mit jemandem zusammenstoße, was mich schlagartig wachrüttelt. „Entschuldigung.“, murmele ich und will schnell weiterlaufen, bevor ich noch eine Diskussion mit einem betrunkenen Typen anfangen muss, der nach einer langen Partynacht auf dem Weg nach Hause ist.

„Lina!“, spricht mich der Typ an und hält meinen Arm fest, erst jetzt erkenne ich, dass es Adrik ist.

„Ist dir was passiert? Wieso läufst du hier so alleine durch die Nacht?“

„Das Gleiche könnte ich dich fragen oder?“, frage ich frech.

„Ich war arbeiten.“, antwortet er mit hochgezogenen Augenbrauen.

„Freitagsabends bin ich Barkeeper.“

„Oh, ok. Ich musste einfach ein bisschen raus, ich konnte nicht schlafen.“ Ich presse meine Lippen aufeinander und lächle ihm leicht zu. „Ein witziger Zufall eigentlich, dass ich dich jetzt treffe. Ich wollte mich nämlich morgen bei dir melden.“

„Nach alldem was du in den letzten Wochen gelernt hast, glaubst du doch nicht wirklich noch an Zufälle oder?“ Adrik grinst und schüttelt dabei leicht den Kopf. „Aber es freut mich, dass du endlich bereit bist, mit mir zu sprechen. Ich dachte schon, du würdest mich jetzt für immer ignorieren.“, sagt er und ich stoße ein leises Schnauben aus. „Du hättest dich doch genauso gut auch mal bei mir melden können.“

„Ach hätte das was geändert?“, fragt er genervt. „Ich habe mich absichtlich zurückgehalten, weil ich dachte, es fällt dir nur noch schwerer, mich zu akzeptieren, wenn ich mich dir aufdränge. Lina, ich wollte dir nie etwas Böses und es tut weh, dass du so schlecht von mir denkst.“

Er sieht traurig aus, wie er so dasteht, mit hängenden Schultern und gesenktem Kopf. Ich merke, dass ich ihn schon wieder für etwas verantwortlich gemacht habe, für das er nichts kann.

„Nein, ich denke nicht schlecht von dir.“, sage ich leise. „Es ist mein Fehler, ich suche krampfhaft nach jemandem, dem ich die Schuld für alles geben kann, und leider bist du derjenige, der bis jetzt alles voll abbekommen hat. Das ist total falsch von mir und es tut mir ehrlich leid.“ Ein Tränchen in meinem Augenwinkel unterstreicht, wie ernst ich es meine. Ich habe mich ihm gegenüber wirklich wie ein Idiot benommen. Adrik legt den Kopf schief und sieht mich lange nachdenklich an, bevor er wieder etwas sagt.

„Was meinst du? Sollen wir noch mal von vorne anfangen?“

Er hält mir seine Hand entgegen und erleichtert reiche ich ihm meine. „Sehr gerne!“, sage ich und schenke ihm ein ehrliches Lächeln.

„Magst du mich heute besuchen kommen, damit wir uns ein bisschen besser kennenlernen und überlegen können, wie es weitergehen soll? Sobald du ausgeschlafen hast, meine ich.“ Adrik grinst.

„Ja, das kann ich machen.“, sage ich noch etwas zögerlich.

„Soll ich mich dann später bei dir melden? Dann machen wir eine Zeit aus und ich beschreibe dir, wo ich wohne.“

„Du hast doch meine Nummer gar nicht, oder?“, frage ich ihn.

„Nein, aber ich verrate dir ein Geheimnis.“ Er beugt sich vor und stoppt erst, als sein Mund fast mein Ohr berührt. „Ich kann Telepathie.“, flüstert er und kichert. Ich stimme in sein Lachen mit ein, vielleicht ist er doch gar nicht so übel, wie ich dachte. Sinn für Humor hat er jedenfalls.

„Aber du könntest mir trotzdem deine Handynummer geben, würdest du das machen?“

„Na klar.“ Ich diktiere ihm meine Nummer und er speichert sie direkt in seinem Smartphone ab.

„Soll ich dich vielleicht nach Hause bringen? Du bist ja doch ein ganzes Stück gelaufen.“

„Gerne, das wäre wirklich lieb von dir.“

Adrik begleitet mich bis zur Auffahrt unseres Hauses und wir winken uns zum Abschied kurz zu. „Bis nachher dann.“, sage ich. Dann stecke ich den Schlüssel in das Türschloss.

„Schlaf gut Lina!“

Am späten Nachmittag mache ich mich auf den Weg zu Adrik. Ich habe beschlossen, zu Fuß zu gehen und währenddessen telefoniere ich kurz mit Emma, die sich die letzten Tage wirklich viel Zeit für mich genommen hat. Sie war einfach für mich da, hat stumm neben mir gesessen und mich im Arm gehalten wenn mir nicht nach reden war und hat mir zugehört, wenn ich mir Leid und Kummer von der Seele reden wollte. Sie hat mir auch Mut zugesprochen, als ich alles als hoffnungslos betrachtet habe. Was wäre ich nur ohne meine beste Freundin?

„Werdet ihr Gabriel gleich besuchen gehen?", fragt sie neugierig.

„Hoffentlich, ich möchte ihn unbedingt sehen. Ich weiß einfach immer noch nicht wie ich ohne ihn weiterleben soll Emma, er hat schließlich fast mein ganzes Leben lang eine riesige Rolle für mich gespielt."

„Wenn du mich fragst, hatte er bisher sogar die Hauptrolle in deinem Leben.", gibt Emma zu.

Ich seufze, es stimmt, was sie sagt, er war schon immer der Erste an den ich morgens nach dem Aufwachen denke und auch abends vor dem Einschlafen ist immer er mein letzter Gedanke. Ohne ihn fühlt sich mein Leben leer an und unvollständig, wie ein Puzzle, indem das letzte Teil fehlt. Ohne dieses letzte Teil ist das Puzzle wertlos.

„Was machst du denn heute?", wechsle ich lieber schnell das Thema.

„Oh, Jannick holt mich gleich ab. Wir wollen ein bisschen am Rhein spazieren gehen." Ich kann die Vorfreude aus Emmas Stimme heraushören. Es ist schön, dass es wenigstens meiner Freundin so gut geht.

„Es scheint ganz gut zu laufen zwischen euch, was?"

„Er ist der Wahnsinn!", kichert sie. „Ich war noch nie mit jemandem zusammen, der sich so sehr um mich bemüht. Er liest mir wirklich jeden Wunsch von den Augen ab, vorgestern hat er mir sogar fast eine ganze Stunde lang den Nacken massiert."

„Gott dank! Dann brauchst du mich ja demnächst nicht mehr zu fragen." Wir müssen beide lachen.

„Aber um ehrlich zu sein, kannst du das viel besser als Jannick.", kichert Emma. „Du könntest ihm ja vielleicht mal ein paar Handgriffe beibringen."

„Hm, darüber könnte man ja mal nachdenken. So, ich glaube, ich bin da."

Ich stehe vor einem Mehrfamilienhaus und suche die Klingelschilder nach Adriks Namen ab. „Oh, so ein Mist!", schimpfe ich.

„Was ist los?", fragt Emma verwirrt.

„Mir ist gerade aufgefallen, dass ich seinen Nachnamen überhaupt nicht kenne."

„Dann ruf ihn doch schnell an.", schlägt meine Freundin vor, doch im selben Moment höre ich den Summer der Tür und drücke sie auf.

„Vierter Stock!", ruft Adrik von oben herunter. „Wenn du genug Konditionen hast, nimm die Treppe, ansonsten kann ich dir den Aufzug ans Herz legen!", fügt er hinzu. „Ruhe!", beschwert sich jemand lauthals aus einer der anderen Wohnungen und ich pruste laut los.

Adrik trällert seinem Nachbarn noch irgendetwas gut gelauntes zurück und ich verabschiede mich lachend von Emma.

Ich nehme den Aufzug und als sich die Tür wieder öffnet, steige ich aus und versuche, mich zu orientieren.

„Immer meiner Stimme nach!", ruft Adrik aus dem Flur, der rechts hinter dem Aufzug entlang liegt. „Jetzt gib endlich Ruhe!", schallt es aus einer Wohnung auf demselben Flur, aggressiv hinterher. Ich beiße mir fest von innen auf die Wange, um nicht schon wieder lauthals loszulachen. Adrik scheint ja sehr freundlich gestimmte Nachbarn zu haben.

Als ich seine Wohnungstür erreiche, steht er, selbst noch sehr amüsiert von diesem ruheliebenden Schreihals von nebenan, grinsend im Türrahmen gelehnt und begrüßt mich freundschaftlich.

Kurze Zeit später sitze ich mit einem Glas Wasser in der Hand, zusammen mit Adrik auf der Couch in seinem Wohnzimmer.

„Sag mal, hast du mich eigentlich kommen sehen?", frage ich, weil ich mich noch immer darüber wundere, woher er wusste, dass ich vor der Tür stehe.

„Ja, mein Küchenfenster zeigt in die gleiche Richtung wie die Haustür.", sagt er.

„Das war genau passend. Ich habe mich gerade darüber geärgert, dass ich keine Ahnung habe, wie du mit Nachnamen heißt."

„Achso, Ich heiße Adrik Widmann.", sagt er und lächelt.

„Gut zu wissen.", grinse ich.

Für einen Moment herrscht ein leicht unangenehmes Schweigen zwischen uns, obwohl in meinem Kopf Tausende Fragen herumschwirren, die beantwortet werden wollen.

„Eigentlich hast du nur zugestimmt zu mir zu kommen und mit mir zu reden, weil du ihn besuchen willst oder?", fragt Adrik und sieht enttäuscht aus. „Ich nehme es dir nicht übel Lina, ich kann es verstehen." Seine Hand umschließt das silberne Medaillon um seinen Hals und ich weiß, dass er gerade an Ida denkt.

„Möchtest du Ida denn nicht besuchen?", beantworte ich seine Frage mit einer Gegenfrage.

„Doch, natürlich." Er lächelt traurig. Adrik hat sie sehr geliebt, das kann ich in seinen Augen sehen.

„Du hast damals dein Medaillon an mein Edelsteinherz gehalten, als du mich aus der geistigen Welt zurück nach Hause gebracht hast. Funktioniert das jetzt immer so, wenn wir reisen?", frage ich.

„Ja, mich wundert, dass du das in deinem Zustand überhaupt mitbekommen hast, du hast völlig neben dir gestanden." Adrik runzelt die Stirn.

„Gabriel hat gesagt, das Herz hätte jetzt seine Energie. Wie kann es dann sein, dass es jetzt dich und mich verbindet?", frage ich grübelnd.

„Warum sollte Gabriels Energie ein Hindernis sein? Seine Energie ist mit der geistigen Welt verbunden, dann macht es doch Sinn, dass es uns dorthin bringen kann. Mein Medaillon hat nach Idas Tod einen Teil ihrer Energie angenommen, somit hat auch dieses eine starke Verbindung zum Himmel."

Wenn ich ein bisschen darüber nachdenke, dann macht seine Aussage sogar Sinn. Alleine können wir mit unseren einstigen Teleportern nicht in die Geistwelt reisen, aber wenn wir unsere Energien verbinden, fügen sich zwei zurückgelassene Hälften zu einem Ganzen zusammen.

„Okay. Aber du hast doch eine ganz andere Engelfamilie oder?", sprudelt schon die nächste Frage aus mit heraus.

„Jetzt nicht mehr, ich konnte in eure Gemeinschaft wechseln. Wir dachten, es ist vielleicht leichter für dich. Du bist noch nicht so lange erwacht wie ich, wahrscheinlich ist es dann besser, wenn du in deiner Familie bleibst und somit dein gewohntes Umfeld beibehältst, jetzt wo du schon so viel Vertrauen in sie hast. Für mich war es einfacher, zu wechseln, ich habe meine Familie seit Idas Tod nicht mehr persönlich gesehen. Ich möchte das jetzt als Neuanfang für mich sehen."

„Oh, aber kann denn nicht jeder von uns einfach in seiner Familie bleiben?", frage ich ihn.

„Doch, theoretisch geht das auch. Aber es macht die Sache nur unnötig kompliziert. Keine Sorge, es macht mir wirklich nichts aus, so können wir viel besser zusammenarbeiten."

Ich nicke und bin erstaunt, dass er seine Engelfamilie so selbstlos für mich aufgibt. Irgendwie kann ich es nicht ganz glauben, dass nur ich der Grund dafür bin, dass er die Familie gewechselt hat.

„Mochtest du denn deine Familie nicht so gerne? Bist du nicht gut mit ihnen ausgekommen?" Ich muss einfach weiter nachhaken.

„Traust du es mir wirklich nicht zu, dass ich das für dich tue, um es dir leichter zu machen? Ich bin ein Engel Lina und zudem dein neuer Partner, also werde ich alles tun, damit dir diese Situation nicht so schwerfällt. Ich werde dich nicht anlügen und dir nichts verschweigen, das verspreche ich. Es gibt ab jetzt keinen Gedanken mehr, den ich nicht mit dir teilen werde. Zumindest keinen, der mit unserem Engeldasein zu tun hat." Er zwinkert mir zu.

Vollkommen sprachlos sitze ich da.

Wie konnte ich mich schon wieder dazu hinreißen lassen, auch nur eine Minute lang zu denken, er würde das alles nur für sich selbst machen?

„Ich weiß was du durchmachst Lina und ich hätte mir damals gewünscht, jemand der über alles Bescheid weiß wäre an meiner Seite gewesen. Bitte lass mich dieses Mensch für dich sein."

Seine Worte rühren mich sehr und ich fühle mich nun bereit.

Bereit, meine Zweifel ihm gegenüber fallen zu lassen und ihm mein ganzes Vertrauen zu schenken, denn er hat es verdient und es gibt absolut keinen Grund es nicht zu tun.

Adrik

In Linas hübschen, grünen Augen bilden sich Tränen und ihre gepflegten Hände umklammern das Wasserglas.

Ich weiß genau, was in ihr vorgeht und aus diesem Grund möchte ich für sie da sein. Es ist schade, dass sie wirklich dachte, ich hätte böse Hintergedanken dabei, aber ich kann ihr Misstrauen mir gegenüber verstehen. Schließlich habe ich damals, als ich sie und Gabriel kennengelernt habe, selbst den Grundstein dafür gelegt. Ich habe ihnen angedeutet, ich würde Gabriel verraten, wenn er es nicht schafft, das Gleichgewicht auf der Erde zu wahren.

„Hey, nicht weinen!", ich berühre tröstend ihren Unterarm und lächle sie sanft an.

„Es geht schon.", sagt sie, zieht ihren Arm weg und wischt ihre Tränen mit dem Handrücken fort.

„Erzähl mir etwas über dich.", bitte ich sie mit ernsthaftem Interesse, und um unser Gespräch in eine lockere Richtung zu lenken.

Ich habe damit nicht gerechnet, aber aus Lina sprudelt es plötzlich nur so heraus. Es scheint mir, sie versucht sich selbst von ihrer tristen Lage abzulenken, so schnell redet sie.

Lina erzählt mir von sich, ihren Eltern und von ihrer besten Freundin Emma, die wirklich nett zu sein scheint.

Wir lachen über viele lustige Dinge, die sie und Emma als Kinder zusammen erlebt haben und ich erfahre, dass ihre Liebe zu den Menschen und ihr Helfersyndrom sie dazu gebracht haben als Physiotherapeutin zu arbeiten. Gabriel erwähnt sie die ganze Zeit jedoch nur beiläufig und eher oberflächlich. Wahrscheinlich ist es für sie noch zu schmerzhaft über die Erinnerungen mit ihm zu reden. Ich akzeptiere das und frage auch nicht nach.

Irgendwann stoppt sie und nimmt einen großen Schluck von ihrem Wasser, dann schaut sie mich erwartungsvoll an. Ihre Ausstrahlung hat sich während ihrer Erzählung komplett verändert, das ist nicht zu übersehen. Als ich sie heute Nacht getroffen habe, konnte ich die Traurigkeit in ihrer Aura deutlich sehen und auch als sie vorhin bei mir zu Hause angekommen ist, war da diese Schwere in ihrer Energie. Jetzt gerade ist davon nichts mehr zu spüren und ihre Aura strahlt in einem für Erdenengel gewohnten hellem Gold und weiß, von dunklen und schmutzigen Farbtönen keine Spur mehr.

„Und du?", fragt sie plötzlich und holt mich aus meinen Gedanken. „Erzählst du mir jetzt auch etwas über dich?"

„Was möchtest du denn wissen?", frage ich zurück, weil ich nicht weiß, wo ich anfangen soll.

„Hast du schon immer in Köln gewohnt?"

„Ja, ich habe mit meinen Eltern und meinen jüngeren Geschwistern Lysanna und Noah in einem Haus in Rodenkirchen gewohnt, bis ich dann mit dem Beginn meines Studiums hier in Köln beschlossen habe, mir eine eigene Wohnung zu nehmen. Meine Schwester ist erst 13 und mein Bruder 16, da kannst du dir vorstellen das zu Hause immer etwas los war und ich nie so richtig Zeit zum Lernen gehabt hätte. Dadurch das ich der Älteste bin, wurden sämtliche Arbeiten die Garten und Haushalt betreffen gerne mal auf mich abgewälzt, weil meine Eltern beide Vollzeit arbeiten.

Na ja, jedenfalls habe ich dann angefangen, als Eventmanager zu arbeiten, und verdiene mir nebenbei als Barkeeper noch ein bisschen was dazu. Ich liebe es genau wie du, mit Menschen zusammenzuarbeiten und ich hatte schon immer ein gutes Händchen dafür, die Probleme anderer zu erkennen und ihnen zu helfen. Aber ich denke, so geht es den meisten Erdenengeln."

Lina stimmt mir lächelnd zu. „Wann hast du Ida kennengelernt?", fragt sie.

„Ida und ich, wir sind uns zum ersten Mal begegnet, als wir beide 14 Jahre alt waren. Wir waren damals im gleichen Hip-Hop Tanzkurs und haben uns schnell ineinander verliebt. Von da an waren wir unzertrennlich und sind ungefähr ein Jahr später gemeinsam „erwacht". Das war ziemlich verrückt ehrlich gesagt, weil wir beide bis zu diesem Zeitpunkt nie etwas mit Spiritualität zu tun hatten. Aber seit diesem einschneidenden Erlebnis hatten wir schlagartig ein anderes Bewusstsein und das hat unser Leben komplett auf den Kopf gestellt."

„Was war das für ein Erlebnis? Was ist euch denn passiert?", will Lina wissen.

„Wir waren zusammen mit Idas Familie im Urlaub in Südfrankreich. Ihre Eltern haben dort ein eigenes Ferienhaus an der Côte d'Azur, direkt am Strand. Ida und ich haben dort jeden Abend im Sand gesessen und den Sonnenuntergang über dem Meer beobachtet. An unserem letzten Abend vor der Abreise, saßen wir wieder am Strand und haben direkt vor uns, im Sand, etwas glitzern sehen. Ida wollte direkt nachschauen was das, ist und hat es mit den Händen ausgegraben, dann kam das Medaillon zum Vorschein."

Ich greife nach dem Medaillon und strecke es Lina entgegen, sie nimmt es vorsichtig in die Hand.

„Wir dachten zuerst, jemand hätte den Anhänger verloren und Ida hat den schönen Engelsflügel auf der Vorderseite bewundert. Gespannt hat sie dann das Medaillon geöffnet und wir haben eigentlich damit gerechnet, darin ein Bild von einem Liebespaar zu sehen. Darum hat es uns wirklich überrascht, dass es innen komplett leer war. Nicht mal eine kleine Inschrift, die auf einen Besitzer hingedeutet hätte, konnten wir finden.

Seit diesem Tag hat Ida das Medaillon an einer Kette um ihren Hals getragen.

Wochen später kam sie völlig aufgeregt zu mir, um mir zu sagen, dass sie das Medaillon geöffnet hat um ein Bild von mir hineinzulegen und dabei ist ihr aufgefallen, dass plötzlich auf einer der Innenseiten zwei Namen eingraviert sind. Adrik und Ida stand da und sie hat mir das aufgeklappte Medaillon, als Beweis unter die Nase gehalten. Ich wollte ihr zuerst nicht glauben und habe gelacht. Ich habe gedacht, sie hätte unsere Namen heimlich eingravieren lassen und wollte mich jetzt damit überraschen. Ich nahm ihr den Anhänger aus der Hand und während ich das tat, waren wir auf einmal in einem glitzernden Nebel eingehüllt und fanden uns einige Sekunden später in der geistigen Welt wieder, wo wir von ein paar Engeln bereits erwartet wurden.

Man hat uns also ohne jegliches Vorwissen ins kalte Wasser gestoßen und uns mit unseren fünfzehn Jahren, über die universellen Gesetze aufgeklärt."

Lina schaut mich mit großen ungläubigen Augen an und sieht dabei so niedlich aus, dass ich lächeln muss.

„Wow ... “, bringt sie schließlich hervor. „Das muss echt extrem erschreckend gewesen sein für euch.“

„Das war es tatsächlich, man hat uns nicht verschont. Natürlich war es genauso geplant gewesen, von Anfang an. Das Medaillon hat noch nie jemand anderem gehört als uns. Wir sollten es am Strand finden und so sollte unsere Reise als Erdenengel beginnen.

Aber es war schwer, denn wir wussten durch unseren Lebensplan, der uns während eines Besuchs in der geistigen Welt offengelegt wurde, dass Ida die Erde vorzeitig verlassen wird. Wir wussten nie, wann es so weit ist und wie es dazu kommt, und mussten lernen damit zurechtzukommen. Das Gute daran war aber, dass wir somit jeden Tag ausgekostet haben, denn jeder hätte ihr Letzter sein können. Mit Ida habe ich wirklich gelebt! Es gehörte zu unserem gemeinsamen Lebensplan diese Erfahrung zu machen und es gehört zu meinem, mit ihrem Verlust klarzukommen und als Erdenengel auf mich gestellt zu sein.“

Tiefes Mitgefühl strahlt aus Lina heraus, den Teil mit dem Verlust, hat auch sie schließlich gerade am eigenen Leib erfahren.

„Es ist okay Lina.“, sage ich aufmunternd. „Das ist nur ein Teil unserer Erfahrung, die unsere Seele machen wollte, und unser Leben hier ist nur ein winziger Bruchteil unseres Daseins.“

Lina schüttelt langsam ihren Kopf.

„Manchmal vergesse ich, dass wir uns diese schlimmen Dinge wirklich selbst vorher aussuchen, dass wir so etwas freiwillig durchmachen wollen.“, sagt sie.

„Aber genau um das Vergessen geht es ja eigentlich. Das ist normalerweise total wichtig, damit wir diese Erfahrung überhaupt richtig machen können. Mit all den Gefühlen und Gedanken, die dazu gehören. Wenn wir vorab jede Einzelheit unseres Lebens kennen würden, dann könnten wir daraus nicht lernen. Es würde keine großen Emotionen in uns hervorrufen, wenn wir verlassen oder verletzt werden, weil wir den Plan dahinter erkennen und wissen, dass eigentlich alles gut ist. Wie ein Film den wir zum zweiten oder dritten Mal anschauen, der überrascht uns dann ja auch nicht mehr. Es sei denn, wir wollten wissen, wie es ist, zu wissen“

„Ja, du hast recht.“, sagt sie.

Die kurzzeitige Stille wird durch eine Stimme in meinem Kopf unterbrochen und auch Lina sieht verwundert aus.

„Adrik, Lina?“ Es ist die Stimme von Gabriel, er spricht telepathisch zu uns beiden. Lina und ich, sehen uns fragend an, dann höre ich, wie Lina als erstes antwortet. „Gabriel, was ist los?“

„Ich weiß, ihr wolltet noch heute zusammen hierherkommen, aber ich möchte euch bitten damit noch zu warten.“

„Was? Wieso?“, sagt Lina plötzlich laut.

„Es ist besser so Lina. Du musst erst lernen, dein Leben zu leben, ohne der ständigen Illusion hinterherzulaufen, dass es jemals doch noch Hoffnung für dich und mich gibt. Du musst akzeptieren das wir nie mehr zusammensein können.“ Gabriels Antwort klingt sanft und liebevoll, aber Lina sitzt auf dem Sofa und ballt ihre Hände zu Fäusten. Ich fühle mich in diesem Gespräch vollkommen fehl am Platz. „Was hat das mit mir zu tun?“,frage ich.

„Adrik du musst mir versprechen, dass ihr auf keinen Fall hierherkommen werdet. Ich muss mich auf dich verlassen können, egal wie sehr Lina darum betteln wird und egal wie schlecht es ihr geht, du musst ihr den Wunsch, mich zu besuchen, verweigern."

Ich komme überhaupt nicht dazu, ihm etwas zu entgegnen, denn Lina springt wutentbrannt vom Sofa auf. „Gabriel ist das dein Ernst? Wieso darf ich nicht zu dir? Liebst du mich nicht mehr? Bist du dir etwa zu fein geworden einen kleinen Erdenengel zu lieben, jetzt wo du wieder ein so wunderbarer und anmutiger Erzengel bist?", ruft sie völlig außer sich und scheint überhaupt nicht mitzubekommen, was sie da redet.

Ich kann ihre Wut auf Gabriel nachvollziehen, ich bin auch nicht begeistert darüber das Wiedersehen mit Ida noch länger aufschieben zu müssen.

„Lina, bitte bleib ruhig. Du weißt doch, dass nichts von dem, was du da sagst, wahr ist.", versucht Gabriel zu schlichten.

„Hey Kumpel, ich kann dir das nicht versprechen, es geht hier schließlich auch um mich. Außerdem siehst du doch, wie unglücklich sie das macht.", werfe ich meine Gedanken dazwischen während Lina, mittlerweile mit Tränen der Wut im Gesicht, auf dem Boden hockt und mit der Faust auf den Boden schlägt, hilflos wie ein kleines Kind.

Ich knie mich zu ihr und will sie behutsam in meine Arme ziehen, um sie irgendwie zu beruhigen, aber sie wehrt mich heftig ab und schlingt dann ihre Arme um die Knie und lässt den Kopf dazwischen sinken. Ihr Körper zuckt unter den lauten verzweifelten Schluchzern und sie tut mir so leid.

„Adrik, wenn du willst, dass Lina heilt, dann tust du, worum ich dich gebeten habe." Diesmal richtet Gabriel seine Worte nur an mich und er klingt nicht so, als hätte ich auch nur den Hauch einer Chance, ihn umzustimmen.

Ich setze mich zu Lina auf den Boden und sage nichts, ich möchte ihr einfach nur zeigen, dass ich für sie da bin, wenn sie es möchte.

Fast zehn Minuten lang weint sie weiter und ignoriert mich komplett. Es zerreißt mir das Herz, das sie sich so fühlen muss.

„Ich bin da, wenn du willst.", flüstere ich ihr schließlich zu, denn ich halte es nicht mehr aus sie so zu sehen.

Lina hebt ihr verweintes, aber trotzdem so schönes und zartes Gesicht und sieht mich mit ihren leuchtend grünen Augen an.

„Er liebt mich nicht mehr, oder?", fragt sie mit weinerlicher Stimme, ich rutsche näher an sie heran und drücke ihre Hand.

„Lina! Das glaubst du doch nicht wirklich! Wenn ein himmlischer Engel liebt, dann liebt er für immer. Ausnahmslos. Gabriel liebt dich so sehr, er verzichtet selbstlos darauf, dich zu sehen, damit du deinen Weg ohne ihn gehen kannst. Das ist es, was ich darüber denke."

Sie öffnet ihren Mund, um etwas zu sagen, schließt ihn dann jedoch wieder und seufzt.

„Meinst du nicht, es ist einfacher für dich weiterzumachen, wenn du ihn nicht mehr siehst? Deine Wunden würden doch nach jedem Abschied von neuem aufreißen."

„Wieso kämpft er nicht? Warum versucht er nicht alles, damit wir weiterhin zusammen sein dürfen? Wenn er mich wirklich lieben würde, würde er das tun. Es kommt mir vor, als hätte er schon wieder aufgegeben.", fragt sie schließlich mit rauer Stimme.

„Vielleicht kämpft er, das weißt du nicht. Aber du hast doch selbst gemerkt, dass er nicht mehr hier auf der Erde sein kann, und das wird auch so bleiben. Du musst akzeptieren, dass du ihm auf der Erde nie wieder begegnen wirst.

Weißt du, ich hätte Ida auch wirklich gerne wiedergesehen.", sage ich.

Lina knetet völlig gedankenverloren ihre Hände, aber ich weiß, dass sie mir trotzdem zuhört. Ich bin froh, dass sie mir diesmal nicht die Schuld für das Problem gibt, vielleicht vertraut sie mir jetzt ja doch.

„Es tut mir leid.", bricht sie ihr Schweigen und ich sehe sie erstaunt an.

„Was denn?"

„Das du Ida wegen mir nicht sehen kannst."

„Ach, das geht schon in Ordnung. Jetzt habe ich es ein Jahr geschafft ohne sie zu besuchen, da kommt es jetzt auf ein paar Wochen nicht mehr an. Wichtig ist erst mal, dass es dir wieder gut geht.", winke ich ab und lache sie an.

Dankbarkeit liegt in ihren Augen, als sie zart zurücklächelt.

Ich stehe auf und reiche ihr meine Hand. „Komm.", sage ich.

Sie lässt sich von mir hochhelfen und sieht mich dann fragend an.

„Wir fliegen ne Runde.", sage ich.

Ich öffne das große Schiebefenster im Wohnzimmer mit der Kraft meiner Gedanken und ziehe Lina hinter mir her, auf den kleinen Balkon. Dann lasse ich kurz meinen Blick über den

Innenhof gleiten und versichere mich, dass wir von niemandem gesehen werden können.

„Wie bitte? Von hier aus willst du fliegen? Bist du verrückt geworden?" Erschrocken weicht sie einen Schritt zurück und sieht mich verwirrt an.

„Was meinst du? Ich fliege immer von hier aus, bis jetzt hat niemand je etwas mitbekommen. Von wo aus bist du denn bisher immer geflogen?", frage ich sie.

„Gabriel und ich sind einmal nachts zum Fliegen an den Decksteiner Weiher gefahren. Und das zweite Mal sind wir, wieder nachts, auf einem einsamen Gleis am Bahnhof gestartet.", erklärt sie mir unsicher.

„Das zweite Mal? Öfter bist du noch nicht geflogen?" Erstaunt schnellen meine Augenbrauen in die Höhe. „Warum nicht?"

„Es war uns zu gefährlich, wir hatten ständig Angst entdeckt zu werden. Du darfst nicht vergessen, dass meine Flügel bereits in der Öffentlichkeit gesehen wurden." Bei ihrem letzten Satz zwinkert sie mir zu.

„Ja, ich erinnere mich.", sage ich bei dem Gedanken an Charly, die Lina damals wie eine Verrückte verfolgt und zur Rede gestellt hat.

„Das Risiko war uns einfach zu hoch. Wenn ich jetzt zurückblicke, dann hätten wir uns einfach mehr trauen sollen. Es ist ja eh alles schief gegangen, dann hätten wir wenigstens noch ein bisschen etwas zusammen erlebt." Lina senkt den Kopf, sie wirkt nachdenklich. Entschlossen greife ich erneut ihre Hand und ziehe sie bis vor das Balkongeländer.

„Auf drei geht es los." Ich schaue ihr tief in die Augen.

„1,2,3!"

Lina

Beinahe anderthalb Stunden sind Adrik und ich geflogen und haben dabei jegliches Zeitgefühl verloren.

Es tat gut, den Wind zu spüren, wie er an meinem Körper entlanggleitet und ich konnte endlich meine Gedanken sortieren.

Völlig erschöpft, landen wir jetzt wieder auf Adriks Balkon und ich bemerke, dass sich ein leichtes Lächeln auf meinen Lippen abzeichnet. Vor ein paar Tagen noch hätte ich niemals gedacht, dass ich je so über ihn denken könnte, aber es ist wirklich schön, Zeit mit ihm zu verbringen.

Er ist mir gegenüber so geduldig und verständnisvoll und so jemanden brauche ich jetzt an meiner Seite.

Ich habe beschlossen, mich nicht noch einmal allein mit meinen Gefühlen zu verkriechen, ich möchte mich jetzt aktiv ablenken und zusammen mit Adrik meine Engelsfähigkeiten endlich ausnutzen.

Seine Kräfte scheinen ihm schon in Fleisch und Blut übergegangen zu sein, so selbstverständlich wie er sie anwendet.

Er öffnet die Balkontür mit seiner Energie und lässt mir den Vortritt. Ich reibe meine Hände aneinander, um sie aufzuwärmen, und gehe in sein Wohnzimmer.

„Möchtest du vielleicht etwas Warmes trinken Lina?"

„Oh ja, gerne einen Früchtetee, falls du einen da hast."

„Ich schaue mal nach.", sagt er und geht in die Küche, ich sehe mir derweil ein paar der Fotos an, welche die Wand in seinem modern eingerichteten Wohnzimmer zieren. Auf einem Bild ist er mit seiner Familie zu sehen, da ist er noch ein Teenager und seine Geschwister sind noch sehr klein. Dann hängt da noch ein Foto von ihm und einem sehr hübschen gleichaltrigen Mädchen. Er steht hinter ihr und umarmt sie von dort aus. Das Foto scheint noch nicht ganz so alt zu sein, ich schätze Adriks Alter hier auf Anfang zwanzig.

„Das ist Ida." Erschrocken drehe ich mich um, ich habe gar nicht bemerkt, dass Adrik direkt hinter mir steht. Ich lächle ihm kurz zu und betrachte dann wieder das Bild. „Sie ist verdammt hübsch.", sage ich. Auf dem Foto hat sie langes naturrotes Haar, das ihr fast bis zu den Ellenbogen reicht. Es fällt locker und wellig um ihre Schultern. Ihre Haut ist fein und hell wie Porzellan und übersäht von Sommersprossen. Ihr strahlendes Lächeln lässt sie auf dem Bild so lebendig wirken und ich habe fast das Gefühl, dass ich ihr Lachen hören könnte, würde ich nur noch ein bisschen länger hinschauen.

„Ja, das ist sie wirklich.", stimmt Adrik mir mit einem verträumten Lächeln zu. „Hier, dein Tee." Er streckt mir eine Tasse entgegen. „Danke."

Wir setzten uns auf die Couch und ich nippe vorsichtig an dem heißen Früchtetee.

„Und ihr habt damals Hip-Hop getanzt, du und Ida?", frage ich ihn und versuche ihn mir mit Basecap und in weiten, bis in die Knie hängenden Hosen vorzustellen. Dann füge ich in Gedanken noch eine dicke, lange, goldene Kette mit einem glitzernden Buchstaben als Anhänger hinzu und der Klischee Hip-Hop Tänzer ist perfekt. Ich muss kichern, bei dieser lächerlichen Vorstellung.

„Ja, was ist? Wieso lachst du?" Adrik grinst mich schief an.

„Tut mir leid, aber ich hab gerade versucht, mir das vorzustellen. Tanzt du immer noch?", frage ich.

„Nur noch selten, Unterricht nehme ich seit Idas Tod keinen mehr. Das war immer unser gemeinsames Ding und ich habe es nicht geschafft, es alleine weiterzumachen."

„Das verstehe ich." Ich nicke.

„Aber ich bin gar nicht so schlecht, wirklich.", erklärt Adrik stolz.

„Davon möchte ich mich bei Gelegenheit gerne mal selbst überzeugen.", grinse ich ihn an.

Erst sehr spät am Abend verabschiede ich mich von Adrik.

Ich weiß nicht warum, aber es fällt mir schwer, jetzt zu gehen. Wahrscheinlich, weil ich Angst habe, dass sich das tiefe Loch in dem ich die letzten Tage gesteckt habe, gleich vor der Haustüre wieder auftut und mich in seine Dunkelheit hinabreißt.

Mit Adrik hatte ich heute das Gefühl, nach langer Zeit endlich mal wieder durchatmen zu können, obwohl Gabriel sich zwischendurch gemeldet hat, um mir zu verbieten ihn zu besuchen.

Adrik ist wie zusätzlicher Sauerstoff, der mir hilft bei Bewusstsein zu bleiben.

Ich umarme ihn zum Abschied und spüre ein warmes Gefühl von Vertrautheit, dass durch meinen Körper fließt, dann drehe ich mich um und gehe.

Ich habe mich entschieden die Treppen anstelle des Aufzugs zu nehmen, damit ich in Bewegung bleibe und einen klaren Kopf behalte, damit mir keine Zeit bleibt mich in meinen Gedanken zu verlieren.

Auf dem Heimweg bleibt jedoch meine erwartete und gewohnte depressive Stimmung aus und ich wundere mich über dieses unterschwellige Glücksgefühl in meinem Bauch, dass ich einfach nicht zuordnen kann. Ich schätze das Fliegen heute, hat mir wirklich gutgetan.

Ich bin gestern Abend so schnell eingeschlafen wie lange nicht mehr und tatsächlich habe ich zur Abwechslung mal durchgeschlafen.

Einen Albtraum hatte ich allerdings trotzdem.

In meinem Traum wurde Gabriel krank, fiebrig, nassgeschwitzt und schreiend von zwei riesigen schwarz gekleideten Engeln, von mir fortgerissen. Sein schwarzes T-Shirt klebte schmutzig und durchlöchert an seiner Brust, und Tränen und Schweiß überströmten sein Gesicht. Ich war mit Ketten an eine kalte und feuchte Wand gefesselt und rief weinend und völlig verzweifelt nach ihm.

Als ich heute Morgen gegen zehn Uhr wach geworden bin, habe ich bemerkt, dass meine Stimme heiser klingt. So als hätte ich tatsächlich geschrien.

Ich bin gerade dabei, meine Schuhe zuzubinden und mir meine Jacke anzuziehen.

„Mama?", rufe ich, während ich nach meinem Hausschlüssel greife, der in unserem Flur am Schlüsselbrett hängt.

„Ich gehe kurz mal rüber zu Gabriels Eltern, ich wollte noch ein paar Sachen abholen!"

„Oh, warte auf mich, ich komme mit!", ruft meine Mutter mir aus dem Wohnzimmer zu.

Wir gehen also gemeinsam. Meine Mutter in freudiger Erwartung, endlich ihre alte Freundin wiederzusehen.

Sie war schon ganz aufgeregt, als ich ihr gestern erzählt habe, dass Heidi und Jonathan für ein paar Tage hier sind.

„Katharina! Wie schön dich zu sehen!" Heidi öffnet die Haustür und fällt meiner Mutter direkt um den Hals.

„Wie geht es dir Heidi? Es ist viel zu lange her. Du siehst gut aus!"

Ich schlüpfe unbemerkt an den beiden Frauen vorbei und begrüße Gabriels Vater, der mit einem Kaffee im Wohnzimmer sitzt und konzentriert im Kölner Stadt-Anzeiger liest.

„Hey, Lina." Er blickt freundlich zu mir hoch, als er mich bemerkt. „Setz dich doch, trinken du und deine Mama einen Kaffee mit uns?"

„Gerne, aber ich wollte zuerst etwas fragen.", fange ich an. Ich bin noch etwas unsicher, was Gabriels Eltern von seiner Idee halten werden, dass ich all seine Edelsteine behalten soll. Schließlich sind sie eine Erinnerung, die auch seine Eltern immer mit ihm verbinden werden.

„Schieß los.", sagt Jonathan und faltet die Zeitung in seinen Händen zusammen, um sie vor sich auf dem kleinen Wohnzimmertisch abzulegen.

„Ich habe gestern mit Gabriel gesprochen, also wir haben vielmehr über unsere Gedanken miteinander kommuniziert und Gabriel hat gesagt, dass er mir gerne seine Edelsteine schenken würde. Aber ich denke, er kann das nicht einfach entscheiden, darum wollte ich zuerst euch fragen, was ihr davon haltet."

In diesem Moment kommen auch Heidi und meine Mutter zu uns ins Zimmer.

„Doch Lina, das kann Gabriel sehr wohl einfach entscheiden, es sind seine Steine und die kann er verschenken, an wen er will. Außerdem glaube ich, dass anlässlich der gesamten Umstände du die einzige Person bist, der die Edelsteine zustehen. Das war doch schon immer euer gemeinsames Ding.", sagt Jonathan und ich atme erleichtert auf.

„Ach es geht um die Steine.", hat Heidi aus unserem Gespräch herausgehört. „Natürlich kannst du die mitnehmen Liebes! Aber vielleicht lässt du mir einen kleinen hier?"

Ich bemerke eine kleine Träne in ihrem Augenwinkel, ihr fällt es schwerer, sich von den geliebten Schätzen ihres einzigen Sohnes zu trennen, als sie zugibt. Ich stehe auf, um sie in den Arm zu nehmen.

„Na klar.", antworte ich ihr, ich weiß auch schon genau, welche Steine ich ihr geben werde.

Meine Mutter setzt sich zu Jonathan auf die Couch, während Heidi in der Küche verschwindet, um Kaffee zu holen.

Diesen Moment nutze ich und gehe alleine hoch in Gabriels Schlafzimmer, denn hier stehen unsere Edelsteinkisten. Ich werde wohl ein paar Mal laufen müssen, um den ganzen Kram die Treppe herunter zu bekommen, denn die Kartons sind teilweise wirklich schwer

Im Kleiderschrank suche ich nach einem Handtuch und wickele darin die großen Steine, die lose auf dem Tisch stehen sorgfältig ein, um sie darin geschützt besser transportieren zu können.

Den schwarzen Turmalin, den Gabriel die letzte Zeit lang
ständig zum Schutz, und, um seine Energien von anderen
abzuschirmen, bei sich getragen hat, stecke ich zusammen mit
einem Rauchquarz in meine Hosentasche. Die beiden werde ich
seiner Mutter geben.

Für den Rauchquarz habe ich mich spontan entschieden und
hoffe, dass er ihr mit seiner Wirkung gegen Trauer etwas Trost
spenden wird und ihr hilft, sich ihren Lebensmut zu bewahren.

Eine Kiste nach der anderen hieve ich nach unten und stelle
sie in der Nähe der Haustür auf den Boden. Das Handtuch mit
den größeren Edelstein-Exemplaren lege ich vorsichtig
daneben.

Im Wohnzimmer unterhält sich meine Mutter angeregt mit
Gabriels Eltern und ich setze mich einfach still dazu. Ich gebe
mir Mühe, an den richtigen Stellen ihres Gesprächs zu lachen,
bin jedoch gedanklich ganz weit weg.

In meinem Kopf spielt sich jede Erinnerung, die ich an
Gabriel in diesem Haus habe, noch einmal ab, wie in einem
Film.

Ich sehe uns, wie wir uns nach so vielen Jahren endlich
unsere Liebe gestehen, unseren ersten Kuss, der so starke
Gefühle in mir ausgelöst hat, dass ich sie noch jetzt genau
nachempfinden kann. Ich sehe uns, wie wir gemeinsam
versuchen herauszufinden wie das Edelsteinherz uns in die
geistige Welt bringen kann, wie sich der glitzernde Nebel
erstmals um unsere eng umschlungenen Körper legt, bevor er
uns in Energie auflöst.

Ich sehe Gabriels Gesicht, seine Augen, die mich so intensiv
und verliebt anschauen so klar vor mir, dass ich beinahe meine

Hand nach ihm ausstrecken möchte, um seine Wange zu berühren.

Ich sehe uns in der Küche, ausgelassen und lachend über die wahnsinnig schlechten Kochkünste von Gabriel, und schon rollt wieder eine Träne über meine Wange.

„Was ist los Lina?", meine Mutter hat meine geistige Abwesenheit bemerkt und schaut mich mit besorgtem Blick an.

Mein Magen krampft sich zusammen.

„Nichts. Mir ist nur gerade eingefallen, dass ich noch wegmuss.", lüge ich, weil ich begreife, dass ich es in diesem Haus keine Sekunde länger aushalte.

„Mama, könntest du, wenn du gehst, noch welche von den Kartons mit den Steinen mit nach Hause nehmen? Ich schaffe nicht alle allein."

Beeile ich mich, zu sagen, denn in mir steigt eine Panikattacke auf. Ich muss sofort hier raus, bevor mein Herz in meiner Brust zerspringt.

„Ach Heidi, die sind für dich. Den schwarzen Turmalin hat Gabriel beinahe jede Sekunde bei sich getragen, als er hier in Köln war."

Ich lege die Steine in ihre Hand.

„Danke Liebes. Aber bist du dir sicher, dass es dir gut geht?"

Mein Atem geht immer schneller und mein Herz klopft schmerzhaft gegen meine Brust. Ich schüttele den Kopf und stürme aus dem Haus, ohne ein weiteres Wort zu sagen. Die drei schauen mir sprachlos hinterher und ich lasse sogar alle Kartons einfach an der Haustür stehen.

Tief einatmen Lina.

Gabriel, wo bist du jetzt mit deiner beruhigenden Energie, die du immer um mich gelegt hast, wenn ich in Panik geraten bin?

Durch meinen wie zugeschnürten Hals noch immer hektisch nach Luft ringend, versuche ich Emma zu erreichen. Vielleicht schafft sie es ja, mich etwas abzulenken.

Aber sie geht nicht an ihr Telefon. Wahrscheinlich ist sie gerade mit Jannick zusammen, deswegen versuche ich es nicht noch einmal, ich will die beiden nicht stören.

Plötzlich weiß ich, was ich tun muss.

Erst als ich vor Adriks Haustür stehe, bemerke ich, dass ich den ganzen Weg hierher gerannt bin. Ich weiß überhaupt nicht, wie ich das geschafft habe, so kurzatmig wie ich bin. Mit schweißnassen Händen drücke ich die Klingel mit der Aufschrift „Widmann" und versuche vergeblich, meinen Atem und meine brennende Lunge zu beruhigen.

Die Tür summt und ich drücke kräftig dagegen, um ins Gebäude zu kommen.

Oben in seiner Wohnungstür erwartet mich ein erst sehr verwunderter und schließlich besorgter Adrik.

„Es tut mir leid, ich wusste nicht, wo ich hinsoll.", krächze ich mit trockener Kehle.

„Komm rein.", sagt er und sieht mich betroffen an. „Was ist passiert?" Er hält mit beiden Händen sanft meine Schultern fest.

Ich versuche ihm zu erklären, was mich so aufgewühlt hat. Ich denke es ist die Panik zu erkennen, dass Erinnerungen das Einzige sind, was mir von Gabriel geblieben ist. Die Angst, die gemeinsame Zeit mit ihm nicht genügend genossen zu haben und das Gefühl, dass die schönste Zeit meines Lebens mir wie trockener Wüstensand zwischen den Fingern zerrinnt.

Erschöpft setze ich mich auf einen Stuhl in seiner Küche, Adrik holt ein Glas aus dem Regal über der Spüle und lässt etwas kaltes Wasser aus dem Kran hineinlaufen.

„Hier, trink zuerst einmal was." Er stellt das Glas vor mich auf den Tisch und setzt sich dann auf den Stuhl neben mir.

„Ich hoffe, ich störe dich nicht.", sage ich verlegen, als ich mich beruhigt habe, denn mir wird bewusst, dass es vielleicht etwas unhöflich von mir war, ohne Ankündigung und total aufgelöst hier aufzutauchen, um seelischen Beistand von ihm zu erwarten.

„Nein, nein." Er schüttelt milde lächelnd den Kopf und streift mit der Hand durch seine Haare. Sein sonst so perfekt liegender Undercut sieht heute eher wüst aus. Hat er vielleicht gerade geschlafen?

„Und was machen wir jetzt mit dir?", fragt er.

Ich bin selbst ratlos und zucke mit den Schultern. „Ich weiß es nicht.", sage ich leise.

„Warum bist du zu mir gekommen, Lina?", fragt er mit hochgezogenen Augenbrauen. Wenn mich nicht alles täuscht, dann liegt in seinen Augen so etwas wie Hoffnung.

Wieder zucke ich mit den Schultern, denn wenn ich ehrlich bin, hab ich mich dasselbe auch schon gefragt.

„Keine Ahnung.“, gebe ich leise zu. Ich kann es mir nicht erklären, aber ich fühle mich besser, wenn ich in seiner Nähe bin.

Adrik öffnet den Mund, um etwas zu sagen, doch im selben Augenblick klingelt es an seiner Tür. Er steht auf, um den Türöffner an der Tür zu drücken, und sieht mich dabei entschuldigend an. Die Küchentür, die an den Wohnungsflur grenzt, hat er offengelassen, sodass ich ihn noch sehen kann.

„Wer ist das?“, frage ich, als würde es mich etwas angehen.

„Erwarten tue ich niemanden, aber ich habe heute schon mal unerwartet Besuch bekommen.“ Er zwinkert mir zu und grinst frech, dann öffnet er die Tür und lehnt sich, so wie ich es bereits von ihm kenne, in den Rahmen.

Ich sehe nur seine Rückseite, aber ich kann förmlich spüren wie seine Gesichtszüge entgleiten, denn seine Muskeln scheinen sich von einer Sekunde auf die nächste zu verspannen.

„Was willst du denn hier?“, fragt Adrik und seine dunkle Stimme hallt durch den Hausflur.

Ich höre hohe Schuhe klackern und schließlich eine säuselnde Frauenstimme, aber leider kann ich kein Wort von dem verstehen, was sie sagt. Adriks angespannte Körperhaltung macht auch mich irgendwie nervös und die Stöckelschuhe kommen immer näher.

„Charly, ich hab dir doch gesagt, dass es keinen Sinn mehr macht. Ich liebe dich einfach nicht.“, sagt er mit gereizter Stimme.

Der Name der Frau kommt mir bekannt vor und als ich begreife, dass es seine Ex-Freundin ist, drängt sich die junge Dame auch schon an Adrik vorbei und stakst direkt in die Küche und auf mich zu.

„Charlotte!", sagt Adrik bestimmt und versucht noch, sie an ihrer Schulter zurückzuhalten, aber da ist es schon zu spät.

Entgeistert starrt Charlotte mich an.

„Du bist die Frau mit den komisch leuchtenden Flügeln! Was hast du hier zu suchen?!", schreit sie mich an und mir fehlen die Worte.

„Charly.", versucht Adrik die wütende Charlotte zu beruhigen, aber sie wehrt ihn mit der Hand ab.

„Jetzt wird mir so einiges klar.", zischt sie durch ihre aufeinandergebissenen Zähne und richtet ihren wutentbrannten Blick nun auf Adrik.

„Du hast mich wegen ihr verlassen, stimmts? Gib es zu! Du hast schon die ganze Zeit etwas mit ihr am Laufen und als ich dir damals das Foto von ihr gezeigt habe, hast du dich ertappt gefühlt und dich von mir getrennt! Ich hätte es wissen müssen, du bist so verlogen Adrik!" Charly schreit so laut, dass ich kurz davor bin mir die Ohren zuzuhalten.

„So ein Blödsinn Charly!", schreit Adrik jetzt mindestens genauso laut zurück. „Ich weiß nicht, was du dir da zusammenreimst, aber ich bin dir auch ganz sicher keinerlei Rechenschaft schuldig! Würdest du jetzt freundlicherweise meine Wohnung verlassen?"

Ich fühle mich gerade völlig fehl am Platz und es ist mir total peinlich, dass ich der Grund für diesen lauten Streit bin.

Charlotte redet weiterhin laut und zickig auf Adrik ein. Weil ich nicht weiß wie ich mich sonst verhalten soll, bleibe ich einfach stumm hier sitzen und tue so, als wäre ich nicht da, denn einmischen werde ich mich ganz bestimmt nicht.

„Ich dachte, wir könnten noch mal von Neuem anfangen, deswegen bin ich hergekommen. Nie hätte ich damit gerechnet, dass du dir so schnell wieder eine andere nimmst. Und dann auch noch so ein Monster mit Flügeln!" Sie mustert mich mit einem gemeinen Blick, aus ihren jetzt zu schmalen Schlitzen zusammengekniffenen Augen.

„Hast du dir eigentlich mal selber zugehört? Du redest dich ohne Sinn um Kopf und Kragen.", spricht Adrik genau das aus, was ich gerade denke. Charly kommt mir vor wie ein naives, zickiges kleines Mädchen mit keinerlei Selbstbewusstsein und ich frage mich, wie Adrik überhaupt mit ihr zusammensein konnte. Ich meine, natürlich ist sie sehr hübsch, aber ich hätte ihn eigentlich nicht als so oberflächlich eingeschätzt.

Charlotte krakeelt noch irgendetwas zurück und verlässt dann stampfend die Wohnung. Das sie mit ihren spitzen Absätzen keine Löcher im Linoleum Fußboden hinterlässt, überrascht mich.

Adrik läuft hinter seiner Ex-Freundin her und knallt die Tür hinter ihr ins Schloss, ich zucke kurz zusammen.

„Puuuh!", macht er, als er sich zu mir umdreht und mich mit weit geöffneten Augen und hochgezogenen Augenbrauen ansieht.

„Was war das denn?", frage ich, immer noch etwas geschockt von Charlottes Auftritt. Dann klingelt es wieder an der Tür. Diesmal ist das Klingeln ein anderes, was mich vermuten lässt, dass jemand direkt an der Wohnungstür hier oben geklingelt hat.

„Ich fasse es nicht.", sagt Adrik und dreht sich dann wieder zur Tür, um sie ein weiteres Mal zu öffnen.

Vor der Tür hat sich ein kleiner stämmiger Mann im Jogginganzug mit strubbeligen, dunklen Haaren und Bierbauch aufgebaut. Seine Augenbrauen sind so wild und ungezähmt, dass sie beinahe seine kleinen düsteren Augen verdecken. Der Mann hat seine Hände in die Hüften gestemmt und schaut grimmig an Adrik hoch.

„Ach, Herr Krüger. Welch eine Ehre, sie hier heute ebenfalls begrüßen zu dürfen.", witzelt Adrik.

„Junger Mann, wenn hier nicht augenblicklich Ruhe ist, dann rufe ich die Polizei! So langsam reicht es mir mit ihnen!"

Das ist also der brüllende Nachbar von nebenan. Mir gelingt es nur schwer, ein Lachen zu unterdrücken. Nach dem was sich die letzte halbe Stunde hier in Adriks Wohnung abgespielt hat, setzt Herr Krüger dem Ganzen wirklich noch die Krone auf.

„Ja, das machen sie mal ruhig Herr Krüger.", sagt Adrik lächelnd und macht seinem Nachbarn einfach die Tür vor der Nase zu.

„So eine Frechheit!", hört man ihn von draußen noch schimpfen, dann murrt er noch etwas Unverständliches und verschwindet mit einem lauten Knall seiner Tür, wieder in der eigenen Wohnung.

„Ey, ich glaube, ich spinne!", fassungslos starrt Adrik mich an.

Nach einigen Sekunden völliger Stille, brechen wir beide gleichzeitig in schallendes Gelächter aus.

„Sag mal, warum hast du vorhin als, Charlotte hier war, nicht einfach gesagt, dass du nicht mit mir zusammen bist?", frage ich als wieder etwas Ruhe eingekehrt ist.

„Keine Ahnung.", antwortet er. „Ich denke, es geht sie einfach nichts an. Ich schulde ihr keine Erklärung. Außerdem ist es mir ganz recht, wenn sie glaubt wir wären ein Paar, vielleicht wird sie uns noch öfter zusammen begegnen und ich

wüsste nicht, wie ich ihr unsere Beziehung sonst erklären
könnte."

Ich nicke, das ergibt Sinn für mich.

„Ist es dir eigentlich lieber, wenn ich jetzt gehe?"

„Quatsch warum? Bleib ruhig, ich freu mich, wenn du bei
mir bist." Adrik schenkt mir ein wunderschönes Lächeln und
löst damit ein zartes Kribbeln in meinem Bauch aus. Das
verunsichert mich und ich versuche schnell, es zu
unterdrücken.

„Wozu hast du Lust? Wollen wir vielleicht gemeinsam eine
Runde Mario Kart spielen?", schlägt er vor und kramt eine
Tüte Chips aus dem Küchenschrank.

„Das habe ich echt ewig nicht mehr gespielt, da hätte ich
tatsächlich mal wieder Lust drauf."

Begeistert von seiner Idee, folge ich ihm ins Wohnzimmer.

Wer hätte gedacht, dass dieser Tag noch einen so schönen
Nachmittag für mich in petto hat.

Wir spielen einige Runden und lachen uns dabei total kaputt.
Ich habe meine Sorgen für einen Moment völlig vergessen.

Adrik regt sich im Spaß darüber auf, dass ich ständig
gewinne, und will unbedingt, dass wir unsere Spielfiguren für
die nächsten Runden tauschen. Er besteht darauf, jetzt anstelle
von mir die Prinzessin fahren zu dürfen, und wählt ihr dazu
auch noch ein knallpinkes Fahrzeug.

Ich kann ihn während des Rennens einfach nicht mehr ernst
nehmen und mein Bauch schmerzt schon vor lauter Lachen.

Unser Spiel wird unterbrochen, als mein Handy klingelt und
Emma mich zurückruft.

„Hey Emma."

„Sorry, ich habe nicht gesehen, dass du angerufen hast.
Mein Handy lag in der Küche und war auf stumm gestellt. Ich
hoffe, es war nichts Wichtiges?"

„Nein, es geht schon wieder, ich bin in guten Händen.", sage
ich ihr und zwinkere Adrik zu, der charmant zurücklächelt.

„Wieso? Wo bist du denn?", fragt Emma.

„Bei Adrik. Wir spielen Mario Kart und ich gewinne
immer." Ich kichere als ich einen leichten Fauststoß in die Seite
ernte.

„Oh, okay." Emma klingt überrascht. „Dann habt einen
schönen Abend. Ich habe mein Handy jetzt bei mir. Falls
irgendetwas ist, melde dich."

„Mach ich. Danke das du zurückgerufen hast.",
verabschiede ich mich von ihr.

Adrik schüttet sich gerade sehr unbeholfen die letzten
Chipskrümel aus der Tüte direkt in den Mund und ich sehe ihm
schmunzelnd dabei zu, da vibriert mein Handy schon wieder.

Emma hat mir noch eine Nachricht geschickt.

**Du hast dich glücklich angehört Lina! Ich kenne dich und
weiß, dass du das jetzt nicht hören willst, aber ich glaube,
er tut dir gut!** 😉

Adrik

Ich habe Lina nach Hause gebracht und komme nun gerade zurück in meine Wohnung.

Es kommt mir jetzt ziemlich still vor hier.

Die letzten zwei Abende, an denen Lina hier war, habe ich gemerkt, was mir das letzte Jahr über gefehlt hat.

Lina hat es trotz ihrer unterschwellig traurigen Stimmung geschafft, mich wirklich glücklich zu machen.

Ich habe mich gefragt, was mich dazu bewegt hat für Lina da sein zu wollen, trotz unseres schwierigen Starts aber jetzt weiß ich es. Sie hat mein Herz zu berührt.

Sie akzeptiert mich, wie ich bin, und vertraut mir blind, obwohl wir uns erst seit kurzem kennen.

Ihre süße und ehrliche Art verzaubert mich und lässt mich immer wieder lächeln. Ich fühle mich unglaublich wohl, wenn ich mit ihr zusammen bin.

Zugegeben, ich habe zuerst versucht, meine Gefühle zu ignorieren, aber mittlerweile kann ich das nicht mehr.

Alleine an ihren Namen zu denken jagt mir schon ein Kribbeln durch den Magen.

Bis vor ein paar Tagen dachte ich noch, ich würde nie wieder jemanden lieben können, aber jetzt weiß ich, dass das nicht stimmt.

Lina lässt mich auf magische Weise endlich wieder Verliebtheit spüren und das ist ein unglaubliches Gefühl.

Lina

Vier Monate ist mein letzter Zusammenbruch wegen Gabriel nun her und ich habe seit dem auch nichts mehr von ihm gehört. All meine Versuche ihn telepathisch zu kontaktieren waren vergebens und ich fange langsam an seinen Plan dahinter zu verstehen. Erst war es schwer, aber dadurch dass er mir alle Hoffnung auf ein Zusammensein mit ihm genommen hat, hat er mir gleichzeitig eine Möglichkeit gegeben mir ein anderes Ziel in meinem Leben setzen zu können.

Selten ist es ein Vorteil, die Hoffnung zu verlieren, aber in meinem Fall ist es etwas anders. Ich war durch meine Hoffnung, doch noch eine Chance mit Gabriel zu haben, so sehr an die Vergangenheit gebunden, dass ich es nicht geschafft habe wieder nach vorne zu schauen.

Meine Freizeit habe ich in den letzten Monaten so oft wie möglich mit Adrik verbracht. Mit ihm ist es leicht und immer witzig. Er ist einfach so entspannt und auch mit seiner Energie und dem Fliegen, geht er unglaublich gelassen um. Keiner konnte mich diesmal so gut durch meine Trauer begleiten wie er. Emma war natürlich auch immer da, wenn ich sie gebraucht habe, aber sie hat jetzt auch Jannick und ich wollte nicht ständig mit meiner schlechten Stimmung in ihre frische Beziehung reingrätschen.

Zuerst konnte ich überhaupt nicht damit umgehen, dass Adrik sich zum Beispiel am helllichten Tag aus der Öffentlichkeit heraus unsichtbar machte und mich zum

Mitfliegen aufforderte, es kam mir unglaublich falsch vor und ich habe hinter jeder Ecke eine Gefahr für uns vermutet.

Gabriel hatte einfach so viel Angst davor, seine Fähigkeiten in den Alltag mit einfließen zu lassen, dass sich diese Unsicherheit auch auf mich übertragen hat. Meine Sorgen diesbezüglich konnte ich erst loslassen, als Adrik mir noch einmal bewusst gemacht hat, dass Gabriels Energielevel als Erzengel ein ganz anderes ist. Er hat so viel Macht, dass er damit auch eine Verantwortung gegenüber den Menschen in seiner Umgebung hatte und die Herausforderung, seine Kräfte zurückzuhalten, war zu groß.

Adriks und meine Energien, entsprechen genau der Stärke und Frequenz, wie es für Erdenengel normal ist und aus diesem Grund sollte es für uns leicht und selbstverständlich sein, sie in unser Leben zu integrieren, ohne das andere Menschen etwas davon spüren.

„Du bist ein Erdenengel, der mit Flügeln und besonderen Fähigkeiten auf die Welt gekommen ist, Lina. Wenn du sie nicht nutzen dürftest, dann hätte Gott sie dir nicht mit auf die Erde gegeben.", sagt Adrik mir so oft und ich habe mir seine Worte nun endlich zu Herzen genommen.

Ich bewundere Adriks leichte Art, in den Tag hinein zu leben. Ich bin es seit meiner Kindheit gewohnt, für alles und für jeden Tag einen Plan zu haben, aber er hat mir gezeigt, wie spannend es sein kann, sich vom Leben leiten zu lassen.

Es gibt nur eine Sache, die mir etwas Angst macht und zwar die, dass ich anfange, Gefühle für ihn zu entwickeln.

All meine Versuche, diese zu ignorieren, sind immer wieder gescheitert und mit jedem Tag werden sie stärker.

Genießen kann ich diese Gefühle aber nicht. Wie gesagt, sie machen mir eher Angst.

Ich habe ein furchtbar schlechtes Gewissen, denn mein Leben lang habe ich immer nur Gabriel geliebt. Selbst als er für lange Zeit in den USA war, hat sich an meinen Gefühlen für ihn nichts geändert und ich konnte und wollte mich auch nie in einen anderen Mann verlieben.

Und jetzt das.

Gabriel ist gerade erst ein paar Monate weg und ich fange schon an, etwas für Adrik zu empfinden.

Was ist nur mit mir los?

Ich liebe doch Gabriel, da ist kein Platz für einen anderen Mann!

Ständig kämpfe ich mit dem Gedanken, dass es vielleicht besser wäre, mich für eine Zeit lang von Adrik fernzuhalten. Doch ich schaffe es einfach nicht.

Ich möchte bei ihm sein, weil er mich glücklich macht.

Wie kann sich etwas so falsch und gleichzeitig so gut anfühlen?

Und vor allem, wie soll das nur weitergehen?

Ich schrecke hoch, als es an unserer Haustür klingelt.

„Das ist Emma, ich geh ihr aufmachen.", sage ich zu meinen Eltern, die gerade damit beschäftigt sind, ein neues Bild im Wohnzimmer aufzuhängen.

Emma strahlt mich an, als sie mich sieht, und fällt mir direkt um den Hals. „Lina!"

„Hey vorsichtig, du zerquetschst mich.",bringe ich gespielt gequält hervor. „Aber ich hab dich so lange nicht gesehen.", sagt Emma und lässt mich dann endlich los.

„Wie war euer Urlaub?“, frage ich, denn sie und Jannick waren eine Woche lang gemeinsam in Berlin.

„Richtig schön! Ich zeig dir gleich mal Bilder.“, schwärmt meine Freundin und streckt dann ihren Kopf durch die Wohnzimmertür, um meine Eltern zu begrüßen. „Hallo die Herrschaften.“, flötet sie ihnen zu.

„Hallo die Dame!“, trällern meine Eltern gleichzeitig zurück. Ich schüttele grinsend den Kopf.

„Sollen wir hoch auf mein Zimmer gehen?“, frage ich, als Emma die Tür wieder zuzieht.

Sie stiefelt in ihren hohen Hacken hinter mir die Treppe hoch.

„Jetzt erzähl erst mal wie es dir geht, Lina.“ Emma schmeißt sich auf mein Bett und schaut mich gespannt an.

„Hm.“, überlege ich, was ich darauf antworten soll.

„Hast du etwas von Gabriel gehört?“, hilft sie mir auf die Sprünge. „Nein, immer noch nicht.“, sage ich knapp.

„Und wie geht es Adrik?“ Emma bohrt weiter nach und grinst mich frech an. Ich weiß ganz genau, worauf sie hinaus will.

Sie versucht mir schon länger durch die Blume zu sagen, dass sie weiß, dass ich etwas für Adrik empfinde, ich habe es ihr bisher allerdings noch nicht bestätigt. „Dem geht es gut.“

Ich schäme mich irgendwie dafür, dass beide Männer die Schmetterlinge in meinem Bauch zum Flattern bringen und ich habe auch Angst, dass Gabriel von meinen Gefühlen weiß und sich deshalb noch immer nicht gemeldet hat. Würde er mir deswegen böse sein? Ich weiß es nicht, aber er liebt mich. Könnte man es ihm da wirklich übel nehmen, wenn er eifersüchtig wäre?

„Jetzt lass mal die Fotos aus Berlin sehen.", dränge ich
Emma. Dann schnappe ich mir einfach ihr Handy, das sie
neben sich aufs Bett gelegt hat, und tippe ihr Passwort ein. Wir
kennen schon immer die Passwörter unserer Handys
gegenseitig auswendig.

Emma und Jannick haben wirklich eine schöne Woche
zusammen verbracht. Beide strahlen auf den Bildern um die
Wette und es ist so niedlich, wie verliebt er sie anschaut.

Wir lachen über ein Video, indem Emma eine Kugel Eis von
ihrem Hörnchen herunterfällt und plötzlich klingelt mein
Handy.

Es ist Adrik, der mich anruft und mein Puls beschleunigt
sich automatisch. Aus dem Augenwinkel sehe ich, wie Emma
mich mit genau beobachtet. „Wieso gehst du nicht ran?", fragt
sie schließlich. Schnell nehme ich den Anruf entgegen.

„Lina? Kannst du mich verstehen?", ruft Adrik in das
Telefon. Im Hintergrund läuft laute Musik und viele Menschen
reden durcheinander. Wahrscheinlich ist er gerade bei seiner
Arbeit in der Kneipe.

„Ja, du mich auch?", antworte ich so laut, dass Emma neben
mir zusammenzuckt.

„Moment.", sagt Adrik. Dann wird es im Hintergrund
langsam dumpfer und ruhiger.

„So, jetzt müsste es besser gehen."

„Was gibts?",frage ich neugierig. Warum zur Hölle hat er
sich nicht direkt einen ruhigeren Ort zum Telefonieren gesucht?

„Hast du auch gerade mit Janus gesprochen?"

„Nein, habe ich nicht. Wieso?", frage ich irritiert. Emma
sieht mich fragend an und rutscht dann näher an mich ran, um

ihren Kopf so nah an meinen zu legen, dass sie das Gespräch mithören kann.

„Ich habe gerade einfach nur einen einzelnen Gedanken von ihm bekommen.“

„Und?“, dränge ich.

„Er sagte: Lina ist so weit.“

Stille.

„Was meint er damit? Dürfen wir wieder in die geistige Welt reisen?“ Ich schaue aufgeregt zu Emma rüber.

„Klingt so oder? Ich habe es auch so verstanden. Aber ich dachte, dass er dich vielleicht auch kontaktiert und etwas mehr gesagt hat, deswegen wollte ich direkt anrufen.“, antwortet Adrik.

„Meinst du er wollte, dass wir noch heute hinkommen?“, mein Herz macht einen Satz, werde ich Gabriel schon bald wiedersehen?

„Möchtest du gerne?“ Adriks Stimme klingt plötzlich unsicher, so als würde er sich wünschen, dass ich nein sage.

„Am liebsten direkt Adrik.“ Ich höre sein leises Seufzen am anderen Ende der Leitung. „Ist alles in Ordnung?“

„Ja.“, sagt er. „Komm morgen früh gegen halb elf zu mir ok? Dann können wir direkt los.“ Warum klingt er nur so traurig?

„Ok, dann bis morgen.“, sage ich noch, aber er hat schon aufgelegt. Ist er etwa sauer auf mich, weil ich Gabriel wiedersehen möchte? Freut er sich nicht auch auf Ida?

Ich lege mein Handy zur Seite und hoffe, dass Emma mir meine Verunsicherung nicht anmerkt.

„Morgen siehst du ihn wieder?“, fragt sie.

Ich nicke grinsend. „Ich freue mich riesig, aber ich bin auch total nervös. Jetzt ist es schon so lange her, ich weiß gar nicht, was ich ihm sagen soll.“

„Ach, mach dir darüber keine Gedanken. Es ist doch nur dein Gabriel.“, zwinkert sie mir zu.

„Ja, du hast recht.“

„Lina? Was läuft da eigentlich wirklich zwischen dir und Adrik?“

Emmas Blick wird plötzlich ernst. Ich hatte gehofft, sie würde mich nicht danach fragen, aber natürlich ist ihr meine plötzliche Nervosität aufgrund von Adriks Anruf nicht entgangen.

„Wir sind richtig gute Freunde geworden.“ sage ich so beiläufig wie möglich. Emma zieht skeptisch eine Augenbraue nach oben.

„Bringst du ihn zu meiner Geburtstagsfeier in zwei Wochen mit?“, fragt sie.

„Ist das eine Fangfrage?“

„Nein, eine rein informative Frage.“, sagt sie mit herausforderndem Blick.

„Soll ich ihn denn mitbringen?“, frage ich.

„Möchtest du ihn denn mitbringen?“ Emmas Gesichtsausdruck ist immer noch völlig ernst, aber ich kann mir das Lachen nicht mehr verkneifen.

„Jetzt lass mich doch morgen erst einmal mit Gabriel reden.“, bitte ich sie.

„Na gut.“, sagt sie enttäuscht.

„Was wünschst du dir eigentlich zum Geburtstag?“ Es wird von Jahr zu Jahr schwieriger ein passendes Geschenk für meine Freundin zu finden.

„Dir wird bestimmt was Cooles einfallen.", lautet ihre wenig hilfreiche Antwort. Aber ich weiß, dass Emma sich gerne überraschen lässt. Ich werde also wohl die nächsten Tage mal einen inspirierenden Shopping-Tag einplanen müssen.

Nach einer Weile fängt Emmas Magen laut an zu knurren und wir beschließen uns eine Pizza zu bestellen und einen Liebesfilm anzuschauen.

So richtig konzentrieren kann ich mich auf den Film allerdings nicht, denn in Gedanken bin ich schon wieder bei meinen beiden Jungs.

Eigentlich waren Adrik und ich erst zu halb elf verabredet, aber ich war heute Morgen schon so früh wach und habe es einfach nicht mehr ausgehalten zu warten. Also habe ich gegen Viertel nach neun ein paar Brötchen beim Bäcker geholt und mich damit auf den Weg zu Adrik gemacht.

Zum Glück war er schon wach, und hat sich auch über das mitgebrachte Frühstück gefreut.

„Gut das ich eine ganze Kanne Kaffee gekocht habe.", sagt Adrik. „Aber ich warne dich vor, wenn ich am Vorabend arbeiten war, koche ich ihn morgens immer besonders stark."

„Kann ich heute Morgen auch ganz gut gebrauchen.", sage ich und gieße den Kaffee in meine Tasse.

„Du hast gestern irgendwie nicht so begeistert geklungen, als wir abgemacht haben heute in den Himmel zu reisen.", taste ich mich jetzt vorsichtig an das Thema ran, was mich gestern noch längere Zeit beschäftigt hat.

„Oh, kam das so rüber?“ Er tut tatsächlich so, als wäre da nichts gewesen.

„Ja, allerdings.“, sage ich.

„Das tut mir leid, das war keine Absicht. Gestern war unheimlich viel zu tun und ich war selber völlig überrascht, während des Kölsch Zapfens eine Nachricht von Janus zu erhalten.“

Ich nicke, sehe ihn aber trotzdem noch leicht misstrauisch an. Irgendwie kann ich ihm nicht so ganz glauben, dass das der Grund für sein seltsames Verhalten war, aber ich belasse es dabei.

Ungeduldig warte ich darauf, dass Adrik endlich seinen Kaffee austrinkt, damit wir endlich loskönnen.

Er scheint meine innere Unruhe bemerkt zu haben. „Ich mach ja schon.“, sagt er und kippt den letzten Rest in seiner Tasse mit einem Mal hinunter.

„Entschuldige, aber ich bin echt aufgeregt.“ Ich lächle ihm beschwichtigend zu.

Er stellt sich in die Mitte der Küche und deutet mir mit einer Kopfbewegung an, dass ich mich dazustellen soll.

Jetzt ist der Moment gekommen, ich werde Gabriel und die anderen endlich wiedersehen.

Unsere letzte Reise in die geistige Welt ist gefühlt eine Ewigkeit her.

Nervös nehme ich das Edelsteinherz aus meiner Handtasche und stelle mich damit dicht vor Adrik.

Ich kann die Wärme seines Körpers spüren und meine Hormone spielen vollkommen verrückt. Verzweifelt versuche ich meinen schneller werdenden Atem unter Kontrolle zu halten und hoffe, dass Adrik nichts davon mitbekommt.

Sein Blick ist konzentriert auf mich gerichtet, aber ich schaffe es nicht, ihm standzuhalten, zu groß ist die Gefahr, dass ich meine Gefühle dadurch verrate.

Mit zittrigen Händen halte ich das Herz an sein Medaillon und bereite mich mental so gut es geht auf das vor, was jetzt kommt.

Es fühlt sich seltsam an, wieder hier zu sein, denn ich kann mich nicht vor meinen Erinnerungen an das letzte Mal hier schützen.

Gedanken und Gefühle, die ich lange versucht habe zu verarbeiten prasseln auf mich ein und bringen mein Herz zum Rasen.

Nervös trete ich von einem Fuß auf den anderen und sehe mich um.

Das Universum zu unseren Füßen und die Unendlichkeit, verziert mit gotischen Bögen, um uns herum.

Warmes Licht, das aus einer unergründbaren Quelle herausstrahlt, und allem den Schatten nimmt.

Adrik nimmt beruhigend meine Hand. „Du zitterst.“, stellt er besorgt fest. „Wenn du lieber wieder gehen möchtest ... “, „Nein schon gut.“, unterbreche ich ihn. „Ich möchte ihn sehen.“

Er nickt und schaut nachdenklich in die Ferne.

Ich folge seinem Blick und halte kurz die Luft an, als ich Gabriel erblicke. Mit großen, selbstbewussten Schritten kommt er auf uns zu, seine Ausstrahlung raubt mir den Atem.

Seine goldene Aura ist noch größer geworden, seit ich ihn das letzte Mal gesehen habe. Seine mächtigen, ausgebreiteten Schwingen unterstreichen seine Macht und würden jeden sogleich in Ehrfurcht versetzen.

Aber ich kenne ihn. Er ist noch immer mein Gabriel. Mein Freund, meine erste große Liebe, ein Teil meiner Seele und meines Herzens.

„Gabriel.", flüstere ich und kneife mir fest in den Oberschenkel, um zu prüfen, ob es wirklich kein Traum ist.

Ich spüre den Schmerz und renne los, renne ihm entgegen und will mich in seine Arme fallen lassen. Als ich ihm nahe genug bin, taumele ich verwirrt durch ihn hindurch und falle nach vorne auf die Knie.

„Lina!", ruft Gabriel erschrocken. „Hast du dir wehgetan?"

„Was zur Hölle war das?", frage ich vollkommen geschockt, richte mich wieder auf und strecke meine Hand nach ihm aus, die direkt durch ihn hindurch ins Leere greift.

„Es tut mir so leid, ich habe vergessen, dir rechtzeitig zu sagen, das du mich nicht berühren kannst." Traurig schaut er zu mir herunter.

„Was?", ich verstehe überhaupt nichts mehr. Davon war doch nie die Rede gewesen. Natürlich wusste ich, dass unsere Beziehung nie wieder dieselbe sein kann, aber er hat mit keinem Wort erwähnt, dass ich ihn nicht einmal mehr anfassen oder umarmen kann, dass er eine Art Geist sein wird.

„Ich bin ein Erzengel, meine Energien schwingen auf einer viel höheren Frequenz als deine Lina. Als aktiver Erdenengel bist du noch zu sehr an die irdischen Energien gebunden. Du erinnerst dich noch an die Dimensionen, die ich dir damals erklärt habe?"

Ich nicke ihm zu.

„Während du dich auf der Erde noch überwiegend in niedrig schwingenden Dimensionen befindest, so ist die Dimension in der ich und die anderen himmlischen Engel uns bewegen, die am höchsten schwingende. Sie schwingt so hoch, dass es keine Grobstofflichkeiten mehr gibt. Mein Körper ist kristallin, etwas anderes würde für jemanden, der sein Dasein in den unendlichen Weiten der geistigen Welt fristet, auch gar keinen Sinn machen, dass sagt ja schon der Name.“ Er schaut mich sorgenvoll an.

„Lina?“, fragt Adrik, der sich bis jetzt komplett im Hintergrund gehalten hat, und ich zucke kurz erschrocken zusammen. „Ich lasse euch kurz alleine ok?“, er klingt traurig, als er das sagt.

„Okay, bis gleich.“

Ich sehe ihm betroffen nach, wie er mit gesenktem Kopf weitergeht, und frage mich, ob er auch Ida nicht berühren kann.

„Du vermutest richtig.“, beantwortet Gabriel meine Gedanken. Nur Erdenengel haben in der geistigen Welt einen grobstofflichen Körper.“

Ich schätze, dass es diese Information gewesen ist, die Adrik so traurig gemacht hat, und es tut mir nun auch für ihn leid.

„Ich denke, wir beide hätten das gerne etwas früher gewusst.“, sage ich trotzig und verschränke meine Arme vor der Brust.

Die ganze Zeit über, hat da diese falsche Hoffnung in mir gekeimt, dass ich ihn bald wenigstens noch einmal in die Arme schließen kann, und Adrik ging es vermutlich über ein Jahr lang genauso mit Ida.

„Aber es hätte dich nicht glücklicher gemacht das zu wissen."

Gabriel zieht die Augenbrauen hoch. „Warum sollte ich dir etwas sagen, was du zu dem Zeitpunkt noch nicht wissen musstest. Es hätte dir nichts gebracht, es hätte dich nur noch trauriger gemacht."

Ich weiß genau, was er meint, trotzdem fühle ich mich leicht hintergangen und das versetzt meinem Herz einen Stich.

„Ich werde dich also nie wieder in den Arm nehmen können?"

Meine Sicht verschwimmt durch die Tränen die in meine Augen steigen.

„Irgendwann, wenn du dein Leben auf der Erde gelebt hast, dann bist du wieder komplett mit dem Himmel und seinen hohen Frequenzen verbunden. Dann wirst auch du, bis zu deinem nächsten Leben, einen kristallinen Körper haben. Unsere Energien sind dann wieder kompatibel. Aber hör mir jetzt genau zu." Gabriels Blick wird ernst.

„Bitte, richte nicht dein wertvolles Erdenleben nach mir aus, denn wir leben momentan in verschiedenen Welten und ohne jegliche Hoffnung auf eine gemeinsame Zukunft als Liebespaar, weder auf Erden, noch hier im Himmel.

Zumindest für dieses Leben, tu was dich glücklich macht!

Ich weiß, dass du in der letzten Zeit Angst hattest, ich würde dich nicht mehr lieben, aber so ist es nicht. Ich liebe dich sogar so sehr, dass ich möchte, dass du auch ohne mich glücklich wirst."

Er hebt eine Hand und legt sie mit wenig Abstand über meine Wange, ich spüre ein elektrisches Vibrieren.

Mein Herz wird schwer wie Blei, denn was er sagt, lässt mich einmal mehr, die Endgültigkeit unserer Situation spüren.

Meine Wangen brennen unter den salzigen Spuren meiner Tränen und ich schaffe es mit dem Kloß in meinem Hals, gerade nicht zu sprechen.

„Wenn es dir hilft, dann werde ich dir erklären, warum das alles genauso passieren musste." Gabriels dunkle Stimme hallt durch die endlosen Flure der Stille.

„Ich wollte wissen, wie es ist ein Erdenleben zu führen. Das wollte ich so lange, bis mir die Möglichkeit gegeben wurde. Ich war überglücklich, dass ich mich endlich ausprobieren und auf eine komplett neue Art kennenlernen durfte. Es war aber von vornherein klar, dass ich als Erzengel mit meinen starken Energien einfach nicht auf die Erde gehöre. Das wusste ich sogar, bevor ich das Leben als Mensch angetreten habe, ich habe es nur vergessen. So wie wir die meisten Dinge vergessen, wenn wir in einen Körper inkarnieren.

Ich durfte mich eine kurze Zeit lang als Mensch erfahren, damit ich endlich damit abschließen kann, und aufhöre mich zu fragen, wie es wäre, mit einem Körper in einer niedrig schwingenden Dimension zu leben.

Nur deshalb hat Gott es mir erlaubt. Er wollte, dass ich selbst erkenne, dass ich nicht dorthin gehöre. Damit ich es vollkommen verstehe.

Ich wollte wissen, wie es ist mit dir zusammen zu leben, wie es ist dich lieben zu dürfen. Meine Liebe zu dir hat mich erst dazu gebracht, mich zu fragen wie es als Mensch wohl wäre.

Aber weißt du was?

Auch das war ein Teil unseres gemeinsamen Lebensplans.

Wir waren nur aus einem Grund füreinander bestimmt Lina, um zu Lernen einander loszulassen.“

Er macht eine kurze Pause und sieht mich mit seinen intensiv leuchtenden blauen Augen an.

„Ich weiß, dass du etwas für Adrik empfindest.“

Mit großen Augen sehe ich zu ihm hinauf. „Das ist ok Lina“, sagt er und schenkt mir dabei sein schönstes Lächeln.

Ich bin so verwirrt und weiß nichts darauf zu sagen.

„Genau das habe ich gemeint. Du musst dein Leben leben, ohne nach mir zu fragen. Ich werde dich immer unterstützen und auf dich aufpassen, aber für alles andere bist du selbst verantwortlich.“

„Ich fühle mich so schlecht deswegen Gabriel.“

„Das musst du nicht. Wir kennen hier keine Eifersucht.“, er zwinkert mir zu. „Es ist dein Leben, es sind deine Erfahrungen. Behalte immer im Hinterkopf, dass dies nur ein sehr winziger Teil der Ewigkeit ist. Wenn du nach diesem Leben erneut in einen menschlichen Körper inkarnierst, dann wirst du dich wieder neu verlieben und vollkommen andere Erfahrungen machen, mit einem komplett neuen Lebensplan. Adrik gehört in deinem jetzigen Lebensplan mit dazu. Es ist alles immer genau so, wie es sein soll. In jedem Augenblick deines Lebens sei dir bewusst, dass du nichts falsch machen kannst.“

Endlich spüre ich, wie die Erleichterung meinem Körper die Schwere nimmt.

Ich glaube, das war genau das, was ich in diesem Moment hören musste. Was auch mir hilft, endlich loszulassen und meinem Lebensplan zu vertrauen.

Wir leben, um uns zu erfahren und zu lernen, nicht um etwas zu bereuen oder uns für etwas zu schämen.

Ich werde Gabriel immer lieben, schließlich fing mein Leben erst mit ihm an. Aber ich denke, ich kann ihn nun loslassen. Ich kann mich selber endlich für mein Leben frei geben und alles genießen was kommt.

Wir schauen uns ein letztes Mal tief in die Augen, dann lächle ich ihn dankbar an.

„Ich bin immer bei dir! Bis zum letzten Flügelschlag!", ruft Gabriel mir hinterher, als ich weitergehe.

Mein Herz wird warm und ich spüre Liebe und Vertrauen. Es ist alles gut!

Ich strecke meine Hand aus und lasse die Energie die aus meiner Handfläche austritt, die Tür für mich öffnen.

Die Augen meiner gesamten Engelfamilie sind erwartungsvoll auf mich gerichtet und es herrscht komplette Stille.

Auch Adrik sitzt bereits auf seinem Platz.

„Wie geht es dir?", fragt er vorsichtig, als ich mich mit in die Runde setze.

„Es ging mir nie besser." Ich lache ihn an und im selben Moment merke ich, wie sich alle um mich herum entspannen.

Adrik grinst mich an und drückt kurz meine Hand, die ich auf der Sessellehne abgelegt habe. Augenblicklich setzt das Kribbeln in meinem Bauch ein und erstmals lasse ich es zu, was das wohlige Gefühl noch weiter verstärkt.

Noch nie war ein Treffen mit meiner himmlischen Familie so sorgenfrei wie heute. Es fühlt sich gut an, den ganzen Ballast hinter mir zu lassen, und ich bin voller Vorfreude mich nun richtig auf mein Leben als Erdenengel einzulassen.

Es gibt noch so vieles, was ich tun kann, um die Menschen sanft bei dem Wandel der Dimensionen zu unterstützen und ich bin überglücklich, Adrik dabei an meiner Seite zu haben.

In Mara, Elisann und Lilly habe ich wunderbare Freundinnen gefunden, mit denen ich mich nun auch wieder öfters hier oben treffen kann und auch Adrik scheint sich in dieser, seiner neuen Familie wohl zu fühlen

Unser Raum, der sonst immer eher von Ernsthaftigkeit und Sorgen erfüllt war, ist jetzt komplett mit Liebe und Freude durchflutet.

Selbst Ben, der sonst eher negativ eingestellt war, lacht ausgelassen über die Witze der anderen Männer.

Lilli, die als Schriftstellerin viel Erfahrung hat, hilft Mara, welche gerade eine neue Songidee hat, die richtigen Worte zu finden, und Elisann und ich unterhalten uns gerade angeregt über die Wirkung verschiedener Edelsteine.

Wir bleiben noch eine ganze Zeit hier oben und genießen die vollkommene Glückseligkeit des Zusammenseins.

Die Zeit ist nicht vergangen als Adrik und ich uns bei ihm zu Hause in der Küche wieder materialisieren.

Wir stehen uns eng gegenüber und lassen unsere Teleporter sinken.

Diesmal werde ich mein Gesicht nicht von ihm abwenden, ich sehe tief in seine magischen, grauen Augen und lehne meinen Kopf etwas zur Seite. Sein Mund öffnet sich leicht und sein Blick streift liebevoll über mein Gesicht, bis er schließlich an meinen Lippen hängenbleibt.

Langsam kommen wir einander noch näher, bis sich unsere Münder zart berühren.

Dieser Kuss ist ein Versprechen.

Ein Versprechen auf ein Leben, in dem kein Fehler wirklich ein Fehler ist, in dem wir zu jeder Zeit auf dem richtigen Weg und in Sicherheit sind.

Ein Leben in Liebe und Vertrauen.

Epilog

70 Jahre später

Wem könnte sie nicht auffallen, so wie sie aus der Masse heraussticht?

Ein irdischer Engel, vollkommen und wunderschön.

Linas Seele hat ihr Erdenleben beendet.

Sie ist erschöpft, aber glücklich und begibt sich direkt in die liebenden Arme der Seelen, die ihr in diesem Leben nahe gestanden haben.

Es ist ihre Seelenfamilie, die hier auf sie gewartet hat.

Ihr Blick bleibt an meinem hängen und sie lächelt mich vorsichtig an.

Ich nicke ihr aufmunternd zu und gehe weiter meiner Wege.

Wenn sie das nächste Mal geht, bin ich zuversichtlich, dass sie ihren Weg alleine finden wird.

© Lena Niewerth

Lena Niewerth wurde 1991 in Ahaus geboren, wo sie auch heute noch mit ihrem Mann, ihren zwei Kindern und zwei Katern lebt. Schon in früher Kindheit hat sie sich sehr für Spiritualität und Edelsteine interessiert. Sie hat schon damals viel gelesen, gerne geschrieben und sich gerne eigene Kurzgeschichten ausgedacht. Sie liebt es, sich in fremde Welten zu träumen und daran zu glauben, dass es mehr gibt, als das, was wir Menschen mit unseren Augen sehen können. Eine Rückführung in vergangene Leben hat sie dazu ermutigt, ihr tiefes, inneres Wissen über spirituelle Themen in einen Roman verpackt, in die Welt zu tragen. So entstand ihr Herzensprojekt „Edelsteinherz".